OS PORÕES DO VATICANO

ANDRÉ GIDE OS PORÕES DO VATICANO

Tradução
Mário Laranjeira

Título original: *Les caves du Vatican*
© Éditions Gallimard, 1914
© Editora Estação Liberdade, 2009, para esta tradução

Preparação e revisão	Heitor Ferraz e Leandro Rodrigues
Composição	Johannes C. Bergmann / Estação Liberdade
Capa	Estação Liberdade
Imagem da capa	André Gide (1947)
	© Herbert List/Magnum Photos/LatinStock
Editores	Angel Bojadsen e Edilberto F. Verza

CIP-BRASIL. CATALOGAÇÃO-NA-FONTE
Sindicato Nacional dos Editores de Livros, RJ.

G385p
Gide, André, 1869-1951
  Os porões do Vaticano / André Gide ; tradução Mário Laranjeira. - São Paulo : Estação Liberdade, 2009.

  Tradução de: Les caves du Vatican
  ISBN 978-85-7448-154-8

  1. Romance francês. I. Laranjeira, Mário. II. Título.

09-1107.   CDD: 843
                                                   CDU: 821.133.1-30

Todos os direitos reservados à

Editora Estação Liberdade Ltda.
Rua Dona Elisa, 116 | 01155-030 | São Paulo-SP
Tel.: (11) 3661 2881 | Fax: (11) 3825 4239
www.estacaoliberdade.com.br

Sumário

LIVRO PRIMEIRO
    Anthime Armand-Dubois   11

LIVRO SEGUNDO
    Julius de Baraglioul   45

LIVRO TERCEIRO
    Amédée Fleurissoire   95

LIVRO QUARTO
    A centopeia   131

LIVRO QUINTO
    Lafcadio   189

A Jacques Copeau

LIVRO PRIMEIRO

Anthime Armand-Dubois

> *De minha parte, a escolha está feita. Optei pelo ateísmo social. Esse ateísmo, já o venho exprimindo há uns quinze anos, numa série de obras...*
>
> Georges Palante, Chronique philosophique do *Mercure de France* (dezembro de 1912)

I

No ano de 1890, sob o pontificado de Leão XIII, a fama do doutor X..., especialista em doenças de origem reumática, chamou a Roma Anthime Armand-Dubois, franco-maçom.

— O quê? — exclamava Julius de Baraglioul, seu cunhado. — É seu corpo que você vai tratar em Roma! Tomara que lá você reconheça o quanto sua alma é que está muito mais doente!

Ao que respondeu Armand-Dubois, num tom de insistente comiseração:

— Meu pobre amigo, olhe para os meus ombros.

O bonachão Baraglioul levantou os olhos a contragosto em direção aos ombros do cunhado; eles sacudiam como se tomados por um riso profundo, irreprimível; e dava muito dó ver esse corpanzil meio paralisado ocupar, nessa paródia, o que restava de suas disponibilidades musculares. Vamos! Decididamente as suas posições estavam assumidas, a eloquência de Baraglioul nada podia mudar. O tempo, talvez? O sagrado conselho dos lugares santos... Com aspecto imensamente desanimado, Julius apenas dizia:

— Anthime, você me dá muita pena (os ombros logo pararam de dançar, pois Anthime gostava do cunhado). Possa eu, dentro de três anos, na época do jubileu, quando irei me encontrar com você, possa eu encontrá-lo emendado!

Pelo menos Véronique acompanhava o esposo com disposições de espírito bem diferentes: tão piedosa quanto sua irmã Marguerite e Julius, aquela longa estada em Roma respondia a um de seus mais caros votos; ela preenchia com pequenas práticas piedosas sua monótona vida frustrada, e, estéril, dedicava à fé os cuidados que nenhum filho lhe reclamava. Tristeza! Ela não nutria grande esperança de trazer de volta para Deus o seu Anthime. Há muito sabia de que teimosia era capaz aquela testa larga barrada por tal recusa. O padre Flons já a tinha advertido:

— As mais inabaláveis resoluções, minha senhora — dizia-lhe ele —, são as piores. Não espere nada, a não ser um milagre.

Ela já havia mesmo deixado de se entristecer. Logo nos primeiros dias em que se instalaram em Roma, cada um dos esposos, de seu lado, havia organizado a sua existência retirada: Véronique nas lides caseiras e nas devoções, Anthime em suas pesquisas científicas. Viviam assim um perto do outro, um contra o outro, suportando-se, dando-se as costas. Graças a isso, reinava entre eles uma espécie de concórdia, planava sobre eles um tipo de meia felicidade, cada um encontrando, no suporte do outro, o emprego discreto de sua própria virtude.

O apartamento que alugaram por intermédio de uma agência apresentava, como a maioria das residências italianas, junto com vantagens imprevistas, notáveis inconvenientes. Ocupando todo o primeiro andar do palácio Forgetti, na via in Lucina, contava com um terraço bastante bonito, onde imediatamente Véronique encasquetara em cultivar aspidistras, que medram tão mal nos apartamentos de Paris; mas, para ir ao terraço, era necessário atravessar a estufa que Anthime logo transformara em laboratório, e ele convencionara que só liberaria a passagem de tal a tal hora do dia.

Sem ruído, Véronique empurrava a porta, depois deslizava furtivamente, olhos no chão, como passa um irmão converso diante de grafites obscenos; pois ela desdenhava ver, bem no fundo do cômodo, transbordando da poltrona a que se encostava uma muleta, as enormes costas de Anthime curvadas sobre não se sabe que maligna operação. Anthime, por sua vez, fingia não ouvi-la. Mas, logo que ela retornava, ele se erguia pesadamente de sua poltrona, arrastava-se em direção à porta e, cheio de zanga, lábios cerrados, com um gesto autoritário do indicador, vlam! — empurrava o trinco.

Estava quase na hora em que, pela outra porta, Beppo, o procurador, entrava para pegar os recados.

Moleque de doze ou treze anos, em andrajos, órfão, sem abrigo, Anthime o notara poucos dias depois de sua chegada a Roma. Em frente ao hotel onde o casal inicialmente se instalara, na via di Bocca di Leone, Beppo solicitava a atenção do transeunte com um grilo escondido sob um punhado de capim, num cestinho de junco. Anthime dera uns trocados pelo inseto; depois, com o pouco de italiano que sabia, deu a entender como pôde ao garoto que, no apartamento para onde devia mudar-se no dia seguinte, na via in Lucina, ele iria precisar de alguns ratos. Tudo que rastejasse, nadasse, trotasse ou voasse servia para ser documentado. Ele só trabalhava com carne viva.

Beppo, bisbilhoteiro nato, teria entregado a águia ou a loba do Capitólio. Esse ofício lhe agradava porque incentivava o seu gosto pela pilhagem. Eram-lhe dados dez tostões por dia; ele ajudava, além disso, nas tarefas caseiras. Véronique, de início, olhava-o com maus olhos; mas a partir do momento em que o viu persignar-se ao passar diante da Madona no ângulo norte da casa, perdoou-lhe os andrajos e permitiu que levasse até a cozinha a água, o carvão, a lenha, os gravetos; ele até carregava a cesta quando acompanhava

Véronique ao mercado — às terças e sextas-feiras, dias em que Caroline, a criada que haviam trazido de Paris, estava ocupada demais com os trabalhos da casa.

O menino não batia à porta de vidro: ele arranhava; e, como Anthime permanecia debruçado à sua mesa sem responder, avançava quatro passos e lançava, com sua voz fresca, um *permesso?* que enchia de azul o escritório. Pela voz dir-se-ia um anjo: era um ajudante de carrasco. Naquela sacola que ele colocava sobre a mesa de suplícios, que nova vítima trazia? Muitas vezes, por demais absorto, Anthime não abria a sacola imediatamente; lançava sobre ela um rápido olhar; desde que a lona tremesse, estava bem: rato, camundongo, passarinho, rã, tudo servia para aquele Moloch. Às vezes Beppo não trazia nada; entrava assim mesmo: sabia que Armand-Dubois o esperava, mesmo com as mãos vazias; e enquanto o menino silencioso ao lado do cientista debruçava-se sobre alguma abominável experiência, eu quisera poder garantir que o cientista não experimentava um vaidoso prazer de falso deus ao sentir o olhar atônito do pequeno pousar, alternadamente, cheio de pavor sobre o animal e cheio de admiração sobre ele próprio.

Enquanto esperava para atacar os homens, Anthime Armand-Dubois pretendia simplesmente reduzir a "tropismos" toda a atividade dos animais que observava. Tropismos! Mal a palavra fora inventada, já não se entendia mais nenhuma outra; toda uma classe de psicólogos não consentiu em mais nada que não aos *tropismos.* Tropismos! Que luz súbita emanava de repente dessas sílabas! Evidentemente, o organismo cedia às mesmas incitações que o heliotrópio quando a planta involuntariamente gira sua flor frente ao sol (o que é redutível com facilidade a algumas simples leis da física e da termoquímica). O cosmos enfim se dotava de uma benignidade tranquilizadora. Nos mais surpreendentes movimentos do ser, podia-se reconhecer de maneira uniforme uma perfeita obediência aos estímulos.

Para servir aos seus fins, para obter do animal torturado a confissão de sua simplicidade, Anthime Armand-Dubois acabara de inventar um complicado sistema de caixas com corredores, alçapões, labirintos, compartimentos, uns contendo alimento, outros nada ou algum pó provocador de espirros, com portas de cores ou formas diferentes: instrumentos diabólicos que logo depois provocaram furor na Alemanha e que, sob o nome de *Vexierkasten*, serviram à nova escola psico-fisiológica para dar um passo a mais na incredulidade. E para agir distintamente sobre um ou outro dos sentidos do animal, sobre uma ou outra parte do cérebro, ele cegava estes, ensurdecia aqueles, castrava-os, descascava-os, retirava-lhes o cérebro, despojava-os de tal ou tal órgão que alguém teria jurado ser indispensável, mas de que o animal, para a instrução de Anthime, abria mão.

Seu *Comunicado sobre os "reflexos condicionados"* acabara de revolucionar a Universidade de Uppsala; ásperas discussões se travaram, das quais participara a elite dos cientistas estrangeiros. No espírito de Anthime, entretanto, novas questões rebelavam-se; deixando que seus colegas argumentassem, ele levava suas investigações para outras vias, pretendendo forçar Deus em redutos mais secretos.

Não lhe bastava admitir *grosso modo* que toda atividade acarreta uma usura, nem que o animal, apenas pelo exercício de seus músculos ou de seus sentidos, tem um dispêndio. Após cada dispêndio, ele perguntava: "quanto?" E caso o paciente extenuado procurasse recuperar-se, Anthime, em vez de alimentá-lo, pesava-o. O acréscimo de novos elementos iria complicar demais a experiência seguinte: seis ratos em jejum e amarrados entravam cotidianamente na balança; dois cegos, dois zarolhos, dois que enxergavam bem; destes últimos, um pequeno dispositivo mecânico fatigava constantemente a visão. Depois de cinco dias de jejum, em que proporção estavam as perdas respectivas? Em pequenos quadros *ad hoc,* Armand-Dubois, a cada dia, ao meio-dia, acrescentava novos dados triunfais.

II

O jubileu estava próximo. Os Armand-Dubois esperavam os Baraglioul a qualquer momento. Na manhã em que chegou a correspondência anunciando que chegariam à tarde, Anthime saiu para comprar uma gravata.

Anthime saía pouco; o mais raramente possível, movendo-se com dificuldade; Véronique fazia de bom grado as compras para ele; levavam-se até ele os fornecedores que anotavam as encomendas segundo o modelo. Anthime não se preocupava com os modos; mas, por mais simples que desejasse sua gravata (modesto laço de surá preto), ainda assim queria escolhê-la. O peitilho de cetim carmelita, que ele havia comprado para a viagem e posto durante a sua permanência no hotel, escapava constantemente do colete, que costumava usar bem aberto; Marguerite de Baraglioul com certeza acharia descuidada demais a echarpe creme que o havia substituído, e agora, preso com alfinete, um velho e grande camafeu sem valor; ele havia feito mal em abandonar os lacinhos pretos já prontos que costumava usar em Paris, e principalmente em não ter guardado um como modelo. Que formas iriam lhe propor? Ele não se decidiria antes de ter visitado vários camiseiros do Corso e da via dei Condotti. As laçadas, para um homem de cinquenta anos, eram demasiado livres; decididamente era um nó bem reto, de um preto fosco, o que convinha...

O almoço estava previsto para a uma hora. Anthime voltou perto do meio-dia com a compra, a tempo de pesar seus animais.

Não que fosse vaidoso, mas Anthime sentiu a necessidade de experimentar a gravata antes de começar a trabalhar. Uma lasca de espelho estava ali, que lhe servira há pouco para provocar tropismos; colocou-a deitada sobre uma gaiola e se debruçou sobre seu próprio reflexo.

Anthime usava cabelos em escova ainda espessos, outrora ruivos, hoje desse amarelo grisalho e inconstante que os velhos objetos de prata dourada tomam; as sobrancelhas avançavam como moitas acima de um olhar mais cinzento, mais frio que um céu de inverno; as costeletas, aparadas alto e rente, tinham conservado o tom amarelado do áspero bigode. Ele passou as costas da mão nas bochechas achatadas, sob um vasto queixo quadrado:

— Sim, sim — resmungou —, logo vou me barbear.

Tirou do envelope a gravata, colocou-a diante de si; tirou o alfinete-camafeu, depois a echarpe. Sua nuca era forte, cercada por um colarinho meio alto, chanfrado na parte da frente, cujas pontas ele dobrava. Aqui, apesar de todo o meu desejo de só relatar o essencial, não posso silenciar sobre o lobinho de Anthime Armand-Dubois. Porque, enquanto eu não tiver aprendido melhor a separar o acidental do necessário, o que exijo eu de minha pena senão exatidão e rigor? Quem poderia afirmar, com efeito, que esse lobinho não tinha representado nenhum papel, que não havia tido peso algum nas decisões daquilo que Anthime chamava de seu *livre* pensamento? Enfrentava tranquilamente seu reumatismo ciático; mas essa mesquinharia, ele não a perdoava ao bom Deus.

Esta lhe chegara ele não sabia como, pouco tempo depois do casamento; e de início não tinha havido, a sudeste de sua orelha esquerda, onde o couro se torna cabeludo, senão um pequeno calombo sem maior importância; por muito tempo, debaixo do cabelo abundante que ele puxava por cima, pôde dissimular a excrescência; a própria Véronique ainda não a havia notado, quando, numa carícia noturna, sua mão de repente a encontrou:

— Ei! O que você tem aqui? — indagou.

E como se, desmascarada, a protuberância não tivesse mais de manter o recato, ela tomou em poucos meses a dimensão de um ovo de perdiz, depois de galinha-d'angola, depois de galinha, e parou aí, enquanto o cabelo mais raro se dividia em torno dela e a expunha. Aos quarenta e seis anos, Anthime Armand-Dubois não precisava mais pensar em agradar; raspou os cabelos e adotou aquela forma de colarinhos falsos meio altos nos quais uma espécie de alvéolo escondia o lobinho e o revelava ao mesmo tempo. Isso basta para o lobinho de Anthime.

Ele passou a gravata ao redor do pescoço. No centro da gravata, através de uma argolinha de metal, devia passar uma fita para amarrar, que era presa por uma ponta em forma de alavanca. Engenhoso aparelho, mas que só esperava a visita da fita para abandonar a gravata; esta caiu de volta sobre a mesa de operação. Era forçoso recorrer a Véronique; ela acorreu ao chamado.

— Olhe, costure isso pra mim — disse Anthime.

— Trabalho à máquina: isso não vale nada — murmurou ela.

— O fato é que não prende.

Véronique sempre trazia, espetadas no casaquinho, abaixo do seio esquerdo, duas agulhas já enfiadas, uma com linha branca, outra com preta. Junto à porta-balcão, sem ao menos sentar-se, começou o conserto. Anthime, enquanto isso, olhava para ela. Era uma mulher bastante forte, com traços marcados; cabeçuda como ele, mas afinal cortês, e quase sempre sorridente, a ponto de um pouco de buço não lhe endurecer as feições.

"Ela é prendada", pensava Anthime, vendo-a puxar a agulha. "Eu poderia ter casado com uma coquete que me enganasse, com uma volúvel que me abandonasse, com uma tagarela que me explodisse a cabeça, com uma idiota que me fizesse perder as estribeiras, com uma rabugenta como a minha cunhada..."

E, num tom menos arrogante do que de costume:

— Obrigado — disse ele, quando Véronique, terminado o trabalho, ia saindo.

De gravata nova no pescoço, Anthime está agora todo entregue a seus pensamentos. Nenhuma outra voz se levanta, nem fora, nem em seu coração. Ele já pesou os ratos cegos. Que quer dizer isto? Os ratos zarolhos estão estacionários. Ele vai pesar o casal intacto. De repente, um sobressalto tão brusco que a muleta rola por terra. Estupor! Os ratos intactos... ele volta a pesá-los; mas não, é preciso convencer-se: os ratos intactos, desde ontem, *aumentaram*! Um lampejo atravessa-lhe o cérebro:

— Véronique!

Com um grande esforço, tendo recolhido sua muleta, se precipita em direção à porta.

— Véronique!

Ela acorre outra vez, prestativa. Então ele pergunta, solenemente, da soleira da porta:

— Quem tocou nos meus ratos?

Nenhuma resposta. Ele repete devagar, destacando cada palavra, como se Véronique tivesse deixado de entender facilmente o francês:

— Enquanto eu estava fora, alguém lhes deu de comer. Foi você?

Então ela, que recobra um pouco de coragem, volta-se para ele quase agressiva:

— Você os estava deixando morrer de fome, esses pobres bichos. Não perturbei sua experiência; eu simplesmente lhes...

Mas ele a agarra apela manga e, manquitolando, leva-a até a mesa, apontando para as tabelas de observações:

— Você está vendo estas folhas — onde há quinze dias eu corrijo as anotações sobre os animais: são elas mesmas que meu colega Potier está esperando para fazer uma leitura na Academia de Ciências, na sessão do próximo dia 17 de maio. Neste 15 de abril, dia em que estamos, na sequência destas colunas de números, o que posso escrever? O que devo escrever?...

E como ela nada diz, ele prossegue, com a ponta quadrada de seu indicador, como se fosse um estilete, raspando o espaço branco do papel:

— Nesse dia — retoma ele — a senhora Armand-Dubois, esposa do observador, ouvindo apenas o seu terno coração, cometeu a... o que você quer que eu ponha? A falta de jeito? A imprudência? A besteira?...

— É melhor escrever: teve dó desses pobres bichos, vítimas de uma curiosidade impertinente.

Ele se ergue, muito digno:

— Se é assim que encara a coisa, compreenderá, minha senhora, que de agora em diante eu deva rogar-lhe que passe pela escada do pátio para ir cuidar das plantas.

— O senhor acredita que seja por prazer que algumas vezes eu entre em seu tugúrio?

— Poupe-se ao desprazer de entrar nele futuramente.

Depois, juntando a essas palavras a eloquência do gesto, apanhou as folhas de observações e as rasgou em pedacinhos.

"Há quinze dias", disse ele: na verdade, os ratos só estão jejuando há quatro. E sua irritação sem dúvida se extenuou nesse exagero do prejuízo, pois à mesa ele pode mostrar um rosto sereno; leva essa filosofia a ponto de estender à cara metade uma mão conciliadora. Pois, embora não tanto quanto a Véronique, desagradava-lhe dar a esse sensato casal Baraglioul um espetáculo de divergências que os levasse a tomar como responsáveis as opiniões de Anthime.

Por volta das cinco horas, Véronique troca o casaquinho caseiro por uma jaqueta de casimira preta e sai ao encontro de Julius e de Marguerite, que devem chegar à estação de Roma às seis. Anthime vai se barbear; aceitou substituir a echarpe por uma gravata preta: isto deve bastar; ele detesta cerimônia e não quer fazer má figura diante da cunhada com uma jaqueta de alpaca, um colete branco mesclado de azul, uma calça de cotim e confortáveis chinelos de couro preto sem saltos, que usa até para sair e que servem de desculpa à sua claudicação.

Recolhe as folhas rasgadas, recoloca ponta a ponta os fragmentos e copia cuidadosamente todos os números, enquanto espera os Baraglioul.

III

A família de Baraglioul (o "*gl*" pronuncia-se à italiana, como em *Broglie* [duque de] e em *miglionario*) é originária de Parma. Foi um Baraglioli (Alessandro) que desposou em segundas núpcias Filippa Visconti, em 1514, poucos meses após a anexação do ducado aos Estados Pontifícios. Outro Baraglioli se distinguiu na batalha de Lepanto e morreu assassinado em 1580, em circunstâncias que permanecem misteriosas. Seria fácil, mas sem grande interesse, seguir os destinos da família até 1807, época em que Parma foi anexada à França, e em que Robert de Baraglioul, avô de Julius, foi instalar-se em Pau. Em 1828, recebeu de Carlos X a coroa de conde — coroa que tão nobremente deveria usar pouco mais tarde Juste-Agénor, seu terceiro filho (os dois primeiros morreram com pouca idade), nas embaixadas onde brilhava a sua inteligência sutil e triunfava a sua diplomacia.

O segundo filho de Juste-Agénor de Baraglioul, Julius, que desde o casamento vivia completamente irreprochável, tinha tido algumas paixões na juventude. Mas, pelo menos, podia atribuir-se esta justiça de que seu coração nunca havia derrogado. A distinção visceral de sua natureza e essa espécie de elegância moral que respirava em seus menores escritos haviam sempre segurado os seus desejos no declive em que a sua curiosidade de romancista lhes teria por certo largado as rédeas. O sangue lhe corria sem turbulência, mas não sem calor, como puderam testemunhar várias beldades aristocráticas... E aqui eu não falaria disso, se seus primeiros romances não o tivessem dado a entender claramente; a isso devem em parte o grande sucesso mundano que alcançaram. A alta qualidade do público capaz de admirá-los permitiu serem publicados: um no *Correspondant*, dois outros na *Revue des Deux Mondes*. Foi assim que, à sua revelia, ainda jovem, viu-se levado rumo à Academia: já então pareciam levá-lo em direção a ela o seu belo porte, a grave unção de seu olhar e a palidez pensativa de sua fronte.

Anthime professava grande desprezo pelas vantagens da posição social, da fortuna e da aparência, o que não deixava de mortificar Julius; mas ele apreciava em Julius certa boa índole e uma grande falta de jeito na discussão, que muitas vezes favorecia o livre pensamento.

Às seis horas, Anthime ouve parar diante da porta o carro dos hóspedes. Sai ao encontro deles no patamar. Julius sobe primeiro. Com seu chapéu *cronstadt*, seu sobretudo reto com forro de seda, dir-se-ia que estava em trajes de visita, não de viagem, não fosse o xale escocês que carrega no antebraço; o longo trajeto não lhe fora uma provação.

Marguerite de Baraglioul o acompanha, de braços dados com a irmã; ela, ao contrário, muito mal arrumada, de capote e birote atravessados, tropeçando nos degraus, um quarto do rosto escondido pelo lenço que ela segura como compressa... Ao se aproximar de Anthime:

— Marguerite tem uma brasa nos olhos — solta Véronique.

Julie, filha deles, graciosa menina de nove anos, e a empregada, que encerram a fila, guardam um silêncio consternado.

Com o temperamento de Marguerite, não se trata de tomar a coisa como brincadeira: Anthime propõe que se chame um oculista; mas Marguerite conhece de reputação os medicastros italianos e não quer "por nada neste mundo" ouvir falar deles; ela sussurra com voz moribunda:

— Água fresca. Um pouco de água fresca, simplesmente. Ah!

— Querida irmã, realmente — retoma Anthime — a água fresca poderá aliviá-la por um momento descongestionando seu olho; mas não eliminará o mal.

Depois, voltando-se para Julius:

— Você conseguiu ver o que é?

— Não muito bem. Quando o trem estava parando e me propus a examinar, Marguerite começou a ficar nervosa...

— Ora, não diga isso, Julius! Você foi terrivelmente desajeitado. Para levantar a minha pálpebra, você começou por dobrar todos os meus cílios...

— Você quer que eu tente? — disse Anthime — Talvez eu tenha mais jeito.

Um carregador subia as malas. Carolina acendeu uma lâmpada de refletor.

— Vejamos, meu amigo, você não vai executar essa operação no corredor — diz Véronique, e leva os Baraglioul para o quarto.

O apartamento dos Armand-Dubois estendia-se em torno do pátio interior cuja luz vinha das janelas de um corredor que, saindo do vestíbulo, ligava-se ao viveiro de plantas. Para esse corredor davam primeiramente as portas da sala de jantar, depois as da sala de visitas (enorme cômodo anguloso, mal mobiliado, que os Anthime não usavam), e as de dois quartos de hóspedes que haviam sido preparados: o primeiro para o casal Baraglioul; o segundo, menor, para Julie, junto do último quarto, o do casal Armand-Dubois. Todos esses cômodos comunicavam-se. A cozinha e dois quartos de empregada davam para o outro lado do patamar.

— Por favor, não fiquem todos à minha volta. — gemeu Marguerite — Julius, cuide afinal das bagagens.

Véronique manda a irmã sentar-se numa poltrona enquanto Anthime mostra-se atencioso:

— O fato é que ele está inflamado. Se você tirasse o chapéu...

Mas Marguerite, temendo, talvez, que seu penteado em desordem deixasse transparecer os seus elementos artificiais, declara que só irá tirá-lo mais tarde; um chapéu *cabriolet* com fitas não a impedirá de encostar a nuca no espaldar.

— Então você me convida para tirar o cisco do seu olho mas sem antes tirar a viga que está no meu — diz Anthime, com uma espécie de riso de escárnio. — Aí está algo que me parece bem contrário aos preceitos evangélicos!

— Ah! Eu lhe peço, não me faça pagar caro demais por seus cuidados.

— Não digo mais nada... Com o canto de um lenço limpo... estou vendo o que é... não tenha medo, oras!... Olhe para o céu!... Aqui está.

E Anthime tira na ponta do lenço um carvãozinho imperceptível.

— Obrigada! Obrigada. Deixe-me sozinha agora, estou com uma enxaqueca medonha.

Enquanto Marguerite descansa, Julius conversa com a empregada e Véronique acompanha os preparativos para a refeição, Anthime cuida de Julie, a quem levou para o quarto. Ele deixara a sobrinha bem pequena e mal reconhece essa meninona de sorriso já gravemente ingênuo. Ao cabo de pouco tempo, enquanto a mantém perto dele, falando de coisas pueris na esperança de poder agradá-la, seu olhar se prende em uma fina correntinha de prata que a menina traz ao pescoço e à qual ele acha que devem estar penduradas medalhas. Com um deslizar indiscreto de seu grosso indicador ele as traz para a frente do casaquinho e, escondendo a sua repugnância doentia sob uma máscara de surpresa:

— Que são essas coisinhas aqui?

Julie compreende muito bem que a pergunta não é séria; mas por que ela ficaria perturbada?

— Como, titio? O senhor nunca viu medalhas?

— Juro que não, minha menina — mente ele — isso não é tão bonitinho, mas creio que serve para alguma coisa.

E como a serena piedade não repugna alguma travessura inocente, a menina divisa, diante do espelho sobre a lareira, uma fotografia que a representa e, mostrando-a com o dedo:

— Ali está, titio, o retrato de uma menininha que também não é tão bonitinha. Para que ela lhe pode servir?

Surpreso por encontrar numa pirralha tão malicioso espírito de resposta, e sem dúvida tanto bom senso, o tio Anthime fica momentaneamente desarmado. Com uma menina de nove anos, ele não pode, entretanto, engajar uma discussão metafísica! Ele sorri. A menina, agarrando logo a vantagem e mostrando as pecinhas santas:

— Aqui está — diz ela — a de santa Julie, minha padroeira, e a do Sagrado Coração de Nosso...

— Do bom Deus, você não tem uma? — interrompe absurdamente Anthime.

A menina responde com naturalidade:

— Não; do bom Deus, não fazem... Mas aqui está a mais bonita: é a de Nossa Senhora de Lourdes, que a tia Fleurissoire me deu; ela a trouxe de Lourdes; eu a coloquei no pescoço no dia em que papai e mamãe me ofereceram a Nossa Senhora.

É demais para Anthime. Sem tentar compreender em nenhum momento o que evocam de inefavelmente gracioso essas imagens, o mês de maio, o cortejo azul e branco das crianças, ele cede a uma necessidade maníaca de blasfemar:

— Ela não quis saber de você, a boa Virgem Santa, pois que você ainda está conosco?

A menina não responde. Será que ela já se deu conta de que diante de certas impertinências o mais prudente é nada responder? Aliás, que há para dizer? Depois dessa pergunta estranha, não é Julie, é o franco-maçom que enrubesce — perturbação ligeira, companheira inconfessa da indecência, confusão passageira que o tio esconderá depositando na fronte cândida da sobrinha um respeitoso beijo reparador.

— Por que o senhor se faz de mau, tio Anthime?

A menina não está enganada: no fundo, esse cientista ímpio é sensível.

Então, por que essa resistência obstinada?

Nesse momento, Adèle abre a porta:

— A patroa está chamando a senhorita.

Aparentemente Marguerite de Baraglioul teme a influência do cunhado e não quer deixar a filha muito tempo com ele. É o que ele ousará dizer-lhe, a meia voz, um pouco mais tarde, enquanto a família se dirige à mesa. Mas Marguerite levantará para Anthime um olhar ainda um pouco inflamado:

— Medo de você? Ora, caro amigo, Julie teria convertido doze de sua laia antes que as suas zombarias tivessem conseguido o menor sucesso sobre sua alma. Não, não, nós somos mais firmes que isso. Mesmo assim, pense que numa criança... Ela sabe tudo que se pode esperar de blasfêmia de uma época tão corrompida e num país tão vergonhosamente governado como o seu. Mas é triste que os primeiros motivos de escândalo lhe sejam oferecidos por você, seu tio, que gostaríamos de ensinar-lhe a respeitar.

IV

Essas palavras tão comedidas, tão sábias, poderão acalmar Anthime?

Sim, durante os dois primeiros pratos (aliás, o jantar, bom mas simples, só tem três) e enquanto a conversa familiar vagueia ao longo de assuntos pouco espinhosos. Em consideração ao olho de Marguerite, primeiro se falará de oculística (os Baraglioul fingem não ver que o cisto de Anthime aumentou), depois, de cozinha italiana, por gentileza para com Véronique, em alusão à excelência de seu jantar. Depois Anthime pedirá notícias dos Fleurissoire, que os Baraglioul foram visitar recentemente em Pau, e da condessa de Saint-Prix, irmã de Julius, que passeia pelas redondezas; finalmente, de Geneviève, a excelente filha mais velha dos Baraglioul, que estes gostariam de ter trazido consigo para Roma, mas que jamais consentiria em se afastar do Hôpital des Enfants-Malades, onde, toda manhã, na rua de Sèvres, ela vai cuidar das chagas dos pequenos infelizes. Depois Julius trará à baila a grave questão da expropriação dos bens de Anthime: trata-se de terrenos que Anthime comprara no Egito por ocasião de uma primeira viagem que fez, ainda jovem, àquele país; mal situados, tais terrenos não haviam adquirido grande valor até agora; mas o fato novo era de que a nova ferrovia do Cairo a Heliópolis iria atravessá-los: com certeza a bolsa dos Armand-Dubois, que arriscadas operações haviam sobrecarregado, precisa muito dessa pechincha; no entanto, Julius, antes de partir, pôde falar com Maniton, engenheiro perito encarregado do estudo da linha, e aconselha ao cunhado que não doure demais sua esperança: ele poderia ficar na mão. Mas o que Anthime não disse é que o negócio estava nas mãos da Loja, que nunca abandona os seus.

Anthime está agora falando com Julius de sua candidatura à Academia, de suas chances: ele fala do assunto sorrindo, porque não acredita muito; e o próprio Julius finge uma indiferença tranquila e como que renunciada: de que adianta contar que sua irmã, a condessa Guy de Saint-Prix, tem na manga o cardeal André e, portanto, os quinze imortais que sempre votam com ele? Anthime esboça um leve elogio sobre o último romance de Baraglioul: *O ar dos cumes*. O fato é que achou o livro execrável; e Julius, que não se engana a respeito, apressa-se em dizer, para preservar seu amor próprio:

— Eu imaginava que tal livro não poderia agradá-lo.

Anthime consentiria ainda em desculpar o livro, mas essa alusão a suas opiniões dá-lhe comichões; protesta que estas em nada influem sobre os julgamentos que elabora sobre as obras de arte em geral, e em particular sobre os livros de seu cunhado. Julius sorri com uma complacente condescendência e, para mudar de assunto, pede ao cunhado notícias de sua dor ciática, a que ele chama, por engano, lumbago. Ah! Por que Julius não perguntou antes sobre suas pesquisas científicas? Seria bem mais interessante responder. Seu lumbago! Por que não fala logo de seu lobinho? Mas aparentemente o cunhado ignora suas pesquisas científicas: prefere ignorá-las... Anthime, já todo inflamado e assim sentindo as dores do "lumbago", retruca rabugento:

— Se estou melhor?... Ah! Ah! Ah! Você se irritaria com isso!

Julius fica admirado e pede ao cunhado que lhe explique de que lhe adianta distribuir sentimentos tão pouco caridosos.

— Ora essa! Você também sabe chamar o médico logo que um dos seus fica doente; mas quando se sara da doença, a medicina não vale mais nada: foi por causa das orações que rezou enquanto o médico tratava de você. Aquele que não comungou na Páscoa, ora essa, você acharia bem impertinente que ele se curasse!

— No lugar de rezar, você prefere ficar doente? — disse Marguerite em tom compenetrado.

Em que ela vem se meter? Geralmente ela nunca toma parte nas conversas de interesse geral e faz de conta que desaparece logo que Julius abre a boca. É uma conversa entre homens; nada de panos quentes! Ele se volta abruptamente para ela:

— Meu encanto, saiba que se a cura estivesse ali, ali, está me entendendo — e aponta vigorosamente para o saleiro —, bem pertinho, e eu tivesse, para ter o direito de pegá-la, de implorar ao Senhor Chefão (é assim que ele brinca, em seus dias de humor, de chamar o Ente Supremo) ou rogar-lhe que intervenha, que inverta para mim a ordem estabelecida, a ordem natural dos efeitos e das causas, a ordem venerável, pois bem!, eu não ia querer saber disso, de sua cura; eu diria a ele, ao Chefão: Deixe-me em paz com seu milagre: não quero saber dele.

Vai escandindo as palavras, vai silabando; levantou a voz no diapasão de sua cólera; está medonho.

— Você não queria saber... por quê? — perguntou Julius, bem calmo.

— Porque isso me forçaria a acreditar n'Aquele que não existe.

Dizendo isso, dá um murro na mesa.

Marguerite e Véronique, preocupadas, trocaram uma olhadela, depois voltaram o olhar para Julie.

— Acho que está na hora de ir se deitar, filhinha — disse a mãe. — Vá logo; nós lhe daremos boa noite na cama.

A criança, que estava apavorada com as palavras atrozes e o aspecto demoníaco do tio, fugiu.

— Eu quero, se ficar curado, ficar devendo isso apenas a mim mesmo. Basta.

— Ah! Muito bem. E o médico, então? — arriscou Marguerite.

— Eu pago os cuidados dele, e fico quite.

Mas Julius, no seu registro mais grave de voz:

— Ao passo que a gratidão para com Deus amarraria você...

— Sim, meu irmão, e aí está por que eu não rezo.

— Outros rezaram por você, meu amigo.

É Véronique quem fala; ela não dissera nada até agora. Ao som dessa voz doce bem conhecida, Anthime tem um sobressalto, perde toda compostura. Proposições contraditórias se chocam em seus lábios: primeiro, não se tem o direito de rezar por alguém contra a sua vontade, de pedir um favor para ele sem que ele saiba; é uma traição. Ela não conseguiu nada; tanto melhor! Isso lhe ensinará o que elas valem, as suas orações! Há de se orgulhar!... Mas, afinal de contas, talvez ela não tenha rezado suficientemente?

— Fique tranquilo: eu continuo — retoma, tão suavemente quanto antes, Véronique. Depois, toda sorridente, e como alheia ao vento dessa cólera, conta a Marguerite que, toda noite, sem falhar uma só, ela acende, em nome de Anthime, duas velas, ao lado da Madona trivial, no ângulo norte da casa, aquela mesma diante da qual Véronique surpreendera um dia Beppo se persignando. O garoto ficava bem ao lado, numa reentrância da parede, onde Véronique tinha certeza de encontrá-lo na hora certa. Ela não poderia alcançar o nicho, colocado fora do alcance dos transeuntes; Beppo (era então um adolescente esbelto de quinze anos), agarrando-se às pedras e a uma argola de metal, colocava as velas já acesas diante da santa imagem... E a conversa insensivelmente se desviava de Anthime, fechava-se acima dele, falando agora as duas irmãs da piedade popular tão comovente, pela qual a mais tosca estátua é também a mais honrada... Anthime estava todo submerso. Quê! Já não bastava, esta manhã, às suas costas, Véronique ter dado comida aos ratos? Agora ela acende velas! Para ele! A sua mulher! E compromete Beppo nessa inepta momice... Ah! Nós vamos ver!...

O sangue sobe ao cérebro de Anthime; ele fica sufocado, em suas têmporas repica um sino. Num esforço imenso, levanta-se derrubando uma cadeira; derrama sobre o lenço um copo de água; passa na testa... Irá sentir-se mal? Véronique se desvela: ele a rechaça com brutalidade, escapa rumo à porta e a bate; e já no corredor ouve-se seu andar desigual afastar-se, com o acompanhamento da muleta, surdo e manco.

Essa partida brusca deixa nossos convivas entristecidos e perplexos. Permanecem silenciosos por alguns instantes.

— Minha pobre amiga! — diz finalmente Marguerite. Mas nessa ocasião se afirma uma vez mais a diferença entre o temperamento das duas irmãs. A alma de Marguerite é talhada nesse estofo admirável com que Deus faz propriamente os seus mártires. Ela se cala e aspira a sofrer. A vida, infelizmente, não lhe concedeu nenhuma perda; cumulada por todas as partes, sua faculdade de suportar ficou reduzida a buscar nas menores contrariedades o seu emprego; ela aproveita as menores coisas para daí tirar um arranhão; ela se prende e se enrosca em tudo. Sem dúvida sabe se arranjar para que as pessoas lhe ofendam; mas Julius parece trabalhar para esvaziar a sua virtude; como admirar-se então de que perto dele ela se mostre sempre insatisfeita e caprichosa? Com um marido como Anthime, que bela carreira! Ela faz questão de que sua irmã saiba aproveitar um pouco disso; Véronique, de fato, foge às culpas; sobre a sua indefectível unção sorridente tudo passa, sarcasmo, zombaria — e sem dúvida ela há muito tomou o partido do isolamento em sua vida; Anthime, definitivamente, não é mau para ela, e pode dizer o que quiser! Ela explica que, se ele fala alto, é porque está impedido de mover-se; ele se exaltaria menos se pudesse andar melhor; e como Julius pergunta aonde pode ter ido:

— Ao laboratório — responde ela —; e a Marguerite que pergunta se não seria bom passar lá para vê-lo — pois ele poderia estar indisposto, depois de tanta cólera! — ela garante que é melhor deixá-lo acalmar-se sozinho e não prestar muita atenção em sua saída.

— Terminemos de jantar tranquilamente — conclui.

V

Não, não foi no laboratório que o tio Anthime parou.

Atravessou rapidamente essa oficina onde os seis ratos acabam de sofrer. Por que se retarda no terraço inundado por um clarão ocidental? A seráfica claridade da noite, acalmando-lhe a alma rebelde, talvez o inclinasse... Pois não: ele foge do conselho. Pela incômoda escadaria em caracol, chegou ao pátio, que ele atravessa. Essa pressa insegura é trágica para nós que sabemos a custo de que esforço ele compra cada passada, a custo de que dor, cada esforço. Quando veremos despender energia tão indômita para o bem? Por vezes um gemido escapa de seus lábios retorcidos; seus traços ficam convulsos. Aonde o leva esse furor ímpio?

A Madona — que, deixando escorrer de suas mãos abertas a graça e o reflexo dos raios celestes sobre o mundo, vela sobre a casa e talvez interceda até pelo blasfemador — não é uma dessas estátuas modernas, como fabrica em nossos dias, com o cartão-romano plastificado de Blafaphas, a casa de arte Fleurissoire-Lévichon. Imagem ingênua, expressão da adoração popular, por isso mesmo, ela será a mais bela e a mais eloquente a nossos olhos. Iluminando a face exangue, as radiantes mãos, o manto azul, uma lanterna, diante da estátua, mas bem distante dela, pende de um teto de zinco que vai além do nicho e ainda abriga os ex-votos dependurados nas paredes laterais. Ao alcance da mão de quem passa, uma portinha de metal, cuja chave fica com o bedel da paróquia, protege o rolo da corda, na ponta da qual pende a lanterna. Além disso, dois círios, que Véronique trouxe há pouco, ardem dia e noite diante da estátua. À vista desses círios, que ele sabe estarem queimando para ele, o franco-maçom sente sua fúria reanimar-se. Beppo, na reentrância da parede onde se abriga, acabava de roer uma crosta de pão e algumas lascas de funcho, e corre a seu encontro. Sem responder à sua cortês saudação, Anthime agarra-o pelo ombro; debruçado sobre ele, o que diz, que faz estremecer o menino? — Não! Não! — protesta o garoto. Do bolso do colete, Anthime tira uma nota de cinco liras; Beppo fica indignado... Mais tarde, talvez, ele se precipite; ele mate, até; quem sabe de que respingo sórdido a miséria irá manchar sua fronte? Mas levantar a mão contra a Virgem que o protege, por quem, toda noite, antes de adormecer, ele suspira, para quem, toda manhã, logo ao despertar, ele sorri!... Anthime pode tentar a exortação, a corrupção, a rudeza, a ameaça, mas dele só obterá a recusa.

Afinal, não nos equivoquemos a esse respeito. Anthime não tem nenhuma animosidade precisamente contra a Virgem; é especialmente contra os círios de Véronique que ele tem implicância. Mas a alma simples de Beppo não chega a esses pormenores; aliás, esses círios agora consagrados, ninguém tem o direito de assoprá-los...

Anthime, a quem essa resistência exaspera, afastou o menino. Agirá sozinho. Encostado à muralha, empunha a muleta pela parte de baixo, toma um terrível impulso balançando o cabo para trás e, com todas as forças, lança-a para o céu. A madeira resvala pela parede do nicho e cai no chão com estrondo, arrancando não se sabe que pedaço, que reboque. Ele retoma a muleta e recua para ver o nicho... Que inferno! Os dois círios continuam acesos. Mas o que isso quer dizer? A estátua, no lugar da mão direita, só apresenta agora uma haste de metal preto.

Ele contempla por um instante, caindo em si, o triste resultado de seu gesto: chegar a esse ridículo atentado... Ah! Azar! Ele busca Beppo com o olhar; o menino desapareceu. A noite se fecha; Anthime está só; ele avista no chão a lasca que, instantes atrás, sua muleta havia arrancado, e a recolhe: é uma mãozinha de estuque que ele, erguendo os ombros, coloca no bolso do colete.

Com a vergonha na fronte, a raiva no coração, o iconoclasta agora sobe de volta ao laboratório; quisera trabalhar, mas esse esforço abominável deixou-o alquebrado; só tem vontade de dormir. Por certo, vai atirar-se na cama sem se despedir de ninguém... Na hora de entrar no quarto, entretanto, um ruído de voz o detém. A porta do quarto vizinho está aberta; pela sombra do corredor ele desliza...

Semelhante a algum anjinho familiar, a pequena Julie, de camisola, está em cima da cama, ajoelhada; à cabeceira da cama imersa na claridade da lâmpada, Véronique e Marguerite, ambas de joelhos; um pouco recuado, de pé atrás da cama, Julius, com uma mão no coração, a outra cobrindo os olhos, numa atitude ao mesmo tempo devota e viril: eles estão ouvindo a criança rezar. Um grande silêncio envolve a cena e de tal modo que faz o cientista se lembrar de certa tarde tranquila e dourada, à beira do Nilo, onde, assim como agora se levanta essa reza infantil, levantava-se uma fumaça azul, diretamente em direção a um céu puríssimo.

Sem dúvida, a oração está chegando ao fim; a criança, agora, deixando as fórmulas decoradas, reza pelo que lhe dita o coração; reza pelos órfãos, pelos doentes e pelos pobres, por sua irmã Geneviève, pela tia Véronique, pelo papai; para que a vista de sua querida mamãe fique logo curada... Entrementes o coração de Anthime se aperta; da soleira da porta, bem alto, num tom que ele quisera irônico, ouvem-no dizer, do outro lado do cômodo:

— E para o tio, não pedem nada ao bom Deus?

A criança então, com uma voz extraordinariamente firme, retoma, para grande espanto de todos:

— E eu Vos rogo igualmente, meu Deus, pelos pecados do tio Anthime.

Essas palavras atingiram o ateu em pleno coração.

VI

Nessa noite Anthime teve um sonho. Estavam batendo na pequena porta de seu quarto; não na porta do corredor, nem na do quarto vizinho: batiam em outra porta, uma porta de que, no estado de vigília, ele não se tinha dado conta e que dava diretamente para a rua. Foi isso que o fez ficar com medo e, como primeira resposta, ficou calado. Uma meia claridade permitia-lhe distinguir os pequenos objetos do quarto, uma suave e duvidosa claridade igual à de uma lamparina; entretanto, nenhuma chama estava acesa. Como procurasse explicar para si mesmo de onde provinha aquela luz, bateram pela segunda vez.

— O que quer? — gritou ele com voz trêmula.

Na terceira vez uma extraordinária moleza o entorpeceu, uma moleza tal que todo sentimento de medo nela se dissolveu (ao que ele chamava mais tarde: uma suavidade resignada); de repente, sentiu ao mesmo tempo que estava sem resistência e que a porta ia ceder. Ela se abriu sem ruído e, durante um instante, ele só viu um escuro vão, mas de onde, como num nicho, eis que a Virgem Santa apareceu. Era uma breve forma branca, que inicialmente ele tomou pela sobrinha Julie, tal como acabara de deixá-la, com os pés descalços ultrapassando um pouco a camisola; mas, um instante depois, reconheceu Aquela a quem havia ofendido; quero dizer que ela tinha o aspecto da estátua da esquina; e ele até distinguiu o machucado no antebraço direito; entretanto o rosto másculo era mais belo, mais sorridente ainda que de costume. Sem que ele a visse caminhar, ela avançou em sua direção como a deslizar e, quando estava bem perto de sua cabeceira:

— Acreditas então, tu que me feriste — disse-lhe ela —, que eu precise de minha mão para curar-te — e enquanto isso ela levantava sobre ele a manga vazia.

Parecia-lhe agora que essa estranha claridade emanava d'Ela. Mas quando a haste de metal entrou de repente em seu flanco, uma dor atroz perfurou-o e ele despertou no meio da noite.

Anthime levou talvez uns quinze minutos até retomar os sentidos. Sentia por toda parte do corpo uma espécie de estranho torpor, de embrutecimento, depois um formigamento quase agradável, de maneira que a dor aguda no flanco, ele duvidava agora que a tivesse realmente sentido; não compreendia mais onde começava, onde terminava seu sonho, nem se agora estava acordado, ou se tinha sonhado havia pouco. Apalpou-se, beliscou-se, verificou-se, tirou um braço fora da cama e, finalmente, riscou um fósforo. Véronique, a seu lado, dormia com o rosto virado para a parede.

Então, ultrapassando os lençóis, afastando as cobertas, ele se deixou escorregar até colocar a ponta dos pés descalços nos chinelos. A muleta estava ali, encostada à mesa de cabeceira; sem pegá-la, ele ergueu as mãos, empurrando a cama para trás; depois afundou os pés no couro; a seguir, levantou-se bem reto sobre as pernas; então, ainda inseguro, com um braço estendido para frente, o outro para trás, deu um passo, dois passos ao lado da cama, três passos, depois através do quarto... Virgem Santa! Estaria ele...?
— Sem ruído enfiou as calças, colocou o colete, o paletó... Para, ó minha pena imprudente! Quando já palpita a asa de uma alma que se liberta, que importa a agitação desajeitada de um corpo paralisado que sara?

Quando, quinze minutos depois, Véronique acordou, advertida por algum pressentimento, ficou preocupada por não mais sentir Anthime a seu lado; ficou ainda mais preocupada quando, riscando um fósforo, viu, junto à cama, a muleta, companheira obrigatória do enfermo. O fósforo terminou de consumir-se entre seus dedos, pois Anthime, ao sair, tinha levado a vela; Véronique, às apalpadelas, vestiu-se sumariamente, depois, deixando o cômodo, foi logo guiada pelo fio de luz que se esgueirava por debaixo da porta do sótão.

— Anthime! Você está aí, meu amigo?
Nenhuma resposta. Entretanto, Véronique, à escuta, percebia um ruído singular. Com angústia, então, empurrou a porta; o que viu deixou-a pregada à soleira:

O seu Anthime estava ali, diante dela; não estava sentado, nem de pé; o topo de sua cabeça, à altura da mesa, recebia em cheio a luz da vela, que ele havia colocado na beirada; Anthime, o culto, o ateu, aquele cuja perna paralítica, não mais do que a vontade insubmissa, há anos nunca havia se dobrado (pois dava para se notar quanto, nele, a mente ia de par com o corpo), Anthime estava ajoelhado.

Estava ajoelhado, Anthime; segurava com as duas mãos um caquinho de estuque que banhava de lágrimas, que cobria de beijos frenéticos. Ele não se perturbou de início, e Véronique, diante desse mistério, imobilizada, não ousando recuar nem entrar, já pensava em ajoelhar-se também, na soleira, diante do marido, quando este, erguendo-se sem esforço, ó milagre!, caminhou em sua direção com passo seguro e, apertando-a nos braços:

— Daqui em diante — disse-lhe ele, cerrando-a contra o coração e com o rosto inclinado para ela —, daqui em diante, minha amiga, é comigo que você rezará.

VII

A conversão do franco-maçom não podia permanecer secreta por muito tempo. Julius de Baraglioul não esperou um dia para comunicar o fato ao cardeal André, que o espalhou no partido conservador e no alto clero francês; enquanto isso Véronique o anunciava ao padre Anselme, de maneira que a notícia logo chegou aos ouvidos do Vaticano.

Sem dúvida Armand-Dubois fora objeto de um favor insigne. Que a Santíssima Virgem lhe tivesse realmente aparecido é o que talvez fosse imprudente afirmar; mas, mesmo que ele a tivesse visto somente em sonhos, sua cura pelo menos estava ali, inegável, demonstrável, sem dúvida alguma miraculosa.

Ora, se para Anthime bastava talvez ser curado, isso não bastava para a Igreja, que exigiu uma abjuração manifesta, pretendendo envolvê-la de um brilho raro.

— O quê! — dizia-lhe a alguns dias do fato o padre Anselme. — O senhor teria, no decurso de seus erros, propagado por todos os meios a heresia, e hoje se esquiva ao ensinamento superior que o céu pretender obter do senhor? Quantas almas os falsos lampejos de sua vã ciência não desviaram da luz? Cabe-lhe juntá-las hoje, e o senhor hesitaria em fazê-lo? Que digo: cabe ao senhor? É seu estrito dever; e eu não lhe farei a injúria de supor que o senhor não sinta isso.

Não, Anthime não se esquivava a esse dever; todavia, ele não deixava de temer-lhe as consequências. Grandes interesses que ele possuía no Egito estavam, como dissemos, nas mãos dos franco-maçons. Que podia ele sem a assistência da Loja? E como esperar que ela continuaria a apoiar aquele que a estaria renegando? Como havia esperado dela a sua fortuna, agora se via totalmente arruinado.

Ele se abriu com o padre Anselme. Este, que não conhecia a posição de destaque de Anthime, alegrou-se muito, pensando que a abjuração seria por isso muito mais notada. Dois dias depois, tal posição não era mais segredo para nenhum dos leitores do *Osservatore* nem da *Santa Croce*.

— O senhor está me pondo a perder — dizia Anthime.

— Ora, meu filho, ao contrário! — respondia o padre Anselme. — Nós lhe trazemos a salvação. Quanto ao que concerne às necessidades materiais, não se preocupe: a Igreja as proverá. Conversei longamente sobre o seu caso com o cardeal Pazzi, que deve relatá-lo a Rampolla; direi ao senhor, finalmente, que sua abjuração já não é ignorada pelo nosso Santo Padre; a Igreja saberá reconhecer o que o senhor está sacrificando por ela e não acredita que esteja frustrado. Definitivamente, o senhor não acha que está exagerando a eficiência (ele sorri) dos franco-maçons no caso? Não é que eu não saiba que muitas vezes é necessário contar com eles!... Afinal, o senhor fez o cálculo daquilo que teme perder com a hostilidade deles? Diga-nos a quantia, aproximadamente e... (ele levantou o indicador da mão esquerda à altura do nariz, com uma benignidade maliciosa) e não tema nada.

Dez dias depois das festas do Jubileu, a abjuração de Anthime se deu na igreja de Gesu, cercada de uma pompa excessiva. Não me cabe relatar essa cerimônia de que trataram todos os jornais da época. O padre T..., sócio do general dos Jesuítas, pronunciou nessa ocasião um dos seus mais notáveis discursos: certamente a alma do franco-maçom estava atormentada até a loucura, até o excesso de seu ódio era um presságio de amor. O orador sagrado lembrava Saulo de Tarso, descobria entre o gesto iconoclasta de Anthime e o apedrejamento de Santo Estevão surpreendentes analogias. E enquanto a eloquência do reverendo padre se inflava e reboava através da nave como reboa numa gruta sonora a marola espessa das marés, Anthime pensava na tênue voz de sua sobrinha e, no segredo de seu coração, agradecia a criança por ter chamado sobre os pecados do tio ímpio a atenção misericordiosa d'Aquela que doravante ele queria servir.

A partir desse dia, repleto de preocupações mais elevadas, Anthime mal se deu conta do ruído que se fazia em torno de seu nome. Julius de Baraglioul tomava o cuidado de sofrer por ele, e não abria os jornais sem que seu coração se acelerasse. Ao primeiro entusiasmo das folhas ortodoxas respondia agora a celeuma dos órgãos liberais: ao importante artigo do *Osservatore*, "Nova vitória da Igreja", fazia contrapeso a diatribe do *Tempo Felice*, "Um imbecil a mais". Enfim, em *La Dépêche de Toulouse*, a crônica de Anthime, enviada na antevéspera de sua cura, apareceu precedida de uma notícia zombeteira; Julius redigiu em nome do cunhado uma carta ao mesmo tempo digna e seca para advertir

La Dépêche que doravante ela não poderia mais contar com o "convertido" entre seus colaboradores. A *Zukunft* tomou a iniciativa e despediu polidamente Anthime. Este aceitava os golpes com aquele rosto sereno que é o apanágio da alma verdadeiramente devota.

— Felizmente o *Correspondant* lhe será franqueado, isso eu garanto — dizia Julius com voz ciciante.

— Mas, caro amigo, o que quer você que eu escreva lá? — objetava benevolamente Anthime —; nada do que me ocupava antes me interessa hoje.

Depois fez-se o silêncio. Julius precisou voltar a Paris.

Anthime, entretanto, pressionado pelo padre Anselme, havia docilmente deixado Roma. Sua ruína material foi logo seguida pela retirada do apoio das Lojas; e como as visitas, às quais Véronique, confiante no apoio da Igreja, o empurrava, não tiveram outro resultado a não ser o de cansar e finalmente indispor o alto clero, ele foi amigavelmente aconselhado a ir esperar em Milão a compensação havia pouco prometida e os restos de um favor celeste tão aventado.

LIVRO SEGUNDO

Julius de Baraglioul

Visto que nunca se deve impedir o retorno a ninguém.

Retz, VIII, p. 93

I

No dia 30 de março, à meia-noite, os Baraglioul voltaram a Paris e se reinstalaram em seu apartamento da rua de Verneuil. Enquanto Marguerite se preparava para a noite, Julius, com uma lampadazinha na mão e chinelos nos pés, penetrou em seu gabinete de trabalho, que ele sempre reencontrava com prazer. A decoração do cômodo era sóbria; alguns Lépine e um Boudin pendiam das paredes; num canto, sobre uma base giratória, em mármore, o busto de sua mulher, feito por Chapu, fazia uma mancha um pouco crua; no meio da peça, uma mesa Renascença enorme onde, desde sua partida, amontoavam-se livros, brochuras e prospectos; numa bandeja de esmalte com separações, alguns cartões de visita com um canto dobrado, e afastado do resto, apoiado bem em evidência num bronze de Barye, uma carta em que Julius reconheceu a letra de seu velho pai. Abriu imediatamente o envelope e leu:

Meu querido filho,
Minhas forças diminuíram muito nestes últimos dias. Diante de certos avisos que não enganam, compreendo que é tempo de recolher a bagagem; assim, também não tenho grande proveito a esperar de uma estação mais prolongada.

Sei que volta a Paris esta noite e conto com você para me prestar sem tardar um serviço: em função de algumas disposições de que lhe avisarei logo a seguir, necessito saber se um jovem, de nome Lafcadio Wluiki (pronuncia-se Luki, o W e o i mal se ouvem), ainda mora no 12 do beco Claude-Bernard.

Ser-lhe-ei muito grato se for até esse endereço e pedir para ver o supradito. (Você encontrará facilmente, como romancista que é, um pretexto para se apresentar). Importa-me saber:

1º) O que faz o rapaz;

2º) O que ele pretende fazer (tem ambição? de que tipo?);

3º) Finalmente você me indicará que recursos ele parece ter, suas faculdades, seus apetites, seus gostos...

Não procure encontrar-se comigo por enquanto: estou com um humor azedo. Essas informações, você pode escrevê-las e mandar para mim em poucas palavras. Se eu tiver vontade de conversar, ou se me sentir perto da grande partida, aviso-o.

Um abraço.

Juste-Agénor de Baraglioul.

P. S. — Não deixe transparecer que você vai de minha parte; o rapaz me desconhece e deve continuar desconhecendo.

Lafcadio Wluiki tem atualmente dezenove anos. Cidadão romeno. Órfão.

Percorri seu último livro. Se, depois disso, você não entrar na Academia, não será perdoado por ter escrito essas frivolidades.

Não se podia negar: o último livro de Julius tinha má fama. Embora estivesse muito cansado, o romancista percorreu os recortes de jornais onde se citava o seu nome sem benevolência. Depois abriu uma janela e respirou o ar brumoso da noite. As janelas do escritório de Julius davam para os jardins de uma embaixada, tanques de água lustral onde os olhos e a mente se lavavam das vilanias do mundo e da rua. Escutou por alguns instantes o canto puro de um melro invisível. Depois voltou para o quarto onde Marguerite já estava repousando.

Como temesse a insônia, pegou, sobre a cômoda, um frasco de flor de laranjeira que ele usava com frequência. Atento às delicadezas conjugais, tinha tomado a precaução de colocar à contraluz da adormecida a lamparina com a mecha rebaixada; mas um ligeiro tilintar do cristal, quando depois de beber descansou o copo, atingiu Marguerite na profundeza de seu torpor e ela, soltando um gemido animal, virou-se para o lado da parede. Julius, feliz por achar que ela estava acordada, aproximou-se e, enquanto se despia:

— Você quer saber como meu pai fala do meu livro?

— Meu caro amigo, o seu pai não tem nenhum senso literário, você já me disse isso cem vezes — murmurou Marguerite que só pedia que a deixasse dormir.

Mas Julius estava magoado demais:

— Ele diz que eu sou inqualificável por ter escrito essas bobagens.

Houve um silêncio bastante longo em que Marguerite mergulhou no sono, perdendo de vista qualquer literatura; e Julius já tomava a decisão de ficar sozinho; mas ela, por amor a ele, fez um grande esforço e, voltando à tona:

— Espero que você não vá se aborrecer com isso.

— Eu encaro a coisa com bastante frieza, como você está vendo — retrucou logo Julius. — Mas não é ao meu pai, afinal de contas, creio eu, que convém exprimir-se desse jeito; ao meu pai menos que a qualquer outro; e, principalmente a propósito desse livro que não é, na verdade, senão um monumento à honra dele.

Com efeito, não era exatamente a representativa carreira do velho diplomata que Julius havia retratado naquele livro? Diante das turbulências românticas, não havia ele exaltado a digna, calma, clássica, e ao mesmo tempo política e familiar existência de Juste-Agénor?

— Felizmente você não escreveu esse livro para que ele lhe fosse grato.

— Ele me dá a entender que escrevi *O ar dos cumes* para entrar na Academia.

— E se assim fosse? E se você entrasse na Academia por ter escrito um belo livro! — Depois, em tom de piedade: — Afinal! Esperemos que os jornais e as revistas acabem por informá-lo.

Julius explodiu:

— Os jornais! Falemos deles!... As revistas! — e, furiosamente, em direção a Marguerite, como se ela também tivesse culpa, disse com um riso amargo: — Desancam-me por todos os lados.

Com isso, Marguerite despertou completamente.

— Você recebeu muitas críticas? — perguntou ela, solícita.

— E elogios de uma comovente hipocrisia.

— Como seria melhor se você desprezasse esses jornalistas! Mas lembre-se do que lhe escreveu anteontem M. de Vogüé: "Uma pena como a sua defende a França como uma espada."

— "Uma pena como a sua, contra a barbárie que nos ameaça, defende a França melhor do que uma espada" — retificou Julius.

— E o cardeal André, prometendo-lhe o seu voto, afirmou recentemente que você tinha por trás toda a Igreja.

— E que vantagem levo com isso?!

— Meu amigo...!

— Acabamos de ver com Anthime o que vale a alta proteção do clero.

— Julius, você está ficando amargo. Você me disse muitas vezes que não trabalhava com vistas à recompensa; nem à aprovação dos outros, e que a sua própria lhe bastava; você até escreveu belíssimas páginas sobre isso.

— Eu sei, eu sei — disse Julius impaciente.

Seu tormento profundo nada tinha para tirar desse mingau. Ele foi até o banheiro.

Por que ele se deixava levar, diante de sua mulher, por esse lamentável transbordamento? Sua preocupação, que não é da natureza daqueles a quem as esposas sabem mimar e compreender, por orgulho, por vergonha, ele deveria trancá-la no coração. "Ninharias!" A palavra, enquanto ele escovava os dentes, batia em suas têmporas, abalava seus mais nobres pensamentos. E que importava este último livro. Esquecia a frase do pai: pelo menos, esquecia que essa frase tivesse vindo do pai... Uma interrogação pavorosa, pela primeira vez na vida, levantava-se nele — nele que nunca tinha encontrado até então senão aprovação e sorrisos —, uma dúvida sobre a sinceridade desses sorrisos, sobre o valor dessa aprovação, sobre o valor dessas obras, sobre a realidade de seu pensamento, sobre a autenticidade de sua vida.

Entrou no quarto, segurando distraidamente com uma mão o copo d'água, com a outra a escova; largou o copo sobre a cômoda, meio cheio de uma água cor-de-rosa, a escova dentro dele, e sentou-se diante de uma pequena escrivaninha onde Marguerite costumava escrever sua correspondência. Pegou a caneta da esposa; num papel violáceo e delicadamente perfumado começou:

Meu caro pai,
Encontrei seu bilhete esta noite ao voltar para casa. Logo amanhã cumprirei a missão que o senhor me confiou e que espero executar a contento, desejoso de lhe provar assim minha dedicação.

Pois Julius é uma dessas naturezas nobres que, sob a ação da contrariedade, manifestam sua verdadeira grandeza. Depois, lançando para trás a parte superior do corpo, demorou-se alguns instantes, calculando sua frase, com a caneta erguida:

É duro para mim, ver exatamente o senhor suspeitar de um desinteresse que...

Não. melhor:

O senhor pensa que atribuo valor menor a essa probidade literária que...

A frase não vinha. Julius estava em trajes noturnos; sentiu que ia resfriar-se, amassou o papel, retomou o copo e foi colocá-lo no banheiro, enquanto lançava o papel amassado no cesto.
No momento de subir à cama, tocou no ombro da mulher.
— E você, o que acha dele..., do meu livro?
Marguerite abriu uns olhos mortiços. Julius teve de repetir a pergunta. Marguerite, voltando-se pela metade, fitou-o. Com as sobrancelhas levantadas debaixo do monte de rugas, os lábios contraídos, Julius estava de dar dó.
— Mas o que você tem, amigo? O quê! Acha mesmo que seu último livro é pior do que os outros?
Isso não era uma resposta; Marguerite estava se esquivando.
— Acho que os outros não são melhores do que este, ora!
— Oh! Então!...
E Marguerite, diante desses excessos, perdendo o ânimo e sentindo serem inúteis os seus ternos argumentos, virou-se para o escuro e voltou a adormecer.

II

Apesar de certa curiosidade profissional e da lisonjeira ilusão de que nada de humano lhe devia ficar indiferente, Julius tinha descido pouco, até agora, fora dos costumes de sua classe e quase tinha tido relações apenas com pessoas de seu meio. Mais do que o gosto, faltava-lhe oportunidade. No momento de sair para aquela visita, Julius se deu conta de que não possuía tampouco o terno adequado. O sobretudo, o peitilho da camisa, mesmo o chapéu *cronstadt*, apresentavam algo de decente, de restrito e distinto... Mas talvez, afinal de contas, era melhor que a camisa não incentivasse o rapaz a uma familiaridade excessiva. É pelas conversas, pensava ele, que conquistaria um lugar de confiança. E, enquanto se dirigia ao beco Claude-Bernard, Julius imaginava com quais precauções, sob qual pretexto, devia introduzir-se e encaminhar a sua inquisição.

O que poderia ter a tratar com esse Lafcadio o conde Juste-Agénor de Baraglioul? A pergunta zumbia em torno de Julius, inoportuna. Não é agora, que acabara de escrever a vida do pai, que ia permitir-se perguntas a seu respeito. Ele só queria saber aquilo que seu pai quereria lhe dizer. Nestes últimos anos o conde tinha-se tornado taciturno, mas nunca tinha guardado segredos. Uma chuvarada surpreendeu Julius enquanto atravessava o jardim de Luxemburgo.

No beco Claude-Bernard, diante da porta do número 12, estacionava um fiacre em que Julius, ao passar, pôde distinguir, sob um chapéu enorme, uma dama com vestimentas algo vistosas.

Seu coração bateu enquanto lançava o nome de Lafcadio Wluiki ao porteiro da casa mobiliada; parecia-se ao romancista que se afundava na aventura; mas, enquanto subia a escadaria, a mediocridade do lugar, a insignificância da decoração lhe causaram desprezo; sua curiosidade, que não encontrava onde se alimentar, vergava-se e cedia à repugnância.

No quarto andar, o corredor sem tapete, que só recebia luz do vão da escada, a alguns passos do patamar fazia um cotovelo; à direita e à esquerda, encontravam-se portas fechadas; a do fundo, entreaberta, deixava passar uma fina réstia de luz. Julius bateu; em vão; timidamente empurrou a porta um pouco mais; ninguém no quarto. Desceu de volta.

— Se ele não está aí, não tardará a voltar — disse o porteiro.

A chuva caía a cântaros. No vestíbulo, à frente da escada, abria-se uma sala de espera onde Julius ia entrando; o cheiro de mofo, o aspecto desesperado do lugar, fizeram-no recuar e até pensar que ele teria podido igualmente empurrar a porta lá de cima e, de pé firme, esperar o rapaz no quarto. Tornou a subir.

Quando ele estava dobrando de novo o corredor, uma mulher saiu do quarto vizinho ao do fundo. Julius esbarrou nela e pediu desculpas.

— O senhor deseja?...

— O senhor Wluiki, é aqui, não?

— Ele saiu.

— Ah! — fez Julius, num tom de contrariedade tão forte que a mulher perguntou:

— É urgente o que o senhor tem para lhe dizer?

Julius, armado unicamente para enfrentar o desconhecido Lafcadio, permanecia desajeitado; entretanto, a ocasião era boa; aquela mulher talvez soubesse muita coisa sobre o rapaz; se ele soubesse fazê-la falar...

— É uma informação que eu queria pedir a ele.

— Da parte de quem?

"Estaria ela pensando que sou da polícia?", pensou Julius.

— Sou o conde Julius de Baraglioul — disse ele com voz um tanto solene, levantando ligeiramente o chapéu.

— Oh! Senhor conde. Peço perdão por não tê-lo... Está escuro neste corredor! Faça o favor de entrar. (Ela empurrou a porta do fundo). Lafcadio não deve demorar para... Ele só foi até a casa do ... Oh! Permita!...

E, quando Julius ia entrando, ela se lançou antes para dentro, em direção a uma calça comprida de mulher, indiscretamente estendida sobre uma cadeira, fato que, se não conseguiu dissimular, pelo menos esforçou-se por reduzir.

— Está uma desordem tamanha aqui...

— Deixe! Deixe! Estou habituado — disse complacentemente Julius.

Carola Venitequa era uma jovem mulher bastante forte, ou melhor, um pouco gorda, mas de boas formas e sã de aspecto, com traços comuns mas não vulgares e bastante sedutores, com olhar animal e doce, e voz de balido. Como estava pronta para sair, um pequeno chapéu de feltro mole a cobria; sobre o corpinho em forma de blusa, que um laço azul-marinho cortava ao meio, usava um colarinho de homem e punhos brancos.

— Faz muito tempo que conhece o sr. Wluiki?

— Eu poderia talvez dar-lhe seu recado? — retomou ela sem responder.

— É o seguinte... Eu queria saber se ele está muito ocupado no momento!

— Depende dos dias.

— Porque, se ele tivesse um pouco de templo livre, eu estava pensando em pedir-lhe para... cuidar de um trabalhinho para mim.

— De que tipo?

— Pois bem! Precisamente, veja... Eu gostaria primeiro de conhecer um pouco o gênero de suas ocupações.

A pergunta não tinha astúcia, mas a aparência de Carola não convidava muito às sutilezas. Entrementes, o conde de Baraglioul havia recobrado a segurança; estava agora sentado na cadeira que Carola tinha desimpedido e esta, acotovelada perto dele à mesa, já começava a falar quando um forte barulho se fez ouvir no corredor: a porta abriu-se com estrondo e apareceu aquela mulher que Julius havia visto no carro.

— Eu tinha certeza — disse ela —; quando o vi subir...

E Carola, imediatamente, afastando-se um pouco de Julius:

— Não mesmo, minha cara... estávamos conversando. Minha amiga Bertha Grand-Marnier; o senhor conde... perdão! Não é que esqueci o nome do senhor!

— Pouco importa — disse Julius, um pouco constrangido, apertando a mão enluvada que Bertha lhe estendia.

— Apresente-me também — disse Carola...

— Escute, minha filha: já faz uma hora que estão à nossa espera — retomou a outra, depois de ter apresentado a amiga. — Se você quer conversar com esse senhor, leve-o: eu vim de carro.

— Mas não era a mim que ele veio visitar.

— Então venha! O senhor jantará conosco hoje?...

— Lamento muito.

— Desculpe-me, meu senhor — disse Carola enrubescendo, e apressada agora para levar a amiga. — Lafcadio vai voltar de um momento para outro.

As duas mulheres, ao sair, deixaram a porta aberta; sem tapete, o corredor era barulhento; o cotovelo que ele possuía impedia que se visse quem vinha; mas ouvia-se a aproximação.

"Afinal de contas, melhor ainda que a mulher, o quarto me dará informações, espero", disse Julius com seus botões. Tranquilamente, começou a examinar.

Quase nada naquele quarto mobiliado se prestava, infelizmente, à sua curiosidade pouco esperta:

Sem biblioteca, sem quadros nas paredes. Na lareira, *Moll Flanders* de Daniel Defoe, em inglês, numa feia edição incompleta com apenas dois terços da obra, e as *Novelle* de Anton-Francesco Grazzini, alcunhado o Lasca, em italiano. Esses dois títulos intrigaram Julius. Ao lado deles, atrás de um frasco de destilado de menta, uma fotografia não o inquietou menos: numa praia de areia, uma mulher, já não muito jovem, mas estranhamente bela, debruçada no braço de um homem de aspecto inglês bem marcado, elegante e esbelto, com traje esportivo; aos pés deles, sentado numa pequena canoa emborcada, um robusto garoto de cerca de quinze anos, com espessos cabelos claros em desordem, com um jeito desavergonhado, risonho, e completamente nu.

Julius pegou a fotografia e aproximou-a da luz para ler, no canto direito, algumas palavras desbotadas: *Duino, julho de 1886* — que não lhe deram muita informação, embora se lembrasse de que Duino é um burgozinho no litoral austríaco do Adriático. Balançando a cabeça de alto a baixo e pinçando os lábios, recolocou a foto no lugar. No átrio frio da lareira refugiavam-se uma lata de farinha de aveia, um pacote de lentilhas e um pacote de arroz; pendurado na parede, um pouco mais longe, um tabuleiro de xadrez. Nada deixava entrever a Julius o gênero de estudos ou de ocupação a que esse jovem dedicava seus dias.

Lafcadio aparentemente acabara de almoçar; sobre uma mesa, numa panelinha, acima de um fogareiro a gasolina, estava mergulhado ainda aquele ovinho oco, de metal perfurado, de que se servem para preparar o chá os turistas preocupados com a menor bagagem; e havia migalhas em torno de uma chávena suja. Julius aproximou-se da mesa; a mesa tinha uma gaveta e a gaveta tinha sua chave...

Não gostaria que as pessoas se enganassem sobre o caráter de Julius pelo que vem a seguir: Julius não era nada indiscreto; respeitava, na vida dos outros, aquele revestimento que cada um gosta de dar; tinha grande respeito pela decência. Mas, diante da ordem do pai, ele devia dobrar seu temperamento. Esperou por mais um instante, prestando atenção; depois, não ouvindo ninguém chegar — a contragosto, contra seus princípios, mas com o sentimento delicado do dever —, puxou a gaveta da mesa cuja chave não estava virada.

Uma caderneta encadernada em couro da Rússia encontrava-se ali, a qual Julius pegou e abriu. Leu na primeira página estas palavras:

A Cadio, para que inscreva aqui suas contas,
Ao meu leal companheiro, seu velho tio.
                 Faby.

e quase sem intervalo, abaixo, com uma letra um pouco infantil, comportada, ereta e regular:

Duino. Esta manhã, 10 de julho de 86, lorde Fabian veio encontrar-se conosco aqui. Traz-me uma canoinha, uma carabina e esta bela caderneta.

Nada mais nessa primeira página.
Na terceira página, com data de 29 de agosto, lia-se:

Entregues 4 braças a Faby. — E no dia seguinte:
Entregues 12 braças...

Julius entendeu que só havia ali uma caderneta de treinamento. A lista dos dias, entretanto, logo se interrompia e, depois de uma página em branco, lia-se:

20 de setembro: Partida de Argel para o Aurès.

Depois, algumas indicações de lugares e datas: e, finalmente, esta última indicação:

5 de outubro: Volta para El Kantara. 50 km. on horseback, sem parada.

Julius virou algumas folhas em branco; mas um pouco adiante a caderneta parecia recomeçar. À maneira de novo título, no topo de uma página, estava escrito em caracteres maiores e aplicados:

QUI INCOMINCIA IL LIBRO
DELLA NOVA ESIGENZA
E
DELLA SUPREMA VIRTÙ.

Depois, abaixo, à guisa de epígrafe:

"Tanto quanto se ne taglia."
Boccacio

Diante da expressão de ideias morais, o interesse de Julius despertava bruscamente; era caça para ele.

Mas logo na página seguinte ficou decepcionado: recaía-se na contabilidade. Entretanto, era uma contabilidade de outra ordem. Lia-se, sem mais indicações de datas ou lugares:

Por ter vencido Protos no xadrez = 1 punta.
Por ter deixado ver que eu falava italiano = 3 punte.
Por ter respondido antes de Protos = 1 p.

Por ter ficado com a última palavra = 1 p.
Por ter chorado ao tomar conhecimento da morte de Faby
= 4 p.

Julius, que lia apressadamente, tomou *punta* por uma moeda estrangeira e não viu nessas contas senão uma pueril e mesquinha negociação de méritos e retribuições. Depois, de novo, as contas cessavam. Julius virou de novo a página e leu:

Hoje, 4 de abril, conversa com Protos:
"Você compreende o que há nestas palavras: PASSAR ADIANTE?"

Aí terminava a escrita.

Julius ergueu os ombros, cerrou os lábios, balançou a cabeça e colocou a caderneta em seu lugar. Consultou o relógio, levantou-se, aproximou-se da janela, olhou para fora; a chuva havia parado. Dirigiu-se para o canto do quarto onde, ao entrar, havia deixado o guarda-chuva; foi nesse momento que viu, encostado um pouco retraidamente no vão da porta, um belo jovem loiro que o observava sorrindo.

III

O adolescente da fotografia mal amadurecera; Juste-Agénor havia dito: dezenove anos; não lhe dariam mais de dezesseis. Certamente Lafcadio havia acabado de chegar; colocando de volta a caderneta no lugar, Julius já erguera os olhos rumo à porta e não tinha visto ninguém; mas como não o ouvira aproximar-se? Então, instintivamente, olhando para os pés do jovem, Julius viu que, à guisa de botinas, ele estava usando calçados de borracha.

Lafcadio sorria com um sorriso que nada tinha de hostil; parecia antes divertido, mas irônico; conservara na cabeça um boné de viagem, mas, logo que encontrou o olhar de Julius, descobriu-se e inclinou-se cerimoniosamente.

— Senhor Wluiki? — perguntou Julius.

O rapaz inclinou-se de novo, sem responder.

— Perdoe-me por estar instalado em seu quarto a esperá-lo. Para dizer a verdade, eu não teria ousado entrar por mim mesmo se alguém não me houvesse feito entrar.

Julius falava mais depressa e mais alto do que de costume, para provar que não estava acanhado. A testa de Lafcadio se franziu quase insensivelmente; foi em direção ao guarda-chuva de Julius; sem nada dizer, pegou-o e colocou-o para escorrer no corredor; depois, entrando no quarto, fez sinal a Julius para sentar-se.

— Sem dúvida o senhor está estranhando me ver?

Lafcadio tirou tranquilamente um charuto de um estojo de prata e acendeu-o.

— Vou explicar-lhe em poucas palavras as razões que me trazem e o senhor vai logo compreender...

Quanto mais falava, mais sentia volatilizar-se a sua segurança.

— É o seguinte... Mas permita-me antes apresentar-me — depois, como incomodado de ter de pronunciar seu nome, tirou do colete um cartão e o estendeu para Lafcadio, que o colocou, sem olhá-lo, sobre a mesa.

— Eu sou... Acabei de terminar um trabalho bastante importante; é um trabalhinho que eu próprio não tive tempo de passar a limpo. Alguém me disse que o senhor possui ótima caligrafia, e pensei que, por outro lado — aqui o olhar de Julius circulou eloquentemente através do despojamento do cômodo —, pensei que o senhor talvez não ficasse zangado de...

— Não há ninguém em Paris — interrompeu então Lafcadio —, ninguém que lhe pudesse falar de minha escrita — dirigiu então o olhar para a gaveta onde Julius havia feito saltar, sem perceber, um imperceptível lacre de cera mole, depois virou violentamente a chave na fechadura e colocou-a no bolso — ninguém que tenha o direito de falar dela — retomou, olhando Julius enrubescer. — Por outro lado (ele falava bem devagar, como maquinalmente, sem nenhuma entonação), não consigo discernir ainda as razões que o senhor pode ter... (olhou para o cartão), o que pode ter para se interessar particularmente por mim o conde Julius de Baraglioul. Entretanto (e sua voz de repente, como a de Julius, fez-se pastosa e flexível), sua proposta merece ser levada em consideração por alguém que está precisando de dinheiro, como o senhor não deixou de perceber. (Levantou-se). Permita-me, meu senhor, levar-lhe a minha resposta amanhã cedo.

O convite para que saísse estava claro. Julius se sentia em posição ruim demais para insistir; pegou o chapéu, hesitou por um instante: — Eu gostaria de conversar com o senhor por mais tempo — disse desajeitadamente. — Permita-me esperar que amanhã... Eu o esperarei a partir das dez horas.

Lafcadio inclinou-se.

Logo que Julius fez a curva do corredor, Lafcadio empurrou a porta e puxou o trinco. Correu até a gaveta, pegou seu caderno, abriu-o na última página indiscreta e, bem no ponto onde, havia vários meses, ele havia parado, escreveu a lápis, com letra grande empinada, muito diferente da primeira:

Por ter deixado Olibrius meter seu nariz sujo nesta caderneta
= 1 punta.

Tirou do bolso um canivete, cuja lâmina muito afiada já não formava mais que uma espécie de ponteiro curto, passou-a na chama de um fósforo e, através do bolso da calça, num golpe, enterrou-a diretamente na coxa. Não pôde reprimir uma careta. Mas isso não lhe bastou. Acima da frase, sem sentar-se, debruçado na mesa, escreveu:

E por ter-lhe mostrado que eu sabia disso = 2 punte.

Desta vez ele hesitou; desabotoou a calça e abaixou-a de lado. Olhou para a coxa onde a pequena ferida que acabara de fazer sangrava; examinou antigas cicatrizes que, ao redor, ficavam como marcas de vacina. Queimou de novo a ponta; depois, bem rápido, por duas vezes, enfiou-a de novo na carne.
"Eu não tomava tantas precauções antes", disse consigo, indo ao frasco de álcool de menta, de que lançou algumas gotas nas feridas.
Sua cólera se havia acalmado um pouco, quando, pousando o frasco, notou que a fotografia que o representava com sua mãe já não estava exatamente no mesmo lugar. Então pegou-a, contemplou-a pela última vez com uma espécie de angústia; depois, enquanto uma onda de sangue lhe subia ao rosto, rasgou-a com raiva. Quis pôr fogo nos pedaços, mas estes pegavam mal a chama; então, livrando a lareira dos sacos que a entulhavam, colocou no fogo, à guisa de calços, seus dois únicos livros, despedaçou, lacerou, esfarrapou sua caderneta, lançou por cima sua imagem e acendeu o todo.
Com o rosto contra a chama, persuadia-se de que essas lembranças, ele as via queimar com um contentamento indizível; mas quando se levantou, depois de tudo ter virado cinza, a cabeça lhe girava um pouco. O quarto estava cheio de fumaça. Foi até o banheiro e lavou o rosto com uma esponja.

Agora, ele contemplava o cartão de visita com um olhar mais claro.

— Conde Julius de Baraglioul — repetia. — *Dapprima importa sapere chi è.*

Arrancou a echarpe que usava como gravata e colarinho, abriu um pouco a camisa e, diante da janela, deixou o ar fresco banhar-lhe o corpo. Depois, com súbita pressa de sair, rapidamente calçado, engravatado, encimado de um decente chapéu de feltro cinza — acalmado e civilizado na medida do possível —, Lafcadio fechou atrás de si a porta do quarto e encaminhou-se para a praça Saint-Sulpice. Ali, diante da prefeitura, na biblioteca Cardinal, encontraria por certo as informações que desejava.

IV

Ao passar pelo Odéon, o romance de Julius, exposto, atraiu-lhe o olhar; era um livro de capa amarela, cujo aspecto solitário já faria Lafcadio bocejar em qualquer outro dia. Ele apalpou o bolsinho e atirou uma moeda de cem tostões sobre o balcão.

"Que belo fogo para esta noite!", pensou, pegando o livro e o troco.

Na biblioteca, um "dicionário dos contemporâneos" traçava em poucas palavras a carreira amorfa de Julius, dava o título de seus livros, louvava-o em termos convencionais, próprios para tolher qualquer desejo.

"Ora!", fez Lafcadio... Já ia fechando o dicionário, quando três palavras entrevistas do verbete precedente o surpreenderam. Algumas linhas acima de *Julius de Baraglioul* (*Visconde*), na biografia de *Juste-Agénor*, Lafcadio lia: "*Ministro em Bucareste em 1873.*" Que tinham essas simples palavras para fazer bater assim seu coração?

Lafcadio, a quem sua mãe dera cinco tios, nunca conhecera o pai; aceitava considerá-lo morto e sempre se abstivera de questionar a esse respeito. Quanto aos tios (cada um de nacionalidade diferente, e três deles na diplomacia), tinha-se convencido de que não tinham com ele outro parentesco a não ser aquele que aprazia à bela Wanda emprestar-lhes. Ora, Lafcadio acabava de fazer dezenove anos. Nascera em Bucareste em 1874, precisamente no fim do segundo ano em que o conde de Baraglioul ali ficara retido para exercer suas funções.

Posto de sobreaviso por essa misteriosa visita de Julius, como não teria ele visto nisso mais que uma fortuita coincidência? Fez um grande esforço para ler o artigo *Juste-Agénor*; mas as linhas turbilhonavam diante de seus olhos; pelo menos compreendeu que o conde de Baraglioul, pai de Julius, era um homem considerável.

Uma alegria insolente explodiu em seu coração, provocando aí tal barulho que ele pensou que ouviriam do exterior. Mas não! Essa roupagem de carne era realmente resistente, impermeável. Olhou dissimuladamente para os vizinhos, frequentadores da sala de leitura, todos absorvidos em seu trabalho estúpido... Ele calculava: "nascido em 1821, o conde teria setenta e dois anos. *Ma chi sa se vive ancore?...*" Repôs o dicionário em seu lugar e saiu.

O azul se destacava de algumas nuvens ligeiras que uma brisa bastante forte empurrava. "*Importa di domesticare questo nuovo proposito*", disse consigo Lafcadio, que prezava acima de tudo o controle de si mesmo; e, perdendo a esperança de colocar em ordem esse pensamento turbulento, decidiu bani-lo por um momento de seu cérebro. Tirou do bolso um romance de Julius e fez um grande esforço para distrair-se com ele; mas o livro era sem desvios ou mistérios, e nada era menos próprio para permitir-lhe escapar.

— E é, no entanto, na casa do autor *disso aqui* que amanhã vou bancar o secretário! — repetia sem querer.

Comprou o jornal num quiosque e entrou no jardim do Luxemburgo. Os bancos estavam encharcados; abriu o livro, sentou-se em cima e abriu o jornal para ler o noticiário. Imediatamente, como se soubesse que as encontraria ali, deu com estas linhas:

A saúde do conde Juste-Agénor de Baraglioul, que, como é sabido, provocou graves inquietações nestes últimos dias, parece estar se recuperando; entretanto seu estado ainda permanece bastante precário e só lhe permite receber alguns íntimos.

Lafcadio saltou do banco; num instante a sua resolução foi tomada. Esquecendo o livro, lançou-se rumo a uma papelaria da rua Médicis onde se lembrava de ter visto, na vitrine, o anúncio de *cartões de visita em um minuto, a 3 francos o cento*. Sorria enquanto andava; a ousadia de seu projeto súbito o divertia, pois andava sentindo falta de aventuras.

— Quanto tempo demora para me entregar um cento de cartões? — perguntou a um vendedor.

— O senhor os terá antes de anoitecer.

— Pago o dobro se me entregar em duas horas.

O vendedor fingiu consultar o livro de encomendas.

— Para lhe prestar um favor... Sim, o senhor poderá passar para pegá-los daqui a duas horas. Em nome de quem?

Então, na folha que o homem lhe estendeu, sem tremer, sem ficar vermelho, mas com o coração em sobressalto, assinou:

LAFCADIO DE BARAGLIOUL

"Esse malandro não me leva a sério", disse consigo ao sair, insatisfeito por não ter recebido um cumprimento mais profundo do fornecedor. Depois, como passasse diante do espelho de uma vitrine: "É preciso reconhecer que não tenho absolutamente jeito de Baraglioul! Tentaremos dentro em breve nos tornar mais parecidos."

Não era meio-dia. Lafcadio, tomado de uma exaltação fantástica, ainda não sentia apetite.

"Caminhemos um pouco, primeiro, ou eu vou voar", pensava. "E fiquemos no meio da calçada; se me aproximar deles, esses transeuntes vão notar que minha cabeça os ultrapassa enormemente. Uma superioridade a mais para esconder. Uma aprendizagem nunca se completa."

Entrou numa agência de correios.

"*Place Malesherbes...* ficará para daqui a pouco!", disse consigo enquanto pegava na lista telefônica o endereço do conde Juste-Agénor. "Mas quem me impede, esta manhã, de dar uma espiada até a rua de Verneuil?" (Era o endereço indicado no cartão de Julius).

Lafcadio conhecia esse bairro e gostava dele; evitando as ruas muito frequentadas, desviou pela tranquila rua Vaneau, onde a sua jovem alegria poderia respirar mais à vontade. Ao dobrar na rua Babylone, viu pessoas correndo: junto do beco Oudinot formava-se uma aglomeração diante de uma casa de dois andares de onde saía uma fumaça bastante estranha. Esforçou-se por não esticar o passo, embora o tivesse bem elástico...

Lafcadio, meu amigo, você deu com um incidente noticiável e minha pena o abandona. Não espere que eu relate as falas interrompidas de uma multidão, os gritos...

Penetrando, atravessando aquela turba como uma agulha, Lafcadio chegou à primeira fila. Ali soluçava uma pobre mulher ajoelhada.

— Meus filhos! Meus filhinhos! — dizia ela.

Uma moça a amparava, cujos trajes simplesmente elegantes denunciavam que não era parente dela; muito pálida, e tão bonita que, logo atraído por ela, Lafcadio a interrogou.

— Não, meu senhor, não a conheço. Tudo que entendi foi que seus dois filhinhos estão naquele quarto do segundo andar, aonde logo vão chegar as chamas; elas já tomaram conta da escada; os bombeiros foram avisados, mas, até que eles cheguem, a fumaça já terá sufocado aquelas crianças... Diga, meu senhor, não seria talvez possível atingir a sacada por aquele muro, e, veja, com a ajuda daquele cano fino que desce? É um caminho que já foi seguido uma vez por ladrões, dizem estas pessoas; mas o que outros fizeram para roubar, ninguém aqui, para salvar crianças, tem coragem de fazer. Em vão, prometi esta bolsa. Ah! Por que não sou um homem!...

Lafcadio não ouviu mais. Colocando a bengala e o chapéu aos pés da moça, lançou-se. Para agarrar o topo do muro não recorreu à ajuda de ninguém; uma tração o reequilibrou; agora, bem de pé, ele avançava sobre aquela crista, evitando os cacos de vidro que a eriçavam em alguns pontos.

Mas o espanto da multidão redobrou quando, agarrando o cano vertical, viram-no elevar-se com a força dos braços, apenas se apoiando, aqui ou ali, com a ponta dos pés, nos pitons de suporte. Eis que atinge a sacada cuja grade agarra com uma das mãos; a multidão admira e não treme mais, pois ele se mostra perfeitamente à vontade. Com um golpe de ombros faz voarem em estilhaços as vidraças; ele desaparece dentro do quarto... Momento de espera e de angústia indizível... Depois, veem-no reaparecer, segurando nos braços um garoto chorando. De um lençol que rasgou e do qual amarrou as duas pontas, faz uma espécie de corda; amarra a criança, desce-a até os braços de sua mãe fascinada. A segunda tem o mesmo destino...

Quando, por seu turno, Lafcadio desceu, a multidão o aclamava como um herói:

"Tomam-me por um palhaço", pensou ele, exasperado por sentir-se enrubescer, e rejeitando a ovação com uma má vontade brutal. No entanto, quando a moça, da qual se tinha aproximado novamente, estendeu-lhe confusamente, com a bengala e o chapéu, aquela bolsa que havia prometido, ele a pegou sorrindo e, tendo-a esvaziado dos sessenta francos que continha, passou o dinheiro à pobre mãe que agora sufocava o filho de beijos.

— A senhorita me permite ficar com a bolsa como lembrança?

Era uma bolsinha bordada, que ele beijou. Ambos se olharam por um instante. A moça parecia comovida, ainda mais pálida e como desejosa de falar. Mas bruscamente Lafcadio escapou, rompendo a multidão a bengaladas, com um ar tão irritado que quase imediatamente pararam de aclamá-lo e de segui-lo.

Voltou para o jardim do Luxemburgo; em seguida, após uma refeição sumária no Gambrinus, vizinho do Odéon, subiu rapidamente para o seu quarto. Debaixo de uma tábua do assoalho, ele dissimulava seus recursos; três moedas de vinte francos e uma de dez saíram do esconderijo. Ele calculou:

"Cartões de visita: seis francos.

Um par de luvas: cinco francos.

Uma gravata: cinco francos (e o que encontrarei de conveniente por esse preço?).

Um par de sapatos: trinta e cinco francos (não vou pedir-lhes que durem muito).

Restam dezenove francos para o acaso."

(Por horror a dever, Lafcadio pagava sempre à vista).

Foi até um armário e tirou um terno escuro de lã inglesa, de corte perfeito, nada batido:

"A desgraça é que cresci, desde...", disse consigo relembrando a brilhante época, não distante, em que o marquês de Gesvres, seu último tio, o levava todo frajola às lojas de seus fornecedores.

Uma roupa que não caía bem era para Lafcadio tão chocante quanto para o calvinista uma mentira.

"Primeiro o mais urgente. Meu tio de Gesvres dizia que se reconhece o homem pelos calçados."

E por consideração pelos sapatos que ia experimentar, começou por trocar de meias.

V

O conde Juste-Agénor de Baraglioul, nos últimos cinco anos, não abandonara o seu luxuoso apartamento da praça Malesherbes. É ali que se preparava para morrer, errando pensativamente pelas salas apinhadas de coleções, ou, mais frequentemente, confinado em seu quarto e confiando os ombros e os braços doloridos ao benefício das toalhas quentes e das compressas sedativas. Um enorme cachecol de cor madeira envolvia-lhe a cabeça admirável à maneira de turbante, e uma de suas extremidades ficava solta, juntando-se à renda da gola e ao espesso colete justo de lã havana sobre o qual sua barba em cascata de prata se esparramava. Os pés calçados com babuchas de couro branco descansavam sobre uma bolsa de água quente. Mergulhava alternadamente cada uma das mãos exangues num banho de areia ardente, acima do qual velava uma lâmpada a álcool. Um xale cinzento cobria-lhe os joelhos. Certamente ele se parecia com Julius; mas ainda mais com algum retrato de Ticiano: e Julius só exibia de suas feições uma réplica apagada, como não havia passado em *O ar dos cumes* senão uma imagem edulcorada de sua vida, e reduzida à insignificância.

Juste-Agénor de Baraglioul tomava uma chávena de infusão enquanto ouvia a homília do padre Avril, seu confessor, a quem pegara o costume de consultar frequentemente; nesse momento, bateram à porta, e o fiel Hector que, há vinte anos, preenchia junto dele as funções de escudeiro, de guarda-doente e, em caso de necessidade, de conselheiro, trouxe numa bandeja laqueada um envelopezinho selado.

— Este senhor espera que o senhor queira dignar-se a recebê-lo.

Juste-Agénor pousou a chávena, rasgou o envelope e tirou o cartão de Lafcadio. Amassou-o nervosamente na mão:

— Diga que... depois — dominando-se: — Um senhor? Quer dizer, um jovem? Enfim, que tipo de pessoa é?

— Alguém que o senhor pode receber.

— Meu caro padre — disse o conde virando-se para o padre Avril —, desculpe-me se me é necessário pedir-lhe para interromper nossa conversa; mas não deixe de voltar amanhã; sem dúvida terei novidades para lhe contar, e acho que o senhor ficará satisfeito.

Ele manteve a testa na mão, enquanto o padre Avril se retirava pela porta da sala de visitas; depois, levantando finalmente a cabeça:

— Mande-o entrar.

Lafcadio avançou pela sala com a fronte erguida, com máscula segurança; ao chegar diante do ancião, inclinou-se gravemente. Como se tivesse prometido a si mesmo não dizer nada antes de contar até doze, foi o conde quem começou:

— Saiba primeiro, meu senhor, que não há Lafcadio de Baraglioul — disse ele rasgando o cartão — e queira avisar o senhor Lafcadio Wluiki, pois que é um de seus amigos, que se ele resolver brincar com esses cartões, se não os rasgar todos como estou fazendo com este (reduziu-o a pedacinhos minúsculos que atirou na xícara vazia), dou logo parte dele à polícia, e o mando prender, como um vulgar flibusteiro. O senhor me entendeu?... Agora venha para o claro, pois quero vê-lo.

— Lafcadio Wluiki lhe obedecerá, meu senhor. (A voz, muito solícita, tremia-lhe um pouco). Perdoe o meio que tomou para introduzir-se junto ao senhor; na mente dele não entrou nenhuma intenção desonesta. Ele queria convencê-lo de que merece... pelo menos a sua estima.

— O senhor tem bom físico, mas essa roupa lhe fica mal — retomou o conde, que não queria ter ouvido nada.

— Eu não me havia enganado então? — disse Lafcadio, arriscando um sorriso, enquanto se prestava complacentemente ao exame.

— Graças a Deus! é com a mãe que ele se parece — murmurou o velho Baraglioul.

Lafcadio esperou algum tempo, depois, em voz quase baixa e olhando fixamente para o conde:

— Se não deixo transparecer muito, também me é totalmente proibido parecer com...

— Eu estava falando do físico. Mesmo que o senhor não tivesse puxado somente à sua mãe, Deus não me dará o tempo para reconhecer isso.

Nesse momento, o xale cinza escorregou de seus joelhos para o chão.

Lafcadio se precipitou e, enquanto estava curvado, sentiu a mão do velho pousar suavemente em seu ombro.

— Lafcadio Wluiki — retomou Juste-Agénor quando ele se reergueu —, meus instantes estão contados; não disputarei em fineza com o senhor; isso me cansaria. Admito que não é bobo; agrada-me que não seja feio. O que o senhor acabou de arriscar anuncia um pouco de afoiteza, que não lhe fica mal; primeiro acreditei que era impudência, mas sua voz, seu porte, me tranquilizam. Quanto ao resto, eu pedira ao meu filho Julius que me informasse sobre isso; mas estou percebendo que não me interessa muito, e importa-me menos do que tê-lo visto. Agora, Lafcadio, ouça-me: nenhum registro civil, nenhum papel dá testemunho de sua identidade. Tomei o cuidado de não lhe deixar possibilidades de nenhum recurso. Não, não proteste por seus sentimentos, é inútil; não me interrompa. O seu silêncio até hoje é para mim garantia de que a sua mãe soube guardar a promessa de não lhe falar sobre mim. Está bem. Assim como eu assumira o compromisso junto a ela, o senhor conhecerá o efeito do meu reconhecimento. Por intermédio de Julius, meu filho, não obstante as dificuldades da lei, farei com que tenha a parte da herança que disse à sua mãe que eu lhe reservaria. Quer dizer que, quanto a minha outra criança, a condessa Guy de Saint-Prix, priorizarei meu filho Julius, na medida em que a lei me autoriza a tanto e precisamente em relação ao valor que eu gostaria de lhe deixar por intermédio dele. Isso resultará, creio eu, em... digamos quarenta mil libras de renda; devo ir em breve ao meu tabelião e examinarei essas cifras com ele... Sente-se, se for melhor para me ouvir. (Lafcadio acabara de se apoiar à beira da mesa). Julius pode opor-se a tudo isso; ele tem a lei a seu lado; conto com a honestidade dele para que nada faça; conto com a sua para que nunca perturbe a família de Julius, assim como sua mãe nunca perturbou a minha. Para Julius e para os seus, só existe Lafcadio Wluiki. Não quero que use luto por mim. Meu filho, a família é uma grande coisa fechada; o senhor nunca será mais que um bastardo.

Lafcadio não se sentara, apesar do convite de seu pai que o surpreendera cambaleando; já dominando a vertigem, apoiava-se à beira da mesa onde estavam a xícara e os fogareiros; mantinha uma postura muito diferente.

— Diga-me, agora: esteve hoje de manhã com meu filho Julius. Ele lhe disse...

— Ele nada disse precisamente; eu adivinhei.

— Que desajeitado!... Ah! Estou me referindo ao outro... Deve encontrar-se com ele?

— Ele me solicitou o serviço de secretário.
— O senhor aceitou?
— Isso desagrada o senhor?
— ... Não. Mas acho que é melhor que não se... reconheçam.
— Também pensei nisso. Mas, justamente sem o reconhecer, eu gostaria de conhecê-lo um pouco.
— O senhor não tem, entretanto, a intenção, suponho, de permanecer por muito tempo nessas funções subalternas?
— O tempo para me organizar, simplesmente.
— E depois, o que pretende fazer, agora que virou afortunado?
— Ah! Senhor, ontem eu mal tinha o que comer; dê-me tempo para reconhecer a minha fome.

Nesse momento, Hector bateu à porta:
— É o senhor visconde que quer vê-lo. Devo mandá-lo entrar?

A fronte do velho voltou a ficar sombria; ele permaneceu em silêncio por um instante, mas como Lafcadio discretamente se havia levantado e fazia menção de se retirar:
— Fique! — bradou Juste-Agénor com uma violência que conquistou o rapaz; depois, voltando-se para Hector: — Ah! Que seja! Eu bem que lhe havia recomendado que não procurasse me ver... Diga-lhe que estou ocupado... Escreverei para ele.

Hector inclinou-se e saiu.

O velho conde manteve por alguns instantes os olhos fechados; parecia estar dormindo, mas, através da barba, podia-se ver os lábios se mexerem. Finalmente levantou as pálpebras, estendeu a mão para Lafcadio e, com uma voz bem diferente, suavizada, algo cansada:
— Aperte aqui, meu filho. Deve me deixar agora.
— Eu tenho de fazer-lhe uma confissão — disse Lafcadio hesitante —; para me apresentar decentemente diante do senhor,

esvaziei os meus últimos recursos. Se o senhor não me ajudar, não sei como vou jantar esta noite; para não falar de amanhã... a menos que o senhor seu filho...

— Pegue por enquanto isto aqui — disse o conde tirando quinhentos francos de uma gaveta. — E então! O que está esperando?

— Eu queria lhe perguntar ainda... se não posso ter esperança de revê-lo?

— Palavra! Confesso que não seria sem prazer. Mas as reverendas pessoas que cuidam da minha salvação me mantêm num humor que me faz passar o prazer em segundo lugar. Quanto à minha bênção, posso lhe dar já — e o velho abriu os braços para acolhê-lo. Lafcadio, em vez de lançar-se nos braços do conde, ajoelhou-se piedosamente diante dele e, com a cabeça em seus joelhos, soluçando, cheio de ternura dentro do abraço, sentiu derreter-se seu coração de bravas resoluções.

— Meu filho, meu filho — balbuciava o velho —, estou em falta com você.

Quando Lafcadio se ergueu, estava com o rosto cheio de lágrimas.

Como estivesse de saída e enfiasse no bolso a nota que não pegara de imediato, Lafcadio encontrou os cartões de visita e, estendendo-os para o conde:

— Por favor, aqui está todo o pacote.

— Confio em você; você mesmo irá rasgar. Adeus.

"Teria dado o melhor dos tios", pensava Lafcadio voltando para o Quartier Latin; "e mesmo com alguma coisa a mais", acrescentava com um laivo de melancolia. — Ora! — Tirou o pacote de cartões, abriu-o em leque e o rasgou de um golpe, sem esforço.

— Nunca tive confiança nos esgotos — murmurou enquanto jogava "Lafcadio" num bueiro; e só dois bueiros adiante jogou "de Baraglioul".

— Pouco importa, Baraglioul ou Wluiki, cuidemos de liquidar o passado.

Ele conhecia, no bulevar Saint-Michel, um joalheiro diante do qual Carola o forçava a parar todo dia. Na insolente vitrine ela havia notado, na antevéspera, um par de abotoaduras singulares. Apresentavam — ligadas duas a duas por um fecho de ouro e esculpidas em um quartzo estranho, espécie de ágata enevoada, que não deixava ver nada através dela, embora parecesse transparente — quatro cabeças de gato em círculo. Como Venitequa usasse — com aquela forma de colete masculino a que se chama *tailleur*, como já disse — mangas com punhos, e como tinha um gosto esquisito, ela cobiçava aquelas abotoaduras.

Elas eram mais estranhas do que engraçadas; Lafcadio achava-as horrorosas; teria ficado irritado de vê-las em sua companheira; mas, no momento em que a deixava... Entrando na loja, pagou cento e vinte francos pelas abotoaduras.

— Um pedaço de papel, por favor. — E na folha que o vendedor lhe passou, debruçado no balcão, escreveu:

A Carola Venitequa
Para lhe agradecer por ter introduzido o desconhecido no meu quarto, e rogando-lhe que nunca mais ponha os pés lá.

Dobrado o papel, enfiou-o na caixa em que o vendedor acondicionara a joia.

"Não precipitemos nada", disse consigo, no momento de remeter a caixa ao porteiro. "Passemos ainda a noite sob esse teto, e contentemo-nos, por enquanto, em fechar a porta à senhorita Carola."

VI

Julius de Baraglioul vivia sob o regime prolongado de uma moral provisória, aquela mesma moral a que se submetia Descartes enquanto esperava ter estabelecido bem as regras segundo as quais viveria e gastaria doravante. Mas nem o temperamento de Julius falava com tal intransigência, nem seu pensamento com tal autoridade para que, até o momento, tivesse sido muito constrangido a se moldar às conveniências. Não exigia, feitas as contas, senão conforto, que fazia parte de seu sucesso de homem de letras. Com o descrédito de seu último livro, pela primeira vez se sentia incomodado.

Não foi pequena a mortificação que sentiu ao ver seu acesso recusado pelo pai; teria sido muito maior se pudesse saber quem passara à frente dele em relação ao velho. Ao voltar pela rua de Verneuil, afastava com vigor cada vez menor a impertinente suposição que já o havia importunado enquanto se dirigia à casa de Lafcadio. Ele também confrontava fatos e datas; também se recusava agora a não ver senão mera coincidência nessa estranha conjunção. Além disso, a jovem graça de Lafcadio o havia seduzido e, embora desconfiasse de que o pai, em favor desse irmão bastardo, ia frustrá-lo de uma parcela do patrimônio, não sentia em relação a ele nenhuma malevolência; esperava-o até nessa manhã com uma curiosidade bastante carinhosa e solícita.

Quanto a Lafcadio, por mais sombrio que ele fosse, e reticente, essa rara ocasião de falar o tentava; além do prazer de incomodar um pouco Julius. Pois, mesmo com Protos, ele nunca tinha entrado muito em confidências. Que caminho havia ele percorrido, desde então! Julius, afinal de contas, não lhe desagradava, por mais fantoche que parecesse; achava divertido saber-se irmão dele.

Como fosse caminhando na direção da residência de Julius nessa manhã, no dia seguinte ao de sua visita, aconteceu-lhe uma aventura bastante bizarra: por amor aos desvios, levado talvez por seu gênio, também para cansar certa turbulência do espírito e da carne, e desejoso de mostrar-se senhor de si na casa do irmão, Lafcadio tomou o caminho mais longo; seguira pelo bulevar des Invalides, passara de novo perto do teatro do incêndio, depois continuou pela rua de Bellechasse.

"Rua de Verneuil, 34", repetia a si mesmo enquanto caminhava; "quatro e três, sete: o número é bom."

Desembocou na rua Saint-Dominique, no ponto onde essa rua corta o bulevar Saint-Germain, quando, do outro lado do bulevar, avistou e reconheceu de imediato aquela moça que, desde a véspera, não deixava de ocupar o seu pensamento. Logo apressou o passo... Era ela! Alcançou-a na extremidade da curta rua de Villersexel, mas, considerando que seria pouco Baraglioul abordá-la, contentou-se com sorrir-lhe inclinando-se um pouco e levantando o chapéu de maneira discreta; depois, passando rapidamente, achou muito oportuno lançar-se para dentro de uma charutaria, enquanto a moça, tomando outra vez a frente, virava na rua de l'Université.

Quando Lafcadio saiu da charutaria e entrou na mesma rua, olhou para a direita e para a esquerda: a moça havia desaparecido. — Lafcadio, meu amigo, você está caindo no mais banal; se você deve ficar apaixonado, não conte com minha pena para pintar o descontrole de seu coração... Mas não; ele teria achado um despropósito começar uma perseguição; tampouco queria chegar atrasado à casa de Julius, e o desvio que acabara de fazer não lhe deixava mais tempo para flanar. A rua de Verneuil, felizmente, estava próxima; a casa que Julius ocupava, na primeira esquina. Lafcadio disse o nome do conde para o porteiro e lançou-se escada acima.

Entretanto Geneviève — pois era ela, a filha primogênita do conde Julius, que voltava do Hospital des Enfants-Malades, aonde ia todas as manhãs —, muito mais perturbada do que Lafcadio por esse novo encontro, tinha voltado a toda pressa à casa paterna; entrando pelo grande portal no instante em que Lafcadio dobrava a esquina, estava chegando ao segundo andar quando saltos apressados, atrás dela, fizeram-na virar-se; alguém subia mais depressa do que ela; ela se encolhia para deixar passar, mas reconheceu de repente Lafcadio, que parou confuso à frente dela:

— Meu senhor, é digno do senhor perseguir-me? — disse no tom mais raivoso que pôde.

— Oh! Senhorita, o que vai pensar de mim? — exclamou Lafcadio. — A senhora não vai acreditar se eu lhe disser que não a vi entrar nesta casa, onde estou tão surpreso de encontrá-la quanto é possível. Não é aqui que mora o conde Julius de Baraglioul?

— O quê? — fez Geneviève enrubescendo. — Seria o senhor o novo secretário que o meu pai está esperando? Senhor Lafcadio Wlou... o senhor tem um nome tão esquisito que não sei como pronunciá-lo. — E como Lafcadio, enrubescendo, se inclinasse: — Pois que o encontro aqui, meu senhor, posso pedir-lhe por favor que não fale a meus pais daquela aventura de ontem, pois acredito que eles não a apreciariam em nada; nem da bolsa que eu lhes disse que tinha perdido.

— Eu ia suplicar-lhe igualmente, senhorita, que guardasse silêncio sobre o papel absurdo que me viu representar. Sou como os seus pais: não compreendo nada, e absolutamente não o aprovo. A senhorita deve ter-me tomado por um terra-nova. Não pude me segurar... Desculpe-me. Tenho ainda que aprender... Mas aprenderei, garanto-lhe... Quer me dar a mão?

Geneviève de Baraglioul, que não confessava para si mesma que achava Lafcadio muito bonito, não confessou a Lafcadio que, longe de parecer-lhe ridículo, ele tinha assumido para ela a figura de herói. Estendeu-lhe a mão que ele levou fogosamente aos lábios; então, sorrindo simplesmente, ela pediu-lhe que descesse alguns degraus e a esperasse entrar e fechar a porta para depois tocar a campainha, de maneira que não os vissem juntos; e principalmente que não demonstrasse, em seguida, que eles tinham se encontrado antes.

Alguns minutos depois, Lafcadio foi introduzido no gabinete do romancista.

A acolhida de Julius foi comprometedora; Julius não sabia como proceder; o outro logo se defendeu:

— Meu senhor, devo avisá-lo primeiro: tenho enorme horror pelo reconhecimento; tanto quanto pelas dívidas; e faça o que fizer por mim, não espere de minha parte nenhuma obrigação para com o senhor.

Julius, por sua vez, rebateu:

— Não estou procurando comprá-lo, senhor Wluiki — começou ele, já altivo... Mas vendo que se cortariam as pontes de comunicação, pararam bruscamente e, após um momento de silêncio:

— Que trabalho era esse que queria confiar-me? — começou Lafcadio num tom mais flexível.

Julius se esquivou, alegando que o texto ainda não estava no ponto; não seria ruim, aliás, que antes eles travassem maior conhecimento.

— Confesse, meu senhor — retomou Lafcadio num tom jocoso —, ontem o senhor não ficou me esperando para isso, e se favoreceu ao olhar um certo caderno...?

Julius perdeu pé e, um pouco confusamente:

— Confesso que o fiz — disse; depois, com dignidade: — Peço desculpas. Se tivesse que refazer isso, não recomeçaria.

— Isso não existe mais para fazer: queimei o caderno.

As feições de Julius desolaram-se:

— Está muito zangado?

— Se eu ainda estivesse zangado, não lhe diria. Desculpe-me pelo tom que assumi há pouco ao entrar — continuou Lafcadio, resolvido a levar adiante a altercação. — Mesmo assim, gostaria de saber se o senhor leu igualmente o trecho de carta que se encontrava no caderno.

Julius não tinha lido o trecho de carta; pela simples razão de não havê-lo encontrado; mas aproveitou para atestar sua discrição. Lafcadio brincava com ele, e brincava em deixar isso transparecer.

— Já tirei alguma desforra com seu último livro, ontem.

— Ele não foi feito para lhe interessar — apressou-se em dizer Julius.

— Oh! Ainda não o li inteiro. Devo confessar-lhe que não tenho grande gosto pela leitura. Na verdade, nunca tive prazer senão em *Robinson*... Sim, *Aladim* também... Aos seus olhos, estou mesmo desqualificado.

Julius levantou a mão levemente:

— Simplesmente lamento pelo senhor: está se privando de grandes alegrias.

— Conheço outras.

— Que talvez não sejam de tão boa qualidade.

— Pode ter certeza! — e Lafcadio ria com certa impertinência.

— Por elas, sofrerá um dia — retomou Julius algo incitado pelo gracejo.

— Quando for tarde demais — concluiu sentenciosamente Lafcadio; depois, com rispidez: — Escrever é muito divertido para o senhor?

Julius se reergueu:

— Não escrevo para me divertir — disse nobremente. — As alegrias que experimento ao escrever são superiores àquelas que poderia encontrar vivendo. Além disso, uma coisa não impede a outra...

— É o que se diz. — Depois, elevando bruscamente o tom que ele havia deixado cair como por negligência: — O senhor sabe o que me desagrada na escrita? São as correções, as rasuras, as maquiagens que se fazem nela.

— O senhor acha que a gente não se corrige na vida? — perguntou Julius inflamado.

— O senhor não está me entendendo: na vida, a gente se corrige, e, pelo que se diz, a gente melhora; não se pode corrigir o que está feito. É esse direito ao retoque que faz da escrita uma coisa tão cinzenta e tão... (não terminou). Sim; é isso que me parece tão bonito na vida; é que se tem de pintar a fresco. Nela, a rasura é proibida.

— Haveria o que rasurar na sua vida?

— Não... ainda não muito... E já que não se pode... — Lafcadio se calou um instante; depois: — Foi assim mesmo, por desejo de rasura, que lancei ao fogo o meu caderno!... Tarde demais, está vendo... Mas confesse que o senhor não entendeu grande coisa sobre isso.

Não, isso Julius jamais confessaria.

— O senhor me permitiria algumas perguntas? — disse ele à guisa de resposta.

Lafcadio levantou-se tão bruscamente que Julius pensou que ele queria fugir; mas foi apenas em direção à janela e, levantando a cortina de estame:

— Esse jardim é seu?

— Não — respondeu Julius.

— Meu senhor, até agora não deixei ninguém espiar, por menos que fosse, a minha vida — retomou Lafcadio, sem se virar. Depois, voltando-se para Julius, que já não via nele mais do que um garoto: — Mas hoje é feriado; vou me oferecer umas férias, por uma única vez em minha vida. Faça as suas perguntas, comprometo-me a responder a todas... Ah! Devo dizer-lhe de início que botei no olho da rua a moça que ontem lhe abriu a porta.

Por conveniência, Julius tomou um ar consternado.

— Por causa de mim! O senhor acha que...

— Ora! Há algum tempo eu estava procurando um jeito de me desfazer dela.

— O senhor... vivia com ela? — perguntou desajeitadamente Julius.

— Vivia; por higiene... Mas o menos possível; e por lembrança de um amigo que tinha sido seu amante.

— O senhor Protos, talvez? — arriscou Julius, bem decidido a engolir as indignações, desgostos, reprovações e a não deixar transparecer de sua admiração, nesse primeiro dia, senão o que fosse necessário para animar um pouco suas réplicas.

— Sim, Protos — respondeu Lafcadio rindo. — O senhor gostaria de saber quem é Protos?

— Conhecer um pouco os seus amigos talvez me ajudaria a conhecê-lo melhor.

— Era um italiano, de nome... juro, não sei mais, e pouco importa! Seus companheiros, até seus patrões, só o chamavam por esse apelido, desde o dia em que ele bruscamente conseguiu o primeiro lugar em tradução grega.

— Não me lembro de alguma vez ter sido eu o primeiro — disse Julius para ajudar a confidência —; mas sempre gostei, também, de me ligar aos primeiros. Portanto, Protos...

— Ah! Foi em seguida a uma aposta que tinha feito. Antes ele sempre era um dos últimos de nossa classe, embora fosse um dos mais velhos, enquanto eu era um dos mais jovens; mas, palavra, eu não estudava mais por causa disso. Protos tinha um grande desprezo por aquilo que nossos mestres nos ensinavam; no entanto, depois que um de nossos melhores alunos, que ele detestava, lhe disse um dia "é cômodo desdenhar aquilo de que não se é capaz" (ou algo do gênero), Protos ficou perturbado, teimou durante quinze dias, se esforçou tanto que, na prova seguinte, passou por cima da cabeça do outro — em primeiro! — para grande estupor de todos nós. Eu devia dizer: deles todos. Quanto a mim, tinha por Protos uma consideração por demais elevada para que isso pudesse me espantar. Ele me havia dito: vou mostrar para eles que isso não é tão difícil assim! Acreditei nele.

— Se estou entendendo bem, Protos teve certa influência sobre o senhor.

— Talvez. Ele se impunha. A bem dizer, tive com ele uma única conversa íntima; mas ela foi para mim tão persuasiva que, no dia seguinte, fugi da pensão onde estava empalidecendo como um pé de alface sob uma telha, e voltei a pé para Baden, onde minha mãe vivia então em companhia de meu tio, o marquês de Gesvres... Mas estamos começando pelo fim. Pressinto que o senhor me questiona muito mal. Espere! Deixe-me contar simplesmente a minha vida. O senhor ficará sabendo assim muito mais do que conseguiria perguntar e, talvez, até do que teria desejado saber... Não, obrigado, prefiro os meus — disse ele tirando seu estojo e atirando o cigarro que antes lhe havia oferecido Julius e que, enquanto discorria, deixou apagar-se.

VII

— Nasci em Bucareste, em 1874 — começou ele com lentidão —, e, como sabe, creio, perdi meu pai poucos meses depois de meu nascimento. A primeira pessoa que distingui ao lado de minha mãe foi um alemão, meu tio, o barão Heldenbruck. Mas como o perdi aos doze anos, só guardei dele uma lembrança bastante vaga. Era, ao que parece, um financista notável. Ensinou-me sua língua e o cálculo por tão hábeis desvios que logo vi nisso uma brincadeira extraordinária. Ele fizera de mim o que chamava complacentemente o seu caixa, isto é, confiava-me uma fortuna de dinheiro trocado que, por todo lugar onde o acompanhasse, eu estava encarregado de gastar. Qualquer coisa que ele comprasse (e comprava muito) queria que eu soubesse fazer a conta, o tempo de tirar o dinheiro ou a nota do meu bolso. Por vezes ele me atrapalhava com moedas estrangeiras e eram perguntas sobre câmbio; depois, sobre desconto, juros, empréstimo; enfim, até sobre especulação. Nesse ofício, tornei-me logo bastante habilidoso para fazer multiplicações e mesmo divisões com vários algarismos, sem papel... Fique tranquilo (pois ele via franzirem-se as sobrancelhas de Julius), isso não me deu o gosto nem por dinheiro nem por cálculo. Assim, nunca mantenho contabilidades, se o senhor quiser saber. Para dizer a verdade, essa primeira educação permaneceu toda prática e positiva, e não teve em mim nenhuma repercussão... Depois Heldenbruck entendia maravilhosamente de higiene da infância; persuadiu minha mãe a me deixar viver de cabeça descoberta e pés descalços, em qualquer tempo que fizesse, ao ar livre sempre que possível; ele mesmo me mergulhava na água fria, no inverno ou no verão; eu sentia muito prazer nisso... Mas o senhor não tem nada com esses detalhes.

— Sim, sim!

— Depois seus negócios levaram-no para a América. Nunca mais o vi. Em Bucareste, os salões de minha mãe se abriam à sociedade mais brilhante e, tanto quanto posso julgar pela lembrança, a mais mesclada; mas na intimidade eram frequentados principalmente por meu tio, príncipe Wladimir Bielkowski, e Ardengo

Baldi, a quem, não sei por quê, eu nunca chamava de tio. Os interesses da Rússia (eu ia dizer da Polônia) e da Itália os retiveram em Bucareste por três ou quatro anos. Cada um me ensinou sua língua, quer dizer, o italiano e o polonês, pois, quanto ao russo, se o leio e entendo sem muita dificuldade, nunca o falei com fluência. Por causa da sociedade que minha mãe recebia, e na qual eu era mimado, não se passava dia sem que eu tivesse a oportunidade de exercitar assim quatro ou cinco línguas que, na idade de treze anos, já falava sem nenhum sotaque, mais ou menos indiferentemente; mas de preferência o francês, porque era a língua de meu pai e porque minha mãe fizera questão que eu a aprendesse primeiro. Bielkowski cuidava muito de mim, como todos aqueles que queriam agradar minha mãe; parecia ser a mim que cortejavam; mas o que ele fazia era, creio eu, sem cálculo, pois cedia sempre às suas inclinações, agindo rapidamente e para vários lados. Cuidava de mim, mesmo além do que minha mãe sabia: e eu não deixava de ficar lisonjeado com o apego particular que ele me demonstrava. Esse homem bizarro transformou do dia para a noite nossa existência um pouco assentada em uma espécie de festa alucinante. Não, não basta dizer que ele seguia a sua inclinação: precipitava-se, atirava-se; colocava em seu prazer uma espécie de frenesi. Levou-nos por três verões a uma mansão, ou melhor, um castelo, na vertente húngara dos Cárpatos, perto de Eperjes, aonde íamos frequentemente de carro. Mas com frequência ainda maior montávamos a cavalo; e nada divertia mais minha mãe que percorrer a esmo o campo e a floresta das redondezas, que são belíssimos. O pônei que Wladimir me dera foi durante mais de um ano aquilo de que mais gostei no mundo. No segundo verão, Ardengo Baldi veio juntar-se a nós; foi então que aprendi a jogar xadrez. Acostumado por Heldenbruck aos cálculos de cabeça, logo peguei o hábito de jogar sem olhar para o tabuleiro. Baldi se dava bem com

Bielkowski. À tarde, numa torre solitária, afogados no silêncio do parque e da floresta, nós quatro prolongávamos até bastante tarde os serões jogando baralho; pois, embora eu ainda fosse apenas uma criança — tinha treze anos — Baldi me havia ensinado, por horror ao "morto", o *whist* e a blefar. Malabarista, escamoteador, prestidigitador, acrobata; nos primeiros tempos em que este esteve conosco, minha imaginação mal saía do longo jejum a que a havia submetido Heldenbruck; estava faminto de maravilhas, crédulo e de tenra curiosidade. Mais tarde, Baldi pôs-me a par de seus truques; mas penetrar-lhes o segredo não pôde apagar a primeira impressão de mistério quando, na primeira noite, eu o vi acender bem tranquilamente o cigarro na unha do dedo mínimo; depois, como acabara de perder no jogo, extrair de minha orelha e de meu nariz tantos rublos quanto foram necessários, o que me terrificou literalmente, mas divertiu muito o público, pois ele dizia, sempre com aquele mesmo jeito tranquilo: "Felizmente este menino é uma mina inesgotável!" Nas noites em que ele se encontrava sozinho com minha mãe e comigo, inventava sempre algum novo jogo, alguma surpresa ou alguma farsa; macaqueava todos os nossos familiares, fazia caretas, afastava-se de qualquer semelhança consigo mesmo, imitava todas as vozes, os gritos dos animais, instrumentos, tirava de si sons estranhos, cantava acompanhando-se na gusla, dançava, saltava, caminhava sobre as mãos, saltava por sobre mesas e cadeiras e, descalço, gesticulava com os pés, à maneira japonesa, fazendo girar o biombo ou o aparador da sala na ponta do artelho; fazia ainda melhor malabarismos com as mãos; de um papel amarrotado, rasgado, fazia eclodir muitas borboletas brancas que eu empurrava soprando e que ele mantinha no ar acima dos batimentos de um leque. Assim os objetos perto dele perdiam peso e realidade, presença inclusive, ou então assumiam uma significação nova, inesperada, barroca, distante de qualquer utilidade: "Existem bem poucas coisas com as quais não seja divertido brincar", dizia ele. Com essas coisas tão divertidas, eu morria de rir e minha mãe bradava: "Pare, Baldi! Cadio não vai conseguir dormir." E o fato é que meus nervos eram fortes para resistir a semelhantes excitações. Aproveitei muito desse ensinamento; até de Baldi, depois de alguns meses, eu teria ganho pontos, e até...

— Estou vendo, meu filho, que o senhor recebeu uma educação muito esmerada — interrompeu nesse ponto Julius.

Lafcadio pôs-se a rir, achando extremamente divertido o ar consternado do romancista.

— Oh! Nada disso penetrou muito fundo, não tenha medo! Mas já era tempo, não é, que o tio Faby chegasse. Foi ele quem veio para perto de minha mãe quando Bielkowski e Baldi foram chamados para novos postos.

— Faby? Foi dele que eu vi a letra na primeira página do seu caderno?

— Sim. Fabian Taylor, lorde Gravensdale. Ele nos levou, minha mãe e eu, para uma casa que tinha alugado perto de Duíno, no Adriático, onde me fortaleci bastante. A costa, nesse ponto, formava uma península rochosa inteiramente ocupada pela propriedade. Ali, sob os pinheiros, entre as rochas, no fundo das angras, ou no mar, nadando e remando, eu vivia como selvagem o dia todo. É dessa época que data a fotografia que o senhor viu; e que também queimei.

— Parece-me — diz Julius — que, para a circunstância, o senhor poderia apresentar-se mais decentemente.

— Exatamente, eu não podia fazê-lo — retomou rindo Lafcadio —; sob pretexto de me bronzear, Faby guardava debaixo de chaves todas as minhas roupas, até as roupas de baixo.

— E a senhora sua mãe, o que dizia?

— Ela se divertia muito com isso; dizia que se os nossos convidados se escandalizassem, tinham mais é que ir embora, mas isso não impedia nenhum dos que recebíamos de ficar.

— Mas e durante todo esse tempo, sua instrução, minha pobre criança!...

— Sim, eu aprendia com tanta facilidade que minha mãe até então a tinha negligenciado um pouco; logo eu faria dezesseis anos; minha mãe pareceu dar-se conta disso bruscamente e, depois de uma viagem maravilhosa à Argélia que fiz com tio Faby (foi, creio, a melhor época de minha vida), fui mandado para Paris e confiado a uma espécie de carcereiro impermeável, que cuidava dos meus estudos.

— Depois daquela excessiva liberdade, compreendo até que esse tempo de restrições tenha podido parecer-lhe um pouco duro.

— Nunca o teria suportado sem Protos. Ele vivia na mesma pensão que eu; para aprender francês, diziam; mas o falava muito bem e nunca entendi o que ele fazia ali; nem tampouco o que eu estava fazendo. Eu me aborrecia; não tinha propriamente amizade por Protos, mas me voltava para ele como se devesse me trazer a libertação. Bem mais velho que eu, ele parecia mais idoso do que era, sem mais nada de infantil no andar ou nos gostos. Seus traços eram deveras expressivos quando queria, e podiam exprimir qualquer coisa; mas, em repouso, assumia um jeito de imbecil. Um dia em que eu ralhava com ele sobre isso, respondeu-me que, neste mundo, é importante não se mostrar muito como se é realmente. Ele não se dava por satisfeito enquanto não parecesse ser modesto; fazia questão de passar por tolo. Brincava de dizer que o que perde os homens é preferir a parada ao exercício e não saber esconder os seus dons; mas ele só dizia isso para mim. Vivia apartado dos outros; mesmo de mim, o único da pensão que ele não desprezava. Logo que eu o fazia falar, tornava-se de uma eloquência extraordinária; mas, taciturno no mais das vezes, ele parecia ruminar então negros projetos, que eu teria gostado de conhecer. Quando lhe perguntava: "O que é que o senhor está fazendo aí?" (nenhum de nós o tratava por você), ele respondia: "Estou me preparando." Ele achava que, na vida, a gente se livra das situações mais difíceis sabendo dizer a si mesmo: não tem importância! Foi o que disse a mim mesmo no momento de me evadir. Tendo partido com dezoito francos, alcancei Baden em pequenas etapas, comendo não sei o quê, dormindo em qualquer lugar... Estava um pouco arriado quando cheguei, mas, afinal de contas, contente comigo, pois tinha ainda três francos no bolso; é verdade que, a caminho, eu tinha conseguido ganhar uns cinco ou seis. Encontrei lá a minha mãe com o tio de Gesvres, que se divertiu muito com minha fadiga, e resolveu me levar de volta a Paris; ele não se conformava, dizia, de Paris ter-me deixado má lembrança. E o fato é que, quando voltei para lá com ele, Paris me pareceu sob uma luz um pouco melhor. O marquês de Gesvres gostava freneticamente de gastar; era uma necessidade contínua, uma fome devoradora; dir-se-ia que ele ficava agradecido a mim por ajudá-lo a satisfazê-la e a dobrar o seu apetite com o meu. Bem ao contrário de Faby, ele me ensinou o gosto pelos ternos; creio que eu os vestia bastante bem; com ele eu estava em boa escola; sua elegância era perfeitamente natural, como uma segunda sinceridade. Entendi-me muito bem com ele. Juntos, passávamos manhãs inteiras nos camiseiros, sapateiros, nos alfaiates; ele dava uma atenção especial aos calçados, pelos quais se reconhecem as pessoas, dizia ele, com tanta certeza e mais secretamente do que pelo resto da roupa e do que pelos traços do rosto... Ensinou-me a gastar sem fazer contas e sem me preocupar por antecipação se iria ter com que atender à minha fantasia, ao meu desejo ou à minha fome. Ele tinha como princípio que sempre se deve satisfazer a esta por último, pois (lembro-me de suas palavras) desejo ou fantasia, dizia, são de solicitação fugidia, ao passo que a fome sempre volta e só fica mais imperiosa quando se tem de esperar por muito tempo. Ensinou-me, enfim, a não desfrutar mais de uma coisa por que custasse mais caro, nem menos se, por sorte, nada custasse. Eu estava nesse ponto quando perdi minha mãe. Um telegrama chamou-me bruscamente a Bucareste; só pude revê-la morta: lá, fiquei sabendo que, desde a partida do marquês, ela havia feito muitas dívidas que a sua fortuna mal permitia cobrir, de maneira que eu não devia esperar nem um copeque, nem um *pfennig*, nem um *groschen*. Assim, após a cerimônia fúnebre, regressei a Paris onde pensava reencontrar meu tio de Gesvres; mas ele havia partido bruscamente para a Rússia, sem deixar endereço. Não me cabe dizer-lhe todas as reflexões que fiz. Ora, eu tinha algumas habilidades na minha bagagem, mediante as quais a gente sempre consegue se safar nas dificuldades; mas quanto mais necessidade eu tinha, mais me repugnava recorrer a elas. Felizmente, certa noite em que fui bater pé, um pouco perplexo, encontrei aquela Carola Venitequa que o senhor viu, a ex-amante de Protos, que me hospedou decentemente. A alguns dias daí, fui avisado de que uma magra pensão, bastante misteriosamente, me seria depositada, todo primeiro dia de cada mês, num tabelião; tenho horror de esclarecimentos e recebi sem procurar saber mais. Depois o senhor chegou... O senhor sabe agora mais ou menos tudo que gostaria de lhe dizer.

— É uma felicidade — disse solenemente Julius —, é uma felicidade, Lafcadio, que lhe caiba hoje algum dinheiro: sem profissão, sem instrução, condenado a viver de expedientes... tal como o conheço hoje, o senhor estava pronto para tudo.

— Pronto para nada, ao contrário — retomou Lafcadio olhando seriamente para Julius. — Apesar de tudo que lhe disse, vejo que ainda me conhece mal. Nada me impede tanto quanto a necessidade; nunca procurei aquilo que não pode me servir.

— Os paradoxos, por exemplo. E o senhor acha isso nutritivo?

— Depende dos estômagos. O senhor gosta de chamar de paradoxo o que repugna ao seu... Para mim, morreria de fome diante do ensopado de lógica com o qual vi que alimenta suas personagens.

— Permita...

— Pelo menos o herói de seu último livro. É verdade que nele o senhor pintou o seu pai? A preocupação com mantê-lo, sempre, por toda parte, condizente com o senhor e consigo mesmo, fiel aos deveres, aos princípios dele, isto é, às suas teorias... o senhor pode imaginar o que eu, precisamente, poderia dizer a respeito!... Senhor de Baraglioul, aceite isto, pois é verdade: eu sou um ser inconsequente. E veja quanto acabei de falar! Eu, que ainda ontem me considerava o mais silencioso, o mais fechado, o mais recluso dos seres. Mas era bom que travássemos logo conhecimento; e que não haja mais oportunidade de voltar a isso. Amanhã, hoje à noite, voltarei para dentro do meu segredo.

O romancista, a quem essas falas desmontaram, fez um esforço para voltar à sela:

— Persuada-se primeiro de que não há inconsequência, não mais em psicologia do que em física — começou ele. — O senhor é um ser em formação e...

Pancadas na porta interromperam-no. Mas, como ninguém aparecesse, foi Julius quem saiu. Pela porta que deixara aberta, um confuso ruído de vozes chegava até Lafcadio. Depois houve um grande silêncio. Lafcadio, após dez minutos de espera, já se dispunha a retirar-se quando um empregado de libré veio até ele:

— O senhor conde manda dizer ao senhor secretário que ele não mais o retém. O senhor conde recebeu neste instante más notícias do senhor seu pai e desculpa-se por não poder despedir-se do senhor.

Pelo tom como tudo isso foi dito, Lafcadio desconfiou de que acabasse de ser anunciada a morte do velho conde. Dominou a emoção.

"Vamos!", dizia consigo mesmo retornando ao beco Claude-Bernard, "chegou o momento. — *It is time to launch the ship*. Venha de onde vier o vento daqui por diante, aquele que soprar servirá. Já que não posso estar bem pertinho do velho, prontifiquemo-nos a afastar-nos dele de vez."

Ao passar pela portaria, ele entregou ao porteiro do hotel a caixinha que carregava consigo desde a véspera.

— O senhor entregará este pacote à senhorita Venitequa, hoje à noite, quando ela voltar — disse ele. — E queira preparar a minha conta.

Uma hora depois, feita a mala, mandou chamar um fiacre. Partiu sem deixar endereço. O de seu tabelião bastava.

LIVRO TERCEIRO

Amédée Fleurissoire

I

A condessa Guy de Saint-Prix, irmã mais nova de Julius, que a morte do conde Juste-Agénor chamara bruscamente a Paris, tinha acabado de voltar ao simpático castelo de Pezac, a quatro quilômetros de Pau, do qual, desde sua viuvez, quase não saía, e menos ainda desde o casamento e estabelecimento de seus filhos — quando recebeu uma visita singular.

Voltava de um se seus passeios matinais que costumava fazer numa leve charrete conduzida por ela mesma; vieram avisá-la de que um capuchinho a esperava havia uma hora no salão. O desconhecido era recomendado pelo cardeal André, como atestava o cartão deste que foi entregue à condessa; o cartão estava num envelope; lia-se no sobrescrito, abaixo do nome do cardeal, com sua letra fina e quase feminina, estas palavras:

Recomendo à atenção muito especial da condessa de Saint-Prix o padre J.-P. Salus, cônego de Virmontal.

Era só; e isso bastava; a condessa recebia de bom grado as pessoas da Igreja; além disso, o cardeal André tinha na mão a alma da condessa. Ela precipitou-se para o salão e pediu desculpas por deixar esperar.

O cônego de Virmontal era um homem de belas feições; no rosto nobre brilhava uma energia máscula que estranhamente não combinava (se ouso dizer) com a hesitante precaução de seus gestos e de sua voz, assim como chamavam a atenção os cabelos quase brancos, junto à tez jovem e fresca do rosto.

Malgrado a afabilidade da condessa, a conversa se entrosava mal e se arrastava em frases de conveniência sobre o luto recente da condessa, a saúde do cardeal André, o novo insucesso de Julius na Academia. Entretanto a voz do padre se fazia cada vez mais lenta e surda, e a expressão de seu rosto desolada. Ele finalmente levantou-se, mas, em lugar de se despedir:

— Eu gostaria, senhora condessa, de conversar sobre um assunto sério, da parte do cardeal. Mas este cômodo é sonoro, o número de portas me espanta; temo que alguém possa nos ouvir.

A condessa adorava confidências e dissimulações; mandou o cônego entrar num camarim estreito ao qual só se tinha acesso pelo salão, e fechou a porta:

— Aqui estamos abrigados — disse ela. — Fale sem constrangimento.

Mas em vez de falar, o padre, que, à frente da condessa, sentara-se numa poltrona baixa, tirou um lenço grande do bolso e nele sufocou soluços convulsivos. Perplexa, a condessa pegou num aparador perto dela uma cesta de trabalhos, procurou na cesta um frasco de sais, hesitou em oferecê-lo ao hóspede, e resolveu finalmente ela própria aspirá-lo.

— Desculpe-me — disse finalmente o padre, tirando do lenço um rosto congestionado. — Sei que é muito boa católica, senhora condessa, para não me entender logo e partilhar da minha emoção.

A condessa tinha horror das efusões; refugiou o seu recato atrás de um lornhão. O padre se recompôs de imediato e, aproximando um pouco a sua poltrona:

— Precisei, senhora condessa, da solene garantia do cardeal para me decidir a vir falar-lhe; sim, a garantia que ele me deu de que a fé da senhora não era dessas mundanas, simples revestimentos da indiferença...

— Vamos aos fatos, senhor padre.

— O cardeal me garantiu, pois, que eu podia ter na discrição da senhora uma total confiança; uma discrição de confessor, por assim dizer...

— Mas, senhor padre, perdoe-me; se se trata de um segredo de que o cardeal está a par, de um segredo de tal gravidade, como ele próprio não me falou a respeito?

Só o sorriso do padre já daria para fazer a condessa entender a incongruência da pergunta.

— Uma carta! Mas, senhora, no correio, em nossos dias, todas as cartas dos cardeais são abertas.

— Ele podia confiar ao senhor essa carta.

— Sim, minha senhora; mas quem sabe o que pode um papel vir a tornar-se? Somos tão vigiados. Ainda há mais: o cardeal prefere ignorar o que vou lhe dizer, não quer estar envolvido nisso... Ah! Minha senhora, no último momento a minha coragem está me abandonando e não sei se...

— Senhor padre, o senhor não me conhece, e não posso me ofender se a sua confiança em mim não é maior — disse suavemente a condessa desviando a cabeça e baixando o lornhão. — Tenho o maior respeito pelos segredos que me confiam. Deus sabe que jamais traí o menor deles. Mas nunca me aconteceu solicitar uma confidência...

Ela fez um leve movimento como para se levantar, e o padre estendeu-lhe o braço.

— A senhora há de me desculpar, dignando-se a considerar que é a primeira mulher, a primeira, eu disse, que foi julgada digna, por aqueles que me confiaram a espantosa missão de avisá-la, digna de receber e de conservar este segredo. E me espanto, confesso, ao sentir esta revelação bem pesada, bem incômoda, para a inteligência de uma mulher.

— As pessoas têm grandes ilusões sobre a pouca capacidade de inteligência das mulheres — disse quase secamente a condessa; depois, com as mãos um pouco erguidas, escondeu sua curiosidade sob um aspecto ausente, própria para acolher uma importante confidência da Igreja. O padre aproximou novamente a poltrona.

Mas o segredo que o padre Salus ia confiar à condessa parece-me ainda hoje por demais desconcertante, por demais bizarro, para que eu ouse narrá-lo aqui sem a mais ampla precaução:

Existe o romance, e existe a história. Críticos abalizados consideraram o romance como a história que poderia ter sido, e a história como um romance que houve. Há de reconhecer, na verdade, que a arte do romancista muitas vezes carrega a credibilidade, assim como às vezes o acontecimento a desafia. Ah! Alguns espíritos céticos negam o fato quando ele se afasta do comum. Não é para eles que escrevo.

Que o representante de Deus na terra tenha sido retirado da Santa-Sé e, pela operação do Quirinal, roubado de algum modo a toda a cristandade — é um problema muito espinhoso que não tenho a temeridade de levantar. Mas é de fato *histórico* que, pelo fim do ano de 1893, correu esse boato; é patente que numerosas almas devotas se comoveram com isso. Alguns jornais falaram do caso timoratamente; fizeram com que se calassem. Uma brochura sobre o assunto foi publicada em Saint-Malo[1]; acabou sendo apreendida.

---

1. *Relatório da Libertação de Sua Santidade Leão XIII aprisionado nas masmorras do Vaticano* (Saint-Malo, gráfica Y. Billois, rue de l'Orme, 4), 1893. [N.A.]

Nem o partido franco-maçom desejava que se repercutisse a notícia de tão abominável disparate, nem o partido católico ousava apoiar e, tampouco, se resignava a dar cobertura às coletas especiais prontamente empreendidas a esse respeito. E sem dúvida numerosas almas piedosas foram sangradas (estima-se em cerca de meio milhão as importâncias recolhidas ou dispersadas nessa ocasião), mas permanecia duvidoso se todos aqueles que recebiam os fundos eram verdadeiros devotos ou, por vezes, meros escroques. O fato é que era preciso, para levar a bom termo essa coleta, na falta de convicção religiosa, uma audácia, uma habilidade, um tato, uma eloquência, um conhecimento das pessoas e dos fatos, uma saúde, que só alguns galhardos podiam vangloriar-se de ter, como Protos, antigo colega de Lafcadio. Advirto honestamente o leitor: é ele quem hoje se apresenta sob o aspecto e o nome emprestados do cônego de Virmontal.

A condessa, resolvida a não abrir mais os lábios, a não mais mudar de atitude e nem mesmo de expressão antes do completo esgotamento do segredo, ouvia imperturbavelmente o falso padre, cuja segurança, pouco a pouco, se consolidava. Ele tinha se levantado e caminhava a passos largos. Para melhor preparação, retomava o assunto, se não exatamente do princípio (o conflito entre a Loja e a Igreja, essencial, não tinha acaso sempre existido?), pelo menos remontava a certos fatos em que se havia declarado a hostilidade flagrante. Tinha primeiro convidado a condessa a lembrar-se das duas cartas enviadas pelo papa, em dezembro de 92, uma ao povo italiano, a outra mais especialmente aos bispos, prevenindo os católicos contra as ações dos franco-maçons; depois, como falhasse a memória da condessa, ele teve de voltar mais atrás, lembrar a inauguração da estátua de Giordano Bruno, decidida e presidida por Crispi, por trás de quem, até então, se havia dissimulado a Loja. Disse que Crispi, zangado por ter o papa rejeitado suas propostas, teria recusado negociar com ele (e por negociar, não se devia entender entrar em composição, submeter-se!). Descreveu esse dia trágico: os campos tomando posição; os franco-maçons finalmente tirando a máscara, e — enquanto o corpo diplomático acreditado junto à Santa Sé se dirigia ao Vaticano, manifestando através desse ato, ao mesmo tempo que seu desprezo por Crispi, sua veneração por nosso Santo Padre ulcerado — a Loja, de insígnias desfraldadas, na praça Campo dei Fiori, onde se erguia o provocante ídolo, aclamando o ilustre blasfemador.

— Na assembleia que logo se seguiu, no dia 30 de junho de 1889 — continuou ele (sempre de pé, apoiava-se agora à mesinha, com os dois braços para a frente, inclinado para a condessa) —, Leão XIII manifestou sua indignação veemente. Seu protesto foi ouvido pela terra inteira; e toda a cristandade tremeu ao ouvi-lo falar em deixar Roma! Deixar Roma, eu disse!... Tudo isso, senhora condessa, a senhora já sabia, sofreu muito e se lembra como eu.

Voltou a andar:

— Enfim, Crispi foi alijado do poder. Ia a Igreja respirar? Em dezembro de 1892 o papa escrevia, pois, estas duas cartas, senhora...

Sentou-se de novo, aproximou bruscamente sua poltrona do sofá e, pegando o braço da condessa:

— Um mês depois o papa estava preso.

Teimando a condessa em permanecer calada, o cônego largou-lhe o braço, retomou num tom mais pausado:

— Não procurarei, senhora, apiedá-la com os sofrimentos de um cativo; o coração das mulheres está sempre pronto para comover-se diante do espetáculo dos infortúnios. Dirijo-me à sua inteligência, condessa, e convido-a a considerar o desamparo em que, a nós, cristãos, o desaparecimento de nosso chefe espiritual nos mergulhou.

Um ligeiro vinco marcou-se na fronte pálida da condessa.

— Sem papa é horrível, senhora. Mas não importa: um falso papa é mais horrível ainda. Pois para dissimular o seu crime, que digo? Para convidar a Igreja a se desmantelar e a entregar-se a si mesma, a Loja instalou no trono pontifical, no lugar de Leão XIII, não sei que preposto do Quirinal, que boneco, à imagem de sua santa vítima, que impostor, ao qual, por temor de prejudicar ao verdadeiro, temos de fingir que nos submetemos, diante do qual, enfim, ó vergonha!, toda a cristandade inclinou-se no jubileu.

A essas palavras o lenço que ele torcia nas mãos rasgou-se.

— O primeiro ato do falso papa foi aquela encíclica por demais famosa, a encíclica à França, que ainda faz sangrar o coração de qualquer francês digno desse nome. Sim, sim, eu sei, minha senhora, quanto o seu grande coração de condessa sofreu por ouvir a Santa Igreja renegar a santa causa da realeza; o Vaticano, ora, aplaudir a República. É triste! Fique tranquila, minha senhora! A senhora se espantou com razão. Fique tranquila, senhora condessa! Mas pense naquilo que o Santo Padre cativo sofreu, ouvindo esse preposto impostor proclamá-lo republicano!

Depois, lançando-se para trás, com um riso suspirante:

— E o que foi que a senhora pensou, condessa de Saint-Prix, e o que pensou, como corolário dessa cruel encíclica, da audiência concedida por nosso Santo Padre ao redator do *Petit Journal*? Do *Petit Journal*, senhora condessa. Ah! Essa não! Leão XIII no *Petit Journal*! A senhora está sentindo que é impossível. O seu nobre coração já lhe gritou que não é verdade!

— Mas — exclamou a condessa, não aguentando mais —, é isso que é preciso bradar para toda a terra.

— Não, minha senhora! É isso que é preciso calar primeiro; é o que devemos calar para agir.

Depois, desculpando-se, com voz subitamente chorosa:

— A senhora está vendo que eu lhe falo como a um homem.

— O senhor tem razão, senhor padre. Agir, dizia o senhor. Depressa: o que é que o senhor resolveu?

— Ah! Eu sabia que ia encontrar na senhora essa nobre impaciência viril, digna do sangue dos Baraglioul. Mas infelizmente nada é mais temeroso, no caso, do que um zelo intempestivo. Desses abomináveis crimes, se alguns eleitos estiverem avisados, é-nos indispensável, senhora, contar com a discrição perfeita deles, com sua plena e inteira submissão à indicação que lhes será feita em tempo oportuno. Agir sem nós é agir contra nós. E, além da desaprovação eclesiástica que poderá acarretar... que seja: a excomunhão, toda iniciativa individual se chocará com os desmentidos categóricos e formais de nosso partido. Trata-se aqui, senhora, de uma cruzada; sim, mas de uma cruzada oculta. Desculpe-me por insistir nesse ponto, mas estou especialmente encarregado pelo cardeal de avisá-la, o qual quer ignorar tudo sobre essa história e que nem sequer compreenderá de que se trata se alguém lhe falar a respeito. O cardeal negará que tenha me visto; e da mesma forma, mais tarde, se os acontecimentos nos colocarem em confronto, que fique bem combinado que a senhora e eu nunca nos falamos. Nosso Santo Padre logo saberá reconhecer seus verdadeiros servidores.

Um pouco decepcionada, a condessa arguiu timidamente:

— Mas então?

— A gente age, senhora condessa; a gente age, não tenha medo. E estou até autorizado a revelar-lhe uma parte do nosso plano de campanha.

Ele encaixou-se na poltrona, bem na frente da condessa; esta, agora, tinha erguido as mãos ao rosto e permanecia com o busto avançado, os cotovelos nos joelhos, o queixo nas palmas das mãos.

Ele começou a contar que o papa não estava fechado no Vaticano, mas, ao que parecia, no castelo de Santo Ângelo, que, como certamente a condessa já sabia, se comunicava com o Vaticano por um corredor subterrâneo; que certamente não seria muito difícil retirá-lo daquela jaula, não fosse o temor quase supersticioso que cada um dos servidores mantinha da franco-maçonaria, muito embora de bem com a Igreja. E era com isso que contava a Loja; o exemplo do Santo Padre sequestrado mantinha as almas no terror. Nenhum servidor consentia em ajudar, senão depois de lhe terem prometido que iria para longe, viver ao abrigo dos perseguidores. Vultosas importâncias haviam sido doadas para esse fim por pessoas devotas e de reconhecida discrição. Restava apenas eliminar um único obstáculo, mas que demandava mais do que todos os outros reunidos. Pois esse obstáculo era um príncipe, carcereiro chefe de Leão XIII.

— Lembra-se, senhora condessa, com que mistério continua envolta a dupla morte do arquiduque Rodolfo, príncipe herdeiro da Áustria-Hungria, e de sua jovem esposa, encontrada agonizante a seu lado — Maria Wettsyera, sobrinha da princesa Grazioli, a quem acabara de desposar?... Suicídio, foi dito! A pistola só estava ali para dar satisfação à opinião pública: a verdade é que foram ambos envenenados. Perdidamente apaixonado, infelizmente, por Maria Wettsyera, um primo do grão-duque seu marido, ele próprio grão-duque, não suportara vê-la com outro... Após esse abominável crime, Jean-Salvador de Lorraine, filho de Maria Antonieta, grã-duquesa de Toscana, abandonava a corte de seu parente, o imperador Francisco José. Sabendo-se desprotegido em Viena, ele ia denunciar-se ao papa, implorar-lhe, dobrá-lo. Obteve o perdão. Mas sob o pretexto de penitência, Mônaco — o Cardeal Mônaco La Valette — trancafiou-o no castelo de Santo Ângelo, onde soluça há três anos.

O cônego havia recitado tudo isso com uma voz mais ou menos uniforme; esperou um tempo; depois, com uma pequena provocação:

— Foi ele que Mônaco estabeleceu como carcereiro chefe de Leão XIII.

— O quê? O cardeal! — exclamou a condessa. — Um cardeal pode então ser franco-maçom?

— Infelizmente! — disse o cônego pensativo. — A Loja atingiu fortemente a Igreja. A senhora imagina, senhora marquesa, que se a Igreja tivesse sabido defender-se melhor a si mesma, nada disso teria acontecido. A Loja só pode ter-se apoderado da pessoa de nosso Santo Padre com a conivência de alguns companheiros colocados em altos cargos.

— Mas é horrível!

— Que dizer-lhe mais, senhora condessa? Jean-Salvador acreditava ser prisioneiro da Igreja, quando o era dos franco-maçons. Ele só consente hoje em trabalhar para a libertação de nosso Santo Padre se lhe for permitida, ao mesmo tempo, sua própria fuga; ele só pode fugir para muito longe, para um país de onde a extradição não seja possível. Ele exige duzentos mil francos.

A essas palavras, Valentine de Saint-Prix, que havia alguns instantes recuava e deixava cair os braços, jogando a cabeça para trás, emitiu um fraco gemido e perdeu a consciência. O cônego se atirou:

— Tranquilize-se, senhora condessa — dava-lhe tapinhas nas mãos: — Não ligue para isso! — levava-lhe às narinas o frasco de sais: — Desses duzentos mil francos, já temos cento e quarenta — e, como a condessa abrisse os olhos: — A duquesa de Lectoure só consentiu em dar cinquenta; restam sessenta a contribuir.

— O senhor os terá — murmurou quase indistintamente a condessa.

— Condessa, a Igreja não tinha dúvidas quanto à senhora.

Levantou, com muita gravidade, quase solene, esperou um tempo, e depois:

— Condessa de Saint-Prix — disse ele —, tenho em sua generosa palavra a mais inteira confiança; mas pense nas dificuldades sem tamanho que vão acompanhar, atrapalhar, impedir talvez a entrega dessa quantia; quantia, disse eu, que a senhora deverá até esquecer que me deu, que eu mesmo devo estar pronto para negar ter tocado, pela qual nem sequer me será permitido passar-lhe um recibo... Não posso prudentemente recebê-la senão de mão para mão, de sua mão para a minha. Estamos sendo vigiados. Minha presença no castelo pode ser comentada. Podemos estar seguros quanto ao serviçal? Pense na eleição do conde de Baraglioul; eu não devo voltar aqui.

E como, depois dessas palavras, ele permanecesse ali plantado, sem se mexer nem falar, a condessa entendeu:

— Mas, senhor padre, o senhor imagina, entretanto, que eu não tenho essa enorme quantia comigo. E mesmo...

O padre se impacientava ligeiramente; ela não ousou acrescentar que lhe seria por certo necessário algum tempo para reuni-la (pois esperava não ter de desembolsá-la sozinha). Ela murmurava:

— O que fazer?...

Depois, como as sobrancelhas do cônego ameaçavam cada vez mais:

— Eu tenho lá em cima algumas joias...

— Ah! Não, senhora, as joias são lembranças. A senhora me vê fazendo ofício de negociante de objetos usados? E pensa que eu quero chamar a atenção buscando o melhor preço? Correria o risco de comprometer ao mesmo tempo a senhora e a nossa empreitada.

Sua voz grave, insensivelmente tornou-se áspera e violenta. A da condessa tremia ligeiramente

— Espere um pouco, senhor cônego: vou ver o que tenho nas gavetas.

... Ela desceu logo... Sua mão crispada apertava notas azuis.

— Felizmente, acabei de receber a locação de algumas terras. Posso entregar-lhe já seis mil e quinhentos francos.

O cônego ergueu os ombros.

— Que quer a senhora que eu faça com isso?

E com um desprezo entristecido, com um gesto nobre, afastava a condessa:

— Não, minha senhora, não; não pegarei essas notas. Só as pegarei junto com as outras. As pessoas íntegras exigem a integralidade. Quando a senhora poderá entregar-me a soma toda?

— Quanto tempo o senhor me deixa?... Oito dias?... — perguntou a condessa que pensava fazer uma coleta.

— Condessa de Saint-Prix, a Igreja estaria enganada? Oito dias? Só direi uma coisa:

O PAPA ESTÁ ESPERANDO

Depois, levantando os braços para o céu:

— Como! A senhora tem a insigne honra de segurar nas mãos a sua libertação, e quer demorar! Tema, senhora, tema que o Senhor, no dia de sua libertação, faça igualmente esperar e enlanguescer sua alma insuficiente no limiar do Paraíso!

Ele estava se tornando ameaçador, terrível; depois, bruscamente, levou aos lábios um crucifixo de um rosário e se ausentou numa rápida oração.

— Mas é o tempo de eu escrever a Paris... — gemeu a condessa emocionada.

— Telegrafe! Que seu banqueiro deposite os sessenta mil francos no Crédito Fundiário de Paris, que telegrafará ao Crédito Fundiário de Pau, que terá de lhe depositar incontinenti a importância. É infantil.

— Eu tenho dinheiro em Pau, depositado — arriscou ela.

— Num banco?

— No Crédito Fundiário, exatamente.

Então ele indignou-se totalmente.

— Ah! Senhora, por que é preciso esse desvio para me dar a informação? Esse é o zelo que a senhora demonstra? Que diria agora se eu recusasse sua contribuição?...

Depois, caminhando através do cômodo, mãos cruzadas atrás das costas, e como indisposto doravante contra tudo que pudesse ouvir:

— Existe nisso mais do que morosidade (e fazia com a língua pequenos estalidos próprios para manifestar seu desgosto) e quase falsidade.

— Senhor padre, eu lhe suplico...

Durante alguns instantes o padre continuou sua caminhada, com as sobrancelhas baixas, inflexível. Depois, finalmente:

— A senhora conhece, eu sei, o padre Boudin, com quem vou almoçar hoje (tirou o relógio de bolso)..., e vou me atrasar. Faça um cheque em nome dele; ele receberá para mim as sessenta notas, que logo poderá me entregar. Quando a senhora o vir, diga-lhe simplesmente que era "para a capela expiatória"; é um homem discreto, que sabe viver e que não insistirá. Pois bem! O que ainda espera?

A condessa, prostrada no canapé, ergueu-se, arrastou-se em direção à pequena escrivaninha, abriu-a, tirou um caderno oblongo, no qual preencheu uma folha com sua escrita alongada.

— Desculpe-me por ter sido um pouco brusco com a senhora há pouco, senhora condessa — disse o padre com voz suavizada e pegando o cheque que ela lhe estendia. — Mas são tantos os interesses em jogo!

Depois, enfiando o cheque num bolso interno:

— Seria ímpio agradecer-lhe, não é? Mesmo que fosse em nome d'Aquele em cujas mãos sou apenas um indigníssimo instrumento.

Teve um breve suspiro que abafou no cachecol; mas, recuperando-se logo, com um toque seco de calcanhar, murmurou rapidamente uma frase em língua estrangeira.

— O senhor é italiano? — perguntou a condessa.

— Espanhol! A sinceridade dos meus sentimentos o trai.

— Não seu sotaque. Realmente o senhor fala o francês com uma pureza...

— Muita amabilidade sua, senhora condessa. Perdoe-me por deixá-la abruptamente. Graças à nossa combinaçãozinha, vou poder ir para Narbonne esta noite mesmo, onde o arcebispo me espera com grande impaciência. Adeus!

Ele tomara as mãos da condessa nas suas e olhava para ela fixamente, com o busto recuado:

— Adeus, condessa de Saint-Prix — depois, com um dedo nos lábios: — E lembre-se de que uma palavra sua pode nos pôr a perder.

Mal ele saíra, a condessa já corria ao cordão de sua campainha.

— Amélie, diga a Pierre que ele deve estar com a caleça pronta, logo após o almoço, para ir à cidade. Ah! Mais um instante... Que Germain suba na bicicleta e leve imediatamente à senhora Fleurissoire o bilhete que vou lhe entregar.

E, inclinada sobre a escrivaninha que ainda não havia fechado, escreveu:

Cara senhora,
Logo passarei para vê-la. Espere-me por volta das duas horas.
Tenho algo de muito grave para lhe dizer. Arranje-se para que estejamos a sós.

Assinou, fechou o envelope, depois o estendeu a Amélie.

II

A senhora Amédée Fleurissoire, nascida Péterat, irmã caçula de Véronique Armand-Dubois e de Marguerite de Baraglioul, respondia pelo nome um tanto barroco de Arnica. Philibert Péterat, botânico bastante célebre no Segundo Império por suas infelicidades conjugais, tinha, desde a juventude, prometido nomes de flores às filhas que pudesse ter. Certos amigos acharam um pouco particular o nome de Véronique com que batizou a primeira; mas, quanto ao nome de Marguerite, ouviu insinuarem que baixava o nível, cedia à opinião, frisava o banal, e resolveu, bastante obstinado, gratificar o terceiro produto com um nome tão deliberadamente botânico que calaria todos os maldizentes.

Pouco depois de Arnica, Philibert, cujo temperamento se azedara, separou-se da mulher, abandonou a capital e foi fixar-se em Pau. A esposa ficava em Paris no inverno, mas aos primeiros dias bonitos já voltava a Tarbes, sua cidade natal, onde recebia as duas filhas maiores numa velha casa de família.

Véronique e Marguerite dividiam o ano entre Tarbes e Pau. Quanto à pequena Arnica, desconsiderada pelas irmãs e pela mãe, um pouco ingênua, é verdade, e mais tocante que bonita, permanecia, no verão ou no inverno, junto ao pai.

A maior alegria da criança era ir herborizar com o pai no campo; mas muitas vezes o maníaco, cedendo a seu temperamento irritadiço, deixava-a ali, partia sozinho para um enorme giro, voltava estafado e, logo depois da refeição, metia-se na cama sem dar à filha a esmola de um sorriso ou de uma palavra. Ele tocava flauta em seus momentos poéticos, repetindo sem cessar as mesmas árias. O resto do tempo, desenhava minuciosamente retratos de flores.

Sua velha criada, apelidada Resedá, que cuidava da cozinha e da casa, tomava conta da criança; ensinou-lhe o pouco que sabia. Nesse regime, Arnica mal conseguia ler aos dez anos. O respeito humano advertiu finalmente Philibert: Arnica entrou como pensionista da senhora Viúva Semène que inculcava rudimentos a uma dúzia de meninas e a alguns rapazinhos.

Arnica Péterat, sem desconfiança e sem defesa, nunca havia imaginado até aquele dia que seu nome pudesse levar ao riso.[2] Teve, no dia de sua entrada na pensão, a brusca revelação de seu ridículo; a onda de zombarias curvou-a como uma alga lenta; ela corou, empalideceu, chorou; e a senhora Semène, ao punir de uma só vez toda a classe por conduta indecente, com falta de tato acabou por aumentar a animosidade de uma brincadeira inicialmente sem malevolência.

Longa, flácida, anêmica, abobalhada, Arnica ficava balançando os braços no meio da pequena sala de aula e, quando senhora Semène indicou:

— No terceiro banco à esquerda, senhorita Péterat — a classe recomeçou com mais força, a despeito das admoestações.

Pobre Arnica! A vida já não se mostrava diante dela senão como uma triste avenida ladeada de chistes de mau gosto e de

---

2. Jogo de palavras entre o sobrenome Péterat e o futuro do indicativo do verbo *péter* (peidar). [N.T.]

avanias. A senhora Semène, felizmente, não ficou insensível à sua angústia e logo a menina pôde encontrar no regaço da viúva um abrigo.

De bom grado Arnica se demorava na pensão depois das aulas em vez de ir encontrar-se com o pai em casa; a senhora Semène tinha uma filha, sete anos mais velha que Arnica, um pouco corcunda, mas prestativa; na esperança de arranjar-lhe um marido, a senhora Semène recebia pessoas em casa no domingo à noite e até organizava, duas vezes por ano, pequenas matinês dominicais, com recitais e dança; vinham, por reconhecimento, algumas de suas antigas alunas escoltadas pelos pais e, por falta do que fazer, alguns adolescentes desapercebidos e sem futuro. Arnica estava em todas essas reuniões; flor sem brilho, discreta até o apagamento, mas que, no entanto, não devia passar despercebida.

Quando, aos catorze anos, Arnica perdeu o pai, a senhora Semène recolheu a órfã, a quem suas irmãs, com muito mais idade, não vieram mais visitar a não ser raramente. Foi no decorrer de uma dessas curtas visitas, entretanto, que Marguerite encontrou pela primeira vez aquele que, dois anos mais tarde, devia tornar-se seu marido: Julius de Baraglioul, então com vinte e um anos — a passeio na casa do avô Robert de Baraglioul que, como já dissemos anteriormente, viera estabelecer-se na região de Pau, pouco depois da anexação do ducado de Parma à França.

O brilhante casamento de Marguerite (afinal essas senhoritas Péterat não eram absolutamente sem fortuna) fazia com que, aos olhos ofuscados de Arnica, sua irmã ficasse ainda mais distante; ela pressentia que nunca, inclinado sobre ela, um conde, um Julius, viria respirar o seu perfume. Invejava a irmã, afinal, por ter podido evadir-se desse nome desagradável: Péterat. O nome de "Marguerite" era encantador. Como soava bem com o "de Baraglioul!" Ah! Com qual outro nome por casamento o de "Arnica" não permaneceria ridículo?

Repelida pelo realidade, sua alma aborrecida e não desabrochada tentava a poesia. Ela usava, aos dezesseis anos, dos dois lados do pálido rosto, aqueles cachos caídos a que se chamavam "arrependimentos", e seus olhos azuis sonhadores se espantavam diante dos negros cabelos. Sua voz sem timbre não era rude; lia e fazia grande esforço para escrever versos. Considerava poético tudo que a fizesse escapar de sua vida.

Os saraus da senhora Semène eram frequentados por dois jovens, ligados por uma terna amizade desde a infância; um, arqueado sem ser alto, não tão magro quanto franzino, de cabelos mais desbotados que loiros, de nariz soberbo, olhar tímido: era Amédée Fleurissoire. O outro, gordo e baixote, de cabelos curtos e duros cortados rente, mantinha, por estranho costume, a cabeça inclinada sobre o ombro esquerdo, a boca aberta e a mão direita estendida para frente: pintei assim Gaston Blafaphas. O pai de Amédée tinha uma marmoraria, era empreiteiro de monumentos fúnebres e comerciante de coroas mortuárias; Gaston era filho de um importante farmacêutico.

(Por estranho que possa parecer, o nome Blafaphas é bastante frequente nas aldeias dos contrafortes dos Pireneus; ainda que escrito às vezes de maneiras bastante diferentes. É assim que, só no burgo de Sta..., aonde o chamava um exame, quem escreve estas linhas pôde ver um Blaphaphas, tabelião, um Blafafaz cabeleireiro, um Blaphaface salsicheiro, que, interrogados, não reconheciam nenhuma origem comum e cada um dos quais considerava com certo desprezo a grafia deselegante do nome dos outros. — Mas essas observações filológicas só podem interessar a uma classe bastante restrita de leitores).

Que teriam sido Fleurissoire e Blafaphas, um sem o outro? É difícil imaginar. Nos recreios do liceu, eram vistos sempre juntos; vítimas de frequentes caçoadas, consolando-se, dando um ao outro paciência, reconforto. Eram chamados de "os Blafafoires". Tal amizade parecia-lhes a única arca, um oásis no impiedoso deserto da vida. Um não experimentava uma alegria sem que a quisesse logo partilhada; ou, melhor dizendo, nada era alegria para um senão o que desfrutava com o outro.

Alunos medíocres, apesar de sua desarmadora assiduidade, e visceralmente refratários a toda espécie de cultura, os Blafafoires seriam sempre os últimos da classe sem a assistência de Eudoxe Lévichon que, mediante pequenos pagamentos, corrigia e até fazia as suas lições de casa. Esse Lévichon era o filho caçula de um dos principais joalheiros da cidade. (Vinte anos antes, pouco tempo depois do casamento com a filha única do joalheiro Cohen — no momento em que, por consequência da prosperidade dos negócios, deixava o bairro baixo da cidade para ir estabelecer-se perto do cassino —, o joalheiro Albert Lévy tinha julgado desejável reunir e aglutinar os dois nomes, como reunia as duas casas).

Blafaphas era resistente, mas Fleurissoire era de compleição delicada. Ao aproximar-se da puberdade, as feições de Gaston ensombreceram-se, dir-se-ia que a seiva ia espalhar pelos por todo o seu corpo; entretanto a epiderme mais suscetível de Amédée recalcitrava, inflamava-se, tinha erupções, como se o pelo fizesse cerimônia para sair. Blafaphas pai aconselhou depurativos, e toda segunda-feira Gaston levava em sua pasta um frasco de xarope antiescorbútico que entregava às escondidas ao amigo. Usaram igualmente pomadas.

Por essa época, Amédée pegou seu primeiro resfriado; resfriado que, apesar do ameno clima de Pau, não cedeu durante todo o inverno, e deixou para trás uma perigosa fragilidade na região dos brônquios. Foi para Gaston a oportunidade de novos cuidados; enchia o amigo de extrato de alcaçuz, de pastas de jujuba, de líquen e de pastilhas peitorais à base de eucalipto, que o próprio pai de

Blafaphas fabricava, segundo uma receita de um velho padre. Amédée, sempre com muito catarro, teve de se resignar a nunca sair sem cachecol.

Amédée não tinha outra ambição a não ser suceder ao pai. Gaston, entretanto, apesar da aparência indolente, tinha bastante iniciativa; desde o liceu ele se dedicava a pequenas invenções, a bem dizer antes recreativas: um pega-moscas, um pesa-bolinhas-de-gude, uma fechadura de segurança para sua escrivaninha que, de resto, não continha mais segredos do que o seu coração. Por mais inocentes que fossem as primeiras aplicações de sua indústria, deviam, entretanto, levá-lo a pesquisas mais sérias, que o ocuparam em seguida e cujo primeiro resultado foi a invenção daquele "cachimbo fumívoro higiênico, para fumantes de peito delicado e outros", que ficou muito tempo exposto na vitrine do farmacêutico.

Amédée Fleurissoire e Gaston Blafaphas se apaixonaram ambos por Arnica; era fatal. Coisa admirável: essa paixão nascente, que logo confessaram um ao outro, longe de dividi-los, estreitou ainda mais seus laços. E certamente Arnica não lhes deu de início, nem a um nem a outro, grandes motivos de ciúme. Nenhum deles, aliás, se declarara; e nunca Arnica teria podido supor a chama deles, apesar do tremor da voz quando, naqueles pequenos saraus de domingo na casa da senhora Semène, de que eram familiares, ela lhes oferecia xarope, verbena ou camomila. E ambos, ao voltar à noite, celebravam-lhe a decência e a graça, preocupavam-se com sua palidez, animavam-se...

Combinaram declarar-se um e outro na mesma noite, juntos, depois entregarem-se à escolha dela. Arnica, toda nova diante do amor, agradeceu ao céu na surpresa e na simplicidade de seu coração. Rogou aos dois pretendentes que lhe dessem um tempo para pensar.

Na verdade, ela não se inclinava mais para um do que para outro, e só se interessava por eles porque eles se interessavam por ela, que tinha abandonado a esperança de jamais interessar a quem quer que fosse. Durante seis semanas, cada vez mais perplexa, ela se embriagava docemente com as homenagens de seus pretendentes paralelos. E enquanto em seus passeios noturnos, sopesando mutuamente seus progressos, os Blafafoires contavam longamente um ao outro, sem rodeios, as menores palavras, os olhares, os sorrisos com que *ela* os havia gratificado, Arnica, retirada em seu quarto, escrevia em pedaços de papel, que depois queimava cuidadosamente na chama de sua vela, e repetia incansável e alternadamente: Arnica Blafaphas?... Arnica Fleurissoire?... incapaz de decidir entre a atrocidade desses dois nomes.

Depois, bruscamente, em certo dia de bailinho, ela escolheu Fleurissoire; Amédée não acabara de chamá-la "Arnica", acentuando a penúltima sílaba do nome de maneira que lhe pareceu italiana? (por acaso, aliás, e sem dúvida levado pelo piano da senhora Semène, que ritmava a atmosfera naquele momento), e esse nome de Arnica, seu próprio nome, logo lhe tinha parecido rico de uma música imprevista, capaz, também ele, de exprimir poesia, amor... Estavam ambos sozinhos num pequeno parlatório ao lado do salão, e tão perto um do outro que, quando Arnica desfalecendo deixou pender a cabeça pesada de gratidão, sua fronte tocou o ombro de Amédée que, muito sério, tomou a mão de Arnica e lhe beijou a ponta dos dedos.

Quando, de volta, Amédée anunciou a sua felicidade ao amigo, Gaston, contra seu costume, não lhe disse nada e, quando passaram diante de um lampião, pareceu a Fleurissoire que ele chorava. Por maior que fosse a ingenuidade de Amédée, podia realmente supor que o amigo partilhasse até esse derradeiro ponto a sua felicidade? Todo sem jeito, penalizado, ele pegou Blafaphas pelos braços (a rua estava deserta) e jurou-lhe que, por maior que fosse seu amor, sua amizade era ainda muito maior, que não queria que, por seu casamento, esta fosse diminuída em nada, e que, afinal, antes de sentir Blafaphas sofrendo de algum ciúme, estava pronto a prometer-lhe, por sua própria felicidade, jamais usar de seus direitos conjugais.

Nem Blafaphas nem Fleurissoire eram de temperamento muito fogoso; entretanto Gaston, a quem a virilidade ocupara um pouco mais, calou-se e deixou Amédée prometer.

Pouco tempo depois do casamento de Amédée, Gaston, que havia mergulhado no trabalho para se consolar, descobriu o *Cartão plástico*. Essa invenção, que de início parecia sem importância, teve como primeiro resultado revigorar a amizade um pouco arrefecida de Lévichon pelos Blafafoires. Eudoxe Lévichon pressentiu logo a vantagem que a estatuária religiosa podia tirar dessa nova matéria, a que batizou, de início, com notável sentimento das contingências, de *Cartão-romano*.[3] Fundou-se a casa Blafaphas, Fleurissoire e Lévichon.

O negócio iniciou-se com um capital de sessenta mil francos declarados, dos quais os dois Blafafoires subscreveram modestamente dez mil. Lévichon fornecia, generoso, os cinquenta outros, não tendo suportado que seus dois amigos se endividassem. É verdade que desses cinquenta mil francos, quarenta eram emprestados por Fleurissoire, tomados sobre o dote de Arnica, reembolsáveis em dez anos com juros cumulativos de 4,5% — o que era mais do que Arnica jamais tinha esperado, e o que colocava a pequena fortuna de Amédée ao abrigo dos grandes riscos que essa empresa

---

3. O *Cartão-romano-plástico*, anunciava o catálogo, de invenção relativamente recente e fabricação especial, de que a casa Blafaphas, Fleurissoire e Lévichon detém o segredo, substitui com muita vantagem o cartão-pedra, o papel-estuque e outras composições análogas, cujo uso já provou bastante os defeitos. (Seguiam as descrições dos diferentes modelos). [N.A.]

não podia deixar de correr. Os Blafafoires, ao contrário, traziam o apoio de suas relações e das relações dos Baraglioul, isto é, depois que os Cartões-romanos passaram pelas provas, tiveram a proteção de muitos membros influentes do clero; estes (além de algumas grandes encomendas) persuadiram muitas pequenas paróquias a dirigir-se à casa F.B.L. para atender às crescentes necessidades de seus fiéis, sendo que a educação artística cada vez mais aperfeiçoada exigia obras mais elaboradas do que aquelas com que a fé rústica dos antepassados se havia contentado até então. Para esse fim, alguns artistas, de mérito reconhecido pela Igreja, envolvidos na obra do Cartão-romano, conseguiram finalmente ver suas obras aceitas pelo júri do Salão. Deixando em Pau os Blafafoires, Lévichon estabeleceu-se em Paris, onde, como já tivesse contatos, a casa tomara logo uma extensão considerável.

Que a condessa Valentine de Saint-Prix procurasse, através de Arnica, interessar a casa Blafaphas e Cia. pela causa secreta da libertação do papa, que há de mais natural? e que ela confiasse na grande piedade dos Fleurissoires para cobrir uma parte de seu adiantamento. Por infelicidade, os Blafafoires, em razão da ínfima importância engajada por eles no início do empreendimento, recebiam muito pouco: dois doze avos sobre a receita declarada e absolutamente nada sobre o resto. É o que a condessa ignorava, tendo Arnica, assim como Amédée, um grande pudor em relação à carteira.

III

— Minha cara senhora! O que está havendo? Sua carta muito me assustou.

A condessa deixou-se cair na poltrona que Arnica avançava em sua direção.

— Ah! Senhora Fleurissoire... Olhe, deixe-me chamá-la de cara amiga... Essa mágoa, que também a atinge, nos aproxima. Ah! Se você soubesse!...

— Fale! Fale! Não me deixe esperando mais tempo.

— Mas o que acabo de ficar sabendo, e que vou lhe dizer, deve permanecer um segredo entre nós.

— Nunca traí a confiança de ninguém — disse queixosamente Arnica, a quem ninguém ainda havia confiado nenhum segredo.

— Nem vai acreditar.

— Sim! Sim! — gemia Arnica.

— Ah! — gemia a condessa. — Olhe, teria a bondade de me preparar uma xícara de qualquer coisa... Sinto-me desfalecer.

— A senhora quer verbena? Tília? Camomila?

— Qualquer coisa... De preferência chá preto... De início eu me recusava a acreditar.

— Tem água fervendo na cozinha. Será coisa de um instante.

E enquanto Arnica estava atarefada, o olho interessado da condessa inspecionava a sala. Reinava ali uma modéstia desanimadora. Cadeiras de repes verde, uma poltrona de veludo grená, outra de tapeçaria vulgar, na qual ela estava sentada; uma mesa, um console de acaju; diante da lareira, um tapete de *chenille* de lã; em cima da lareira, de ambos os lados de um relógio de alabastro, sob redoma, dois grandes vasos de alabastro vazados, também sob redomas; sobre a mesa, um álbum de fotografias de família; em cima do console, uma estátua de Nossa Senhora de Lourdes em sua gruta, em cartão romano, modelo reduzido — tudo desaconselhava a condessa, que se sentia desencorajada...

Afinal de contas, talvez fossem falsos pobres, avarentos...

Arnica vinha voltando com o bule, o açúcar e uma chávena, sobre uma bandeja.

— Estou lhe dando muito trabalho.
— Ora! Por favor!... Só que eu prefiro que seja antes; porque depois eu não teria mais força.
— Pois bem! Aí está... — começou Valentine, depois de Arnica ter-se sentado — o papa...
— Não! Não me diga! Não me diga! — fez logo a senhora Fleurissoire, estendendo a mão diante de si; depois, soltando um gritinho, caiu para trás, de olhos fechados.
— Minha pobre amiga! Minha pobre querida amiga — dizia a condessa dando-lhe tapinhas no pulso. — Eu bem sabia que isso estava acima de suas forças.
Finalmente Arnica abriu um olho e murmurou tristemente:
— Ele morreu?
Então Valentine, inclinando-se em sua direção, segredou-lhe ao ouvido:
— Foi preso.
A estupefação fez voltar a si a senhora Fleurissoire; e Valentine começou sua longa narrativa, tropeçando nas datas, atrapalhando-se na cronologia; mas o fato estava presente, certo, indiscutível: nosso Santo Padre caíra nas mãos dos infiéis; organizava-se secretamente, para libertá-lo, uma cruzada; e seria preciso antes, para levá-la a bom termo, muito dinheiro.
— Que vai dizer Amédée? — gemia Arnica consternada.
Ele só devia voltar à noite, pois tinha ido passear com o amigo Blafaphas...
— Principalmente, recomende-lhe muito segredo — repetiu Valentine várias vezes, despedindo-se de Arnica.
— Abracemo-nos, querida amiga; tenha coragem! — Arnica, confusa, inclinava para a condessa a fronte sem brilho. — Amanhã passarei para saber o que acha que pode fazer. Consulte o senhor Fleurissoire; mas pense que nisso há o interesse da Igreja!... E fica

bem entendido: ao seu marido somente! Prometa-me: nem uma palavra; não é? Nem uma palavra.

A condessa de Saint-Prix deixara Arnica num estado de depressão muito vizinho do desfalecimento. Quando Amédée voltou do passeio:

— Meu amigo — disse-lhe logo ela —, acabei de ficar sabendo algo excessivamente triste. O pobre do Santo Padre está preso.

— Impossível! — disse Amédée, como quem teria dito: Essa não!

Então Arnica, explodindo em soluços:

— Eu bem que sabia, eu bem que sabia que você não acreditaria em mim.

— Mas vejamos, vejamos, minha querida... — retomava Amédée tirando o sobretudo sem o qual ele não saía à vontade, por temor das mudanças bruscas de temperatura. — Já pensou? Todo mundo saberia disso, se tivessem tocado no Santo Padre. Estaria nos jornais... E quem teria podido prendê-lo?

— Valentine diz que foi a Loja.

Amédée olhou para Arnica com a ideia de que ela tinha ficado louca. Disse, entretanto:

— A Loja!... Que Loja?

— Como é que você quer que eu saiba? Valentine prometeu não falar sobre isso.

— Quem contou tudo isso a ela?

— Ela me proibiu de dizer... Um cônego, que veio da parte do cardeal, com o cartão dele...

Arnica não entendia nada de negócios públicos e, do que lhe havia contado a senhora de Saint-Prix, só tinha uma ideia confusa. As palavras *cativeiro* e *aprisionamento* levantavam diante de seus olhos imagens tenebrosas e semirromânticas; a palavra *cruzada* exaltava-a infinitamente e quando, finalmente abalado, Amédée

falou em partir, ela o viu de repente com couraça e elmo, a cavalo...
Ele caminhava agora a passos largos através da sala; dizia:

— Primeiro, dinheiro, nós não temos... E você acha que isso me bastaria, dar dinheiro! Você acredita que me privando de algumas notas eu poderia descansar tranquilo?... Ora, cara amiga, se o que você está me dizendo for verdade, é uma coisa espantosa, e que não nos permite descansar. Espantosa, está entendendo?

— Sim, eu sei, espantosa... Mas mesmo assim, explique-me um pouco... por quê?

— Oh! Como se precisasse lhe explicar agora!... — e Amédée, suando nas têmporas, erguia os braços desanimados.

— Não! Não! — repetia ele —; não é dinheiro o que é preciso dar aqui; é a si mesmo. Vou consultar Blafaphas; veremos o que ele me dirá.

— Valentine de Saint-Prix fez-me prometer não falar sobre isso com ninguém — arriscou timidamente Arnica.

— Blafaphas não é ninguém; e nós lhe recomendaremos que guarde isso só para ele, estritamente.

— Como quer partir sem que ninguém saiba?

— Saberão que parto, mas não se saberá aonde vou. — Depois, virando-se para ela, num tom patético, implorava: — Arnica, minha querida... deixe-me ir lá..

Ela soluçava. Agora era ela que reclamava o apoio de Blafaphas. Amédée ia solicitar sua presença quando, por si mesmo, o outro se apresentou, batendo primeiro na vidraça da sala, conforme o seu costume.

— Aí está a mais curiosa história que jamais ouvi em minha vida — exclamou logo que o puseram a par. — Não! Mas na verdade, quem esperaria por algo assim? — E bruscamente, antes que Fleurissoire tivesse dito qualquer coisa sobre suas intenções: — Meu amigo, só temos uma coisa a fazer: partir.

— Está vendo — disse Amédée —, é o seu primeiro pensamento.

— Eu, infelizmente, estou retido pela saúde de meu pobre pai, disse o outro.

— Depois de tudo, é melhor que eu esteja sozinho — retomou Amédée. — Em dois, seríamos notados.

— Você pelo menos sabe como agir?

Então Amédée levantou a parte superior do corpo e as sobrancelhas com ar de quem diz: "Farei o melhor possível, o que quer!" Blafaphas continuava:

— Você vai saber a quem se dirigir? Aonde ir?... Exatamente, o que você vai fazer lá?

— Primeiro, saber do que se trata.

— Pois afinal, e se nada disso for verdade?

— Exatamente, não posso ficar na dúvida.

E Gaston logo exclamou:

— Eu também não!

— Meu amigo, pense um pouco mais — tentava Arnica.

— Está tudo pensado: parto secretamente, mas parto.

— Quando? Você não tem nada pronto.

— Já hoje à noite. Para que preciso de tanta coisa?

— Mas você nunca viajou. Você não vai saber.

— Você verá, minha menina. Eu lhes contarei as minhas aventuras — dizia com uma zombariazinha gentil que lhe sacudia o pomo de Adão.

— Você vai se resfriar, com certeza.

— Colocarei um cachecol.

Parava na sua caminhada, para levantar, com a ponta do indicador, o queixo de Arnica, como se faz aos pequerruchos que se quer fazer sorrir. Gaston mantinha uma atitude reservada. Amédée aproximou-se dele:

— Conto com você para consultar o guia. Você me dirá quando parte um bom trem para Marselha; na terceira classe. Sim, sim, faço questão de pegar a terceira classe. Enfim, prepare-me um bom horário detalhado, com os lugares onde devo fazer baldeação; e os bufês; até a fronteira; depois, estarei lançado, vou me desempenhar como puder e Deus me guiará até Roma. Você me escreverá para lá, posta-restante.

A importância da missão lhe superaquecia o cérebro de maneira pueril. Depois que Gaston se foi, ele continuou caminhando na sala; murmurava:

— Isso já estava reservado para mim! — cheio de uma admiração e de uma gratidão enternecida: finalmente ele tinha a sua razão de ser. Ah! Por piedade, senhora, não o segure! Ele é desses poucos seres na terra que sabem encontrar o seu emprego.

Tudo o que Arnica obteve foi que ele passasse ainda aquela noite junto dela, tendo Gaston, aliás, marcado no horário que trouxe à noite o trem de oito horas da manhã como o mais prático.

Naquela manhã, chovia a cântaros. Amédée não consentiu que Arnica nem Gaston o acompanhassem à estação. E ninguém teve o olhar de adeus para o divertido viajante de olhos de sável, com o colarinho escondido num cachecol grená, que segurava na mão direita uma mala de lona cinza onde o seu cartão de visitas estava preso, na mão esquerda o velho guarda-chuva, no braço um xale xadrez verde e marrom — que o trem levou para Marselha.

IV

Por essa época, um importante congresso de sociologia chamava a Roma o conde Julius de Baraglioul. Ele talvez não tivesse sido especialmente convocado (tendo sobre as questões sociais antes convicções do que competências), mas alegrava-se com essa oportunidade de relacionar-se com algumas ilustres sumidades. E como Milão se encontrasse naturalmente em sua rota, Milão, onde, como se sabe, a conselho do padre Anselme, os Armand-Dubois tinham ido residir, aproveitaria para rever brevemente o cunhado.

E no dia mesmo em que Fleurissoire deixava Pau, Julius tocava a campainha na porta de Anthime.

Foi introduzido num miserável apartamento de três cômodos — se se puder contar como um cômodo o escuro desvão onde Véronique cozinhava alguns legumes, local ordinário de suas refeições. Um horrível refletor de metal reenviava, baça, a claridade estreita de um patiozinho; Julius, segurando o chapéu na mão em vez de colocá-lo sobre a duvidosa toalha que cobria a mesa oval, e ficando de pé por horror ao tecido envernizado do estofamento, agarrou o braço de Anthime e exclamou:

— Você não pode ficar aqui, meu pobre amigo.

— Por que se lamenta por mim? — disse Anthime.

Ao ruído das vozes, Véronique acorrera:

— Você acreditaria, meu caro Julius, que ele não consegue dizer outra coisa diante dos direitos relegados e dos abusos de confiança de que você está vendo que somos vítimas.

— Quem fez você partir para Milão?

— O padre Anselme; de qualquer modo não podíamos continuar no apartamento na via in Lucina.

— Por que precisávamos dele? — disse Anthime.

— Não é esse o problema. O padre Anselme lhe prometia compensação. Ele conheceu a sua miséria?

— Ele finge ignorá-la — disse Véronique.

— Você tem de dar queixa ao bispo de Tarbes.

— Foi o que fez Anthime.

— O que ele disse?

— É um homem excelente; encorajou-me muito em minha fé.

— Mas desde que está aqui, você não recorreu a ninguém?

— Quase procurei o cardeal Pazzi, que me dera atenção e a quem recentemente eu escrevera; de fato ele passou por Milão, mas mandou-me dizer por seu criado...

— Que uma crise de gota o obrigava a ficar de cama — interrompeu Véronique.

— Ora, é abominável! É preciso avisar Rampolla — exclamou Julius.

— Avisá-lo de quê, meu amigo? É verdade que estou um pouco desapercebido; mas de que mais temos necessidade? Eu vagava, no tempo de minha prosperidade; era pecador; era doente. Hoje, eis-me aqui curado. Antigamente você tinha toda razão de ter pena de mim. Você sabe, no entanto: os falsos bens desviam de Deus.

— Mas afinal, esses falsos bens lhe são devidos. Consinto que a Igreja lhe ensine a desprezá-los, mas não que ela o prive deles.

— Assim é que se fala — diz Véronique. — Com que alívio eu o escuto, Julius. As resignações dele fazem-me ferver; não há meio de fazê-lo defender-se; deixou-se depenar como um gansinho, agradecendo a todos que queriam lhe arrancar uma pena; e arrancavam em nome do Senhor.

— Véronique, é penoso para mim ouvi-la falar assim; tudo que fiz em nome do Senhor está bem feito.

— Se você acha engraçado ser joguete...

— Para joguete existe Jó, meu amigo.

Então Véronique, voltando-se para Julius:

— Você o está ouvindo? Pois bem! Ele é assim todos os dias; só tem boca para padrecadas; e quando eu já me esfalfei, fazendo mercado, cozinha, arrumação da casa, este senhor cita o

Evangelho, acha que me agito por muitas coisas e me aconselha olhar os lírios do campo.

— Eu a ajudo como posso, minha amiga — retomou Anthime, com voz seráfica —; muitas vezes lhe propus, pois que estou ágil agora, ir ao mercado ou arrumar a casa em seu lugar.

— Isso não é coisa para homem. Contente-se com escrever as suas homilias, e tente só cobrar um pouco mais por elas. — Depois, num tom cada vez mais irritado (ela, há pouco tão sorridente!):
— Se não é uma vergonha quando se pensa no que ele ganhava no jornal *La Dépêche* com seus artigos ímpios!; e com os poucos trocados que lhe paga agora *Le Pèlerin* por seus sermões, ele ainda acha jeito de deixar três quartos para os pobres.

— Então é um santo completo!... — exclamava Julius consternado.

— Ah! Quanto ele me irrita com a sua santidade!... Olhe: sabe o que é isto? — ela foi a um canto escuro da sala, buscar um viveiro para frangos: — São dois ratos aos quais o tão sábio senhor furou os olhos, faz tempo.

— É pena! Véronique, por que você volta a isso? Você os alimenta bem, desde o tempo em que eu fazia experiências com eles; eu criticava você então... Sim, Julius, no tempo de meus crimes, eu ceguei, por vã curiosidade científica, aqueles pobres animais. Cuido deles agora; é apenas natural.

— Gostaria muito de que a Igreja também achasse natural fazer por você o que você está fazendo por estes ratos, principalmente depois que se tiver cegado.

— Cegado, você diz! É você quem está dizendo isso? Iluminado, meu irmão; fui iluminado.

— Falo-lhe da realidade. O estado em que o abandonam é para mim coisa inadmissível. A Igreja assumiu encargos para com você; é uma necessidade que ela os cumpra; para sua honra, e por nossa fé. — Depois, voltando-se para Véronique : — Se você não obteve nada, dirija-se para algo mais alto, sempre mais alto. Por que eu falava de Rampolla? É agora ao próprio papa que quero levar uma súplica; ao papa, que não ignora a sua conversão. Tal denegação de justiça merece que ele seja posto a par. Logo amanhã eu retorno a Roma.

— Você vai ficar para jantar conosco — arriscou timidamente Véronique.

— Desculpe-me; não tenho o estômago muito forte (e Julius, cujas unhas eram tratadas, notava os grossos dedos curtos, quadrados na ponta, de Anthime); quando de minha volta de Roma, encontrarei você mais longamente, e conversaremos, caro Anthime, sobre o novo livro que estou preparando.

— Reli por estes dias *O ar dos cumes* e achei-o melhor do que me havia parecido antes.

— Azar o seu! É um livro falho; explicarei por que quando você estiver em condição de me ouvir e de apreciar as estranhas preocupações que me habitam. Tenho muito a dizer. Basta por hoje.

E deixou os Armand-Dubois após desejar-lhes muita esperança.

LIVRO QUARTO

A centopeia

E eu só posso aprovar aqueles que procuram gemendo.

Pascal, 3421

I

Amédée Fleurissoire saíra de Pau com quinhentos francos no bolso, que certamente deviam bastar para a viagem, apesar das falsas despesas a que sem dúvida o arrastaria a malignidade da Loja. Depois, se a quantia não bastasse, se se visse obrigado a prolongar mais sua estada, faria apelo a Blafaphas, que tinha uma pequena reserva à sua disposição.

Como ninguém em Pau devesse saber aonde ia, ele comprara passagem só até Marselha. De Marselha a Roma, a passagem de terceira só custava trinta e oito francos e quarenta, e lhe deixava a possibilidade de parar pelo caminho; ele pensava aproveitar-se disso para satisfazer, não a curiosidade por lugares estranhos, que ele nunca tinha tido muito viva, mas sua necessidade de sono, que era extremamente exigente. Quer dizer que ele temia acima de tudo a insônia; e, como era importante para a Igreja que chegasse a Roma bem disposto, ele não se preocuparia em se atrasar dois dias, fossem quais fossem as despesas de hotel a mais... Que é isso perto de uma noite de vagão, sem dúvida em claro, e particularmente malsã por causa das exalações dos viajantes; além disso, se algum deles, desejoso de renovar o ar, resolvesse abrir uma janela, então seria o resfriado garantido... Ele dormiria, pois, uma primeira noite em Marselha, uma segunda em Gênova, em algum desses hotéis não faustosos, mas confortáveis, como se encontram facilmente nas vizinhanças das estações; e só chegaria a Roma na noite do terceiro dia.

Em última análise, ele se divertia com essa viagem, e por fazê-la sozinho, finalmente; aos quarenta e sete anos, nunca tendo vivido senão sob tutela, escoltado por todos os lados pela mulher ou pelo amigo Blafaphas. Afundado em seu canto do vagão, sorria com um ar de cabra, com a ponta dos dentes, desejando feliz aventura. Tudo foi bem até Marselha.

No segundo dia, embarcou no trem errado. Totalmente absorvido na leitura do *Baedeker* da Itália central que acabara de comprar, errou de trem e foi diretamente para Lyon, só percebendo isso em Arles, no momento em que o trem partia, e teve de continuar até Tarascon; precisou desfazer o caminho; depois tomou um trem noturno que o levou até Toulon, em vez de dormir de novo em Marselha, onde os percevejos o haviam incomodado.

Entretanto, o quarto não tinha mau aspecto, e dava para a Canebière[1]; nem a cama, na qual se estendera confiante depois de ter dobrado as roupas, ter feito as contas e suas orações. Estava caindo de sono e dormiu imediatamente.

Os percevejos têm hábitos particulares; esperam que se sopre a vela e, logo, no escuro, atacam. Não se dirigem a esmo; vão direto ao pescoço, pelo qual têm predileção; dirigem-se às vezes aos pulsos; alguns raros preferem as canelas. Não se sabe muito bem por que eles inoculam debaixo da pele de quem está dormindo um sutil óleo urticante cuja virulência à menor fricção se exaspera...

A coceira que acordou Fleurissoire era tão forte que ele reacendeu a vela e correu ao espelho para contemplar, sob o maxilar

---

1. Grande avenida de Marselha que conduz ao velho porto. [N.T.]

inferior, uma vermelhidão confusa semeada de indistintos pontinhos brancos; mas a candeia iluminava mal; o espelho era de estanho sujo, seu olhar fosco de sono... Voltou a deitar-se, coçando sempre; adormeceu de novo; despertou cinco minutos depois, porque a queimação ficara intolerável; correu para o banheiro, molhou o lenço no jarro e aplicou-o na zona inflamada; esta, cada vez mais extensa, atingia agora a clavícula. Amédée achou que estava ficando doente e rezou; depois apagou de novo a vela. A trégua trazida pelo frescor da compressa foi de curta duração para deixar que o paciente voltasse a pegar no sono; agora se acrescentava à atrocidade da urticária o desconforto de uma gola de camisa encharcada, que ele encharcava também com suas lágrimas. E de repente teve um sobressalto de horror: "Percevejos! São percevejos!..." Espantou-se por não ter pensado neles antes; mas ele só conhecia o inseto de nome, e como teria assimilado o efeito de uma mordida precisa naquela queimação indefinida? Pulou fora da cama; pela terceira vez acendeu a vela.

Teórico e nervoso, ele tinha, como muita gente, ideias falsas sobre os percevejos e, gelado pelo nojo, começou por procurá-los em si; não viu bulhufas; pensou que estava enganado; já se considerava doente de novo. Nada também sobre os lençóis; mas, antes de voltar para a cama, veio-lhe, entretanto, a ideia de levantar o travesseiro. Percebeu então três minúsculas pastilhas pretas, que rapidamente se meteram numa dobra do lençol. Eram eles!

Colocando a vela sobre a cama, ele os encurralou, abriu a dobra, surpreendeu cinco deles que, por nojo, não ousando arrebentar com a unha, atirou dentro do penico e urinou em cima. Durante instantes, olhou-os debater-se, contente, feroz, e com isso sentiu-se um pouco aliviado. Voltou a deitar-se. Apagou a vela.

As coceiras redobraram quase de imediato; outras, agora, na nuca. Exasperado, voltou a acender a vela, levantou-se, tirou desta vez a camisa para examinar-lhe o colarinho com calma. Finalmente percebeu, junto à costura, correrem imperceptíveis pontos vermelhos claros que ele esmagou contra o pano, onde deixaram uma marca de sangue; aqueles bichos nojentos, tão pequenos, custava-lhe acreditar que fossem já percevejos; mas, pouco depois, erguendo de novo o travesseiro, desaninhou um enorme, e começou a procurar com método. Agora imaginava vê-los por toda parte; mas finalmente só apanhou quatro; deitou-se de novo e pôde desfrutar de uma hora de calma.

Depois recomeçaram as queimações. Partiu para a caça mais uma vez; finalmente, excedido, deixou correr e notou que o ardor, se não tocasse, acalmava-se bastante depressa. Ao amanhecer, os últimos, alimentados, o deixaram. Dormia um sono profundo quando o camareiro veio acordá-lo para pegar o trem.

Em Toulon, foram as pulgas.

Certamente as apanhara no vagão. Durante a noite inteira ele se coçou, virou e revirou sem dormir. Sentia-as correrem ao longo das pernas, faziam-lhe cócegas nas virilhas, deixavam-no febril. Como tinha a pele delicada, exuberantes botões levantavam-se sob as mordidas, que ele inflamava coçando-se como por prazer. Voltou a acender várias vezes a vela. Levantava-se, tirava a camisa, recolocava-a, sem conseguir matar nenhuma; mal conseguia vê-las por um instante: escapavam a seu ataque e, mesmo que conseguisse pegá-las, quando pensava que estavam mortas, amassadas sob o dedo, estufavam-se no mesmo instante, fugiam salvas e saltavam como antes. Ele chegava a ter saudade dos percevejos. Ficava com raiva, e no nervosismo dessa perseguição inútil acabou por comprometer seu sono.

E durante todo o dia seguinte esses botões da noite lhe deram coceiras, enquanto novas cócegas avisavam que ele continuava sendo frequentado. O excessivo calor aumentava consideravelmente seu mal-estar. O vagão regurgitava de operários que bebiam, fumavam, cuspiam, arrotavam e comiam uma linguiça de cheiro tão forte que Fleurissoire, mais de uma vez, achou que iria vomitar. Entretanto, só teve coragem de deixar aquele compartimento na fronteira, cuidando para que os operários, vendo-o subir em outro, não fossem supor que o estavam perturbando; no compartimento em que subiu em seguida, uma volumosa ama-de-leite trocava as fraldas de seu pimpolho. No entanto, ele tentou dormir; mas o chapéu o atrapalhava. Era um desses chapéus achatados, de palha branca com fita preta, da espécie a que se chama comumente palhetas. Quando Fleurissoire o deixava na posição normal, a aba rígida afastava a sua cabeça da divisória; se, para apoiar-se, levantava um pouco o chapéu, a divisória o empurrava para a frente; quando, ao contrário, reprimia o chapéu para trás, a aba se prendia então entre a divisória e sua nuca e a palheta acima de sua testa se levantava como uma válvula. Tomou a resolução de tirá-lo completamente e de cobrir a cabeça com sua echarpe que, por medo da claridade, deixava cair diante dos olhos. Pelo menos se prevenira para a noite: tinha comprado em Toulon, pela manhã, uma caixa de inseticida em pó e, ainda que tivesse de pagar caro, pensava, não hesitaria, naquela noite, em ir para um dos melhores hotéis; pois se nessa noite não dormisse mais, em que estado de miséria fisiológica chegaria a Roma? À mercê do mais reles franco-maçom.

Diante da estação de Gênova paravam os ônibus dos principais hotéis; foi direto a um dos mais chiques, sem se deixar intimidar pela má vontade do lacaio que pegou a sua miserável malinha; mas Amédée não queria separar-se dela; recusou-se a deixar que fosse colocada no teto do veículo, exigiu que a deixassem ali, perto dele, sobre a almofada da banqueta. No vestíbulo do hotel, o porteiro que falava francês o pôs à vontade; então ele se adiantou e, não contente de pedir "um quarto muito bom", informou-se sobre os preços dos que lhe eram propostos, resolvido a não encontrar nada que lhe conviesse por menos de doze francos.

O quarto de dezessete francos pelo qual optou, após ter visitado vários, era vasto, limpo, elegante, sem excessos; o leito avançava no quarto, um leito de cobre, limpo, seguramente inabitado, ao qual o inseticida seria uma injúria. Numa espécie de armário enorme, estava dissimulado o banheiro. Duas vastas janelas davam para um jardim; Amédée, debruçado sobre a noite, contemplou por muito tempo indistintas e sombrias folhagens, deixando o ar tépido lentamente acalmar a sua febre e persuadi-lo ao sono. Acima do leito, um véu de tule caía como neblina exatamente dos três lados; cordõezinhos, semelhantes aos rizes de uma vela, levantavam-no pela frente numa curva graciosa. Fleurissoire reconheceu ali aquilo a que se chama mosquiteiro — que ele sempre desdenhara usar.

Depois de lavar-se, estendeu-se deliciosamente sobre os lençóis frescos. Deixava a janela aberta; não de todo, decerto por medo de resfriado e de oftalmia, mas com uma das folhas cerradas de modo a não lhe atingirem diretamente os eflúvios; fez suas contas e suas orações, depois apagou a luz. (A iluminação era elétrica, e se desligava girando o botão de um interruptor de corrente).

Fleurissoire estava quase adormecendo quando um fino zumbido veio relembrar-lhe esta precaução, que não havia tomado, de abrir a janela só depois de ter apagado a luz, pois a luz atrai os mosquitos. Lembrou-se de ter lido em algum lugar agradecimentos ao bom Deus por haver dotado o inseto volátil de uma música particular, própria a avisar quem dorme no instante em que vai ser picado. Depois, deixou cair à sua volta a musseline intransponível.

"Quanto isto é melhor, afinal de contas", pensava ele já cochilando, "do que aqueles pequenos cones de feltro de capim seco que o velho Blafaphas vende sob o nome barroco de *fidibus*; são acesos em cima de um pires de metal; consomem-se espalhando uma grande abundância de fumaça narcótica; mas antes de entorpecer os mosquitos, quase asfixiam o adormecido. Fidibus! Que nome estranho! Fidibus..." Já pegava no sono quando, de repente, no lado esquerdo do nariz, sentiu uma forte picada. Levou a mão ao lugar; e, enquanto apalpava levemente o ardente inchaço de sua carne, uma picada no pulso. Depois um zum-zum malicioso na orelha... Horror! Havia trancado o inimigo no recinto! Alcançou o interruptor e restabeleceu a corrente.

Sim! O mosquito estava ali, pousado, bem no alto do mosquiteiro. Um pouco presbita, Amédée distinguia-o muito bem, absurdamente franzino, fixado em quatro pés e tendo levantado para trás o último par de patas, longo e como afivelado; insolente! Amédée ergueu-se na cama. Mas como esmagar o inseto sobre um tecido fugidio, vaporoso?... Pouco importa! Bateu com a palma da mão, tão forte, tão rápido, que achou que tinha furado o mosquiteiro. Com toda a certeza o mosquito estava ali; procurou com os olhos o cadáver; nada viu, mas sentiu uma nova picada na panturrilha.

Então, para proteger pelo menos a maior parte possível de sua pessoa, entrou no leito; em seguida, ficou estupefato, talvez um quarto de hora, não arriscando mais apagar a luz. Depois, de certo modo confiante, não vendo nem ouvindo mais o inimigo, adormeceu. E imediatamente a música recomeçou.

Tirou um braço, deixando a mão perto do rosto e, por instantes, quando achou que sentia um mosquito bem pousado na testa ou na bochecha, aplicou um forte tapa. Mas logo em seguida ouviu o inseto cantar de novo.

Depois disso, teve a ideia de cobrir a cabeça com a echarpe, o que prejudicou consideravelmente sua volúpia respiratória e não impediu que fosse picado no queixo.

Então o mosquito, saciado por certo, ficou quieto; pelo menos Amédée, vencido pelo sono, parou de ouvi-lo; tinha tirado a echarpe e dormia um sono febril; coçava-se enquanto dormia. No dia seguinte, seu nariz, naturalmente aquilino, parecia-se com um nariz de bêbado; a borbulha da panturrilha despontava como um prego, e a do queixo tomara um aspecto vulcânico — para a qual solicitou os cuidados do barbeiro quando, antes de deixar Gênova, foi barbear-se para chegar decente a Roma.

II

Em Roma, enquanto flanava na frente da estação, com a mala na mão, tão cansado, tão desorientado, tão perplexo que não se decidia por nada e não se sentia com forças senão para rechaçar as investidas dos porteiros de hotéis, Fleurissoire teve a fortuna de encontrar um *facchino* que falava francês. Baptistin era um jovem natural de Marselha, ainda quase imberbe, de olhos vivos, que, reconhecendo em Fleurissoire um conterrâneo, ofereceu-se para guiá-lo e carregar sua mala.

Fleurissoire, no decorrer da viagem, havia estudado o seu *Baedeker*. Uma espécie de instinto, de pressentimento, de aviso interior, desviou quase imediatamente do Vaticano a sua piedosa solicitude, para concentrá-la no castelo Santo Ângelo, o antigo mausoléu de Adriano, aquela célebre prisão que, em secretas masmorras, havia outrora abrigado muitos prisioneiros ilustres, e que um corredor subterrâneo liga, ao que parece, ao Vaticano.

Estava contemplando o guia. "É aqui que tenho de encontrar um lugar para me hospedar", decidira, colocando o indicador sobre o cais Tordinona, diante do castelo Santo Ângelo. E, por uma conjuntura providencial, era também para ali que queria levá-lo Baptistin; não exatamente ao cais, que a bem dizer não passa de uma calçada, mas bem perto: via dei Vecchierelli, quer dizer, dos velhinhos, a terceira rua, partindo da ponte Umberto, que vai dar no aterro; ele conhecia uma casa tranquila (das janelas do terceiro andar, debruçando-se um pouco, avista-se o Mausoléu), onde senhoras bem complacentes falavam todas as línguas, e uma, em particular, o francês.

— Se o senhor estiver cansado, pode-se tomar uma ducha; é longe... Sim, o ar está mais fresco esta noite; choveu; uma pequena caminhada depois do longo trajeto faz bem... Não, a mala não está muito pesada; eu a levo até lá... Pela primeira vez em Roma! O senhor está vindo de Toulouse, talvez?... Não, de Pau. Eu deveria reconhecer o sotaque.

Assim conversando, caminhavam. Tomaram a via Viminale; depois a via Agostino Depretis, que liga o Viminale ao Pincio; em seguida, pela via Nazionale, atingiram o Corso, que atravessaram; a partir daí, progrediram através de um labirinto de ruelas sem nome. A mala não estava pesada a ponto de não permitir ao carregador um passo bem largo que Fleurissoire acompanhava com dificuldade. Ele trotava atrás de Baptistin, moído de cansaço e derretido de calor.

— Aqui estamos — disse finalmente Baptistin, quando o outro estava prestes a pedir misericórdia.

A rua, ou melhor, a ruela dos Vechierelli era estreita e tenebrosa, a ponto de Fleurissoire hesitar em tomá-la. Baptistin, entretanto, entrara na segunda casa à direita, cuja porta se abria a poucos metros da esquina do cais; no mesmo instante Fleurissoire viu sair um *bersagliere*; o uniforme elegante, que ele já notara na fronteira, deu-lhe segurança, pois tinha confiança no exército.

Avançou alguns passos. Uma senhora apareceu na soleira, aparentemente a dona do albergue, e lhe sorriu com jeito afável. Ela estava usando um avental de cetim preto, pulseiras, uma fita de tafetá cerúleo ao redor do pescoço; tinha cabelos pretos de azeviche, presos como um edifício no alto da cabeça, que pesavam sobre um enorme pente de tartaruga.

— A tua mala subiu para o terceiro andar — disse ela a Amédée, que no tratamento por "tu" percebeu um costume italiano, ou o conhecimento precário do francês.

— *Grazia*! — respondeu ele, sorrindo por seu turno. *Grazia*! era obrigado, a única palavra italiana que ele sabia dizer e que achava gentil colocar no feminino quando agradecia a uma senhora.

Ele subiu, retomando fôlego e coragem a cada degrau, pois estava alquebrado e a escada sórdida trabalhava para desesperá-lo. Os patamares se sucediam a cada dez degraus, a escadaria hesitando, desviando, retomando-se três vezes antes de chegar ao andar. No teto do primeiro patamar, fazendo face à entrada, estava dependurada uma gaiola de canário, que se podia ver da rua. No segundo patamar, um gato sarnento tinha arrastado um pedaço de badejo, que estava prestes a deglutir. Para o terceiro patamar davam as privadas, cuja porta escancarada deixava ver, ao lado do assento, um vaso alto de argila amarela, do cálice do qual saía o cabo de uma vassourinha; nesse patamar Amédée não parou.

No primeiro andar, fumegava um lampião a gasolina ao lado de uma grande porta envidraçada na qual, em caracteres foscos, estava escrita a palava *Salone*; mas o cômodo era escuro: através do vidro, Amédée só distinguia com dificuldade, na parede que lhe ficava à frente, um espelho com moldura dourada.

Chegara ao sétimo patamar, quando outro militar, desta vez um artilheiro, saindo de um dos quartos do segundo andar, esbarrou nele, descendo bem depressa, e passou, resmungando a sorrir alguma desculpa italiana, depois de tê-lo recolocado em equilíbrio; pois Fleurissoire parecia bêbado e, de cansaço, mal conseguia manter-se de pé. Reconfortado pelo primeiro uniforme, ficou antes perturbado pelo segundo.

"Esses militares vão ficar andando para lá e para cá", pensou. "Ainda bem que meu quarto fica no terceiro andar; prefiro tê-los abaixo de mim."

Mal tinha ultrapassado o segundo andar, uma mulher de penhoar aberto, de cabelos desfeitos, apareceu ao fundo do corredor e chamou-o.

"Ela está me tomando por outro", disse consigo, e apressou-se em subir, desviando os olhos para não perturbá-la por tê-la surpreendido tão pouco vestida.

Ao terceiro andar chegou todo esbaforido e alcançou Baptistin; este falava italiano com uma mulher de idade imprecisa, que lhe lembrava extraordinariamente, embora menos gorda, a cozinheira dos Blafaphas.

— A sua mala está no número 16, à terceira porta. Tome cuidado, ao passar, com o balde que está no corredor.

— Eu o coloquei para fora porque estava vazando — explicou a mulher, em francês.

A porta do 16 estava aberta; sobre uma mesa, uma vela acesa clareava o quarto e lançava um pouco de claridade no corredor onde, diante da porta do 15, ao redor de um balde de limpeza de metal, luzia no lajeado uma poça, que Fleurissoire pulou. Um cheiro acre emanava dela. A mala estava ali, em evidência, sobre uma cadeira. Na atmosfera abafada do quarto, Amédée sentiu a cabeça girar e, atirando o guarda-chuva sobre a cama, o xale e o chapéu, deixou-se cair numa poltrona. Sua testa escorria; achou que passaria mal.

— É a senhora Carola, que fala francês — disse Baptistin.
Ambos tinham entrado no quarto.

— Abra um pouco a janela — suspirou Fleurissoire, incapaz de levantar-se.

— Oh! Como ele sente calor — dizia a senhora Carola, enxugando o rosto pálido e suarento com um lencinho perfumado que tirou do colete.

— Vamos empurrá-lo para perto da janela.

E os dois, levantando a poltrona em que Amédée, já três quartos desmaiado, se deixava levar balançando, colocaram-no em condição de respirar, no lugar dos maus cheiros do corredor, os fedores variados da rua. O frescor entretanto reanimou-o. Enfiando os dedos no bolsinho, tirou o enroladinho de cinco liras que havia preparado para Baptistin:

— Agradeço-lhe muito. Agora, deixe-me.

O carregador sorriu.

— Não deverias ter-lhe dado tanto — disse Carola.

Amédée aceitou o tratamento por tu como um costume italiano; agora só pensava em se deitar; mas Carola não parecia prestes a ir-se embora; então, levado pela polidez, ele conversou.

— A senhora fala francês tão bem como uma francesa.

— Não é de se estranhar; eu sou de Paris. E o senhor?

— Eu sou do Sul.

— Já tinha adivinhado. Vendo o senhor, disse comigo: esse senhor deve ser do interior. É a primeira vez que vem à Itália?

— A primeira.

— Veio a negócios?

— Sim.

— É bonita, Roma. Há muita coisa para ver.

— Sim... Mas esta noite estou um pouco cansado — arriscou; e, como para desculpar-se: — Estou viajando há três dias.

— É longe para vir até aqui.

— E não tenho dormido há três noites.

A essas palavras, a senhora Carola, com aquela súbita familiaridade italiana, que ainda não deixava de constranger Fleurissoire, beliscou-lhe o queixo:

— Malandrinho! — disse ela.

Esse gesto recolocou um pouco de sangue no rosto de Amédée que, preocupado em afastar logo a insinuação inconveniente, falou longamente de pulgas, percevejos e mosquitos.

— Aqui não terás nada disso. Estás vendo como é limpinho.

— Sim; espero dormir bem.

Mas ela nunca ia embora. Ele levantou-se com dificuldade da poltrona, levou a mão aos primeiros botões do colete, arriscando:

— Acho que vou me deitar.

A senhora Carola compreendeu o mal-estar de Fleurissoire:

— Queres que eu te deixe sozinho um pouco, estou vendo — disse ela com tato.

Logo que ela saiu, Fleurissoire deu uma volta na chave, tirou da mala a camisa de dormir e se deitou. Mas aparentemente a lingueta da fechadura não entrava na fenda, pois ele ainda não havia soprado a vela e a cabeça de Carola reapareceu na porta entreaberta, atrás da cama, bem perto da cama, sorridente...

Uma hora mais tarde, quando ele deu por si, Carola estava ao seu lado, deitada entre os seus braços, toda nua.

Ele tirou de debaixo dela o braço esquerdo que estava adormecendo, depois se afastou. Ela dormia. Um fraco clarão que vinha da ruela enchia o quarto, e não se ouvia outro ruído senão o da respiração regular daquela mulher. Então Amédée Fleurissoire, que sentia por todo o corpo e na alma uma languidez insólita, tirou de entre os lençóis as pernas magras e, sentado à beira da cama, chorou.

Como o suor fizera pouco antes, as lágrimas agora lavavam-lhe o rosto e se mesclavam à poeira do vagão; brotavam do fundo dele sem ruído, sem trégua, em pequenas vagas, como uma fonte escondida. Pensava em Arnica, em Blafaphas, que mágoa! Ah! Se tivessem podido vê-lo! Nunca mais ele ousaria, agora, retomar seu lugar junto deles... Depois pensava em sua missão augusta, agora comprometida; gemia à meia-voz:

— Pronto, acabou-se! Não sou mais digno... Ah! Acabou-se! Acabou-se mesmo!

O tom estranho de seus suspiros, entretanto, despertara Carola. Agora, de joelhos ao pé da cama, ele martelava com pequenos socos o peito débil, e Carola, estupefata, ouvia-o bater os dentes, e, entre soluços, repetir:

— Salve-se quem puder! A Igreja está desmoronando...

Ao final, não aguentando mais:

— Mas o que acontece, meu pobre velho? Estás enlouquecendo?

Ele voltou-se para ela:

— Eu lhe rogo, senhora Carola, deixe-me... É absolutamente necessário que eu fique sozinho. Volto a ver a senhora amanhã cedo.

Depois, como, em suma, ele só estava com raiva de si mesmo, beijou-a suavemente no ombro:

— Ah! Isso que fizemos, a senhora não sabe o quanto é grave. Não, não! A senhora não sabe... Nunca poderá saber.

III

Sob o nome pomposo de *Cruzada pela libertação do Papa*, a empresa de trapaçaria estendia sobre vários departamentos franceses as suas ramificações tenebrosas; Protos, o falso cônego de Virmontal, não era o único agente, assim como a condessa de Saint-Prix não era a única vítima. E todas as vítimas não apresentavam igual complacência, embora todos os agentes tivessem dado provas de igual destreza. Mesmo Protos, o antigo amigo de Lafcadio, depois da operação, devia acautelar-se; vivia em contínua apreensão de que o clero, o verdadeiro, viesse a ficar sabendo do negócio, e despendia para proteger sua retaguarda tanta engenhosidade quanto para seguir em frente; mas ele era diversificado e, além disso, admiravelmente secundado; de um extremo a outro do bando (que tinha o nome de *Centopeia*) reinavam uma disciplina e um entendimento maravilhosos.

Avisado na mesma noite por Baptistin da chegada do estrangeiro, e bastante alarmado por saber que este vinha de Pau, Protos, já às sete horas da manhã do dia seguinte, foi à casa de Carola. Ela ainda estava deitada.

As informações que obteve dela, o confuso relatório que ela fez dos acontecimentos da noite, a angústia do "peregrino" (era assim que ela nomeava Amédée), de seus protestos, de suas lágrimas, não podiam deixar-lhe dúvidas. Decididamente a pregação de Pau surtira efeito; mas não exatamente o tipo de efeito que Protos poderia desejar; era preciso ficar de olhos abertos sobre esse cruzado ingênuo que, por sua falta de jeito, bem poderia apagar a mecha...

— Vamos! — deixe-me passar, disse ele bruscamente a Carola.

Essa frase podia parecer estranha, pois Carola continuava deitada; mas a estranheza não interrompia Protos. Colocou um joelho sobre a cama; passou o outro por cima da mulher, deu uma pirueta com tanta habilidade que, empurrando um pouco a cama, viu-se de repente entre a cama e a parede. Sem dúvida Carola estava habituada a essa manobra, pois perguntou simplesmente:

— O que vai fazer?

— Vestir-me de padre — respondeu Protos, de modo não menos singelo.
— Você vai sair por este lado?
Protos hesitou um instante, depois:
— Tem razão; é mais natural.
Dizendo isso, abaixou-se, acionou uma porta secreta dissimulada no revestimento da parede e tão baixa que a cama a escondia completamente. No momento em que passava por baixo da porta, Carola agarrou-o pelo ombro:
— Escute — disse-lhe ela com uma espécie de seriedade —, a este eu não quero que você faça mal.
— Já não lhe disse que vou me fazer de padre!
Logo que ele desapareceu, Carola levantou-se e começou a se vestir.

Não sei o que pensar de Carola Vanitequa. Esse grito que ela acabou de dar me deixa supor que seu coração ainda não está profundamente corrompido. Assim, às vezes, no âmago mesmo da abjeção, de repente se descobrem estranhas delicadezas sentimentais, como uma flor azulada que cresce no meio de um monturo de estrume. Essencialmente submissa e dedicada, Carola, assim como tantas mulheres, precisava de um diretor. Abandonada por Lafcadio, tinha-se lançado imediatamente à busca do seu primeiro amante, Protos, por desafio, por despeito, para se vingar. Ela voltou a conhecer horas difíceis — e nem bem Protos a tinha reencontrado, já havia novamente feito dela seu objeto. Porque Protos gostava de dominar.

Outro que não Protos poderia ter levantado, reabilitado essa mulher. Seria preciso antes ter vontade de fazê-lo. Diríamos, ao contrário, que Protos tomava como tarefa aviltá-la. Vimos os serviços vergonhosos que esse bandido lhe exigia; parecia, para dizer a verdade, que era sem grande relutância que a mulher se curvava a isso; mas, a uma alma que se revolta contra a ignomínia da sorte, muitas vezes seus primeiros sobressaltos permanecem despercebidos dela própria; é só com o favor do amor que as atitudes recalcitrantes se revelam. Carola estava se apaixonando por Amédée? Seria temerário afirmá-lo; mas, ao contato dessa pureza, sua corrupção comovera-se; e o grito que relatei, indubitavelmente, brotou de coração.

Protos voltou. Não tinha trocado de terno. Segurava na mão um pacote de roupas que colocou sobre uma cadeira.

— E então? — disse ela.

— Estive pensando. É preciso primeiro que eu passe no correio e examine a correspondência dele. Só me trocarei ao meio-dia. Passe-me seu espelho.

Aproximou-se da janela e, debruçado sobre seu reflexo, ajustou um par de bigodes castanhos, ligeiramente mais claros do que seus cabelos, cortados rente ao lábio.

— Chame Baptistin.

Carola tinha acabado de se arrumar. Foi puxar, perto da porta, um cordão.

— Eu já disse a você que não queria mais vê-la com essas abotoaduras. Isso chama a atenção.

— Você bem sabe quem as deu para mim.

— Exatamente.

— Está com ciúme?

— Bobalhona.

Nesse momento Baptistin bateu à porta e entrou.

— Olhe! Tente subir um ponto na escala — disse-lhe Protos, mostrando, na cadeira, o paletó, o colarinho e a gravata que ele tinha trazido do outro lado da parede. — Você vai acompanhar o seu cliente pela cidade. Eu o encontro com você pela tarde. Daqui até lá, não o perca de vista.

Amédée foi confessar-se em São Luís dos Franceses, preferindo-o a São Pedro, cuja enormidade o esmagava. Baptistin o conduzia e o levou em seguida ao correio. Como era de se esperar, a *Centopeia* tinha ali seus fiéis. O nome do cartão de visitas pregado no tampo da mala revelara o nome de Fleurissoire a Baptistin, que o passara a Protos; este não tivera qualquer dificuldade para fazer com que um empregado complacente lhe entregasse uma carta de Arnica, e nenhum escrúpulo em lê-la.

— É curioso! — exclamou Fleurissoire, quando uma hora mais tarde veio por sua vez apanhar a correspondência. — É curioso! Eu diria que o envelope foi aberto.

— Aqui isso acontece com frequência — disse preguiçosamente Baptistin.

Por sorte a prudência de Arnica só arriscava alusões muito discretas. A carta, aliás, era bem curta; apenas recomendava, a conselho do padre Mure, ir visitar em Nápoles o cardeal San-Felice S. B., "antes de tentar algo". Não se poderia desejar termos mais vagos e, portanto, menos comprometedores.

IV

Diante do Mausoléu de Adriano, chamado de castelo Santo Ângelo, Fleurissoire experimentou uma amarga desventura. A massa enorme do edifício elevava-se no meio de um pátio interior, proibido ao público, e no qual só os viajantes munidos de cartões podiam entrar. E ainda estava especificado que deviam estar acompanhados por um guarda...

Por certo essas precauções excessivas confirmavam as suspeitas de Amédée; mas também lhe permitiam medir a extravagante curvava a isso; mas, a uma alma que se revolta contra a ignomínia da sorte, muitas vezes seus primeiros sobressaltos permanecem despercebidos dela própria; é só com o favor do amor que as atitudes recalcitrantes se revelam. Carola estava se apaixonando por Amédée? Seria temerário afirmá-lo; mas, ao contato dessa pureza, sua corrupção comovera-se; e o grito que relatei, indubitavelmente, brotou de coração.

Protos voltou. Não tinha trocado de terno. Segurava na mão um pacote de roupas que colocou sobre uma cadeira.

— E então? — disse ela.

— Estive pensando. É preciso primeiro que eu passe no correio e examine a correspondência dele. Só me trocarei ao meio-dia. Passe-me seu espelho.

Aproximou-se da janela e, debruçado sobre seu reflexo, ajustou um par de bigodes castanhos, ligeiramente mais claros do que seus cabelos, cortados rente ao lábio.

— Chame Baptistin.

Carola tinha acabado de se arrumar. Foi puxar, perto da porta, um cordão.

— Eu já disse a você que não queria mais vê-la com essas abotoaduras. Isso chama a atenção.

— Você bem sabe quem as deu para mim.

— Exatamente.

— Está com ciúme?

— Bobalhona.

Nesse momento Baptistin bateu à porta e entrou.

— Olhe! Tente subir um ponto na escala — disse-lhe Protos, mostrando, na cadeira, o paletó, o colarinho e a gravata que ele tinha trazido do outro lado da parede. — Você vai acompanhar o seu cliente pela cidade. Eu o encontro com você pela tarde. Daqui até lá, não o perca de vista.

Amédée foi confessar-se em São Luís dos Franceses, preferindo-o a São Pedro, cuja enormidade o esmagava. Baptistin o conduzia e o levou em seguida ao correio. Como era de se esperar, a *Centopeia* tinha ali seus fiéis. O nome do cartão de visitas pregado no tampo da mala revelara o nome de Fleurissoire a Baptistin, que o passara a Protos; este não tivera qualquer dificuldade para fazer com que um empregado complacente lhe entregasse uma carta de Arnica, e nenhum escrúpulo em lê-la.

— É curioso! — exclamou Fleurissoire, quando uma hora mais tarde veio por sua vez apanhar a correspondência. — É curioso! Eu diria que o envelope foi aberto.

— Aqui isso acontece com frequência — disse preguiçosamente Baptistin.

Por sorte a prudência de Arnica só arriscava alusões muito discretas. A carta, aliás, era bem curta; apenas recomendava, a conselho do padre Mure, ir visitar em Nápoles o cardeal San-Felice S. B., "antes de tentar algo". Não se poderia desejar termos mais vagos e, portanto, menos comprometedores.

IV

Diante do Mausoléu de Adriano, chamado de castelo Santo Ângelo, Fleurissoire experimentou uma amarga desventura. A massa enorme do edifício elevava-se no meio de um pátio interior, proibido ao público, e no qual só os viajantes munidos de cartões podiam entrar. E ainda estava especificado que deviam estar acompanhados por um guarda...

Por certo essas precauções excessivas confirmavam as suspeitas de Amédée; mas também lhe permitiam medir a extravagante dificuldade do empreendimento. No cais quase deserto nesse fim de dia, ao longo do muro exterior que impedia a aproximação do castelo, Fleurissoire vagava, pois, finalmente livre de Baptistin. Diante da ponte levadiça da entrada, ele passava, voltava a passar, com a alma sombria e desanimada, depois se afastava até a beira do Tibre e tentava, por cima dessa primeira muralha, enxergar um pouco mais.

Até o momento ele não tinha prestado atenção em um padre (são tão numerosos em Roma!) sentado num banco não longe dali, aparentemente mergulhado em seu breviário, mas que há muito tempo o observava. O digno eclesiástico usava um abundante cabelo longo de prata, e sua tez jovem e fresca, índice de uma vida pura, contrastava com esse apanágio da velhice. Só pelo rosto já se teria reconhecido o padre, e pelo não sei quê de decente que o caracteriza, o padre francês. Como Fleurissoire, pela terceira vez, ia passar diante do banco, bruscamente o eclesiástico se levantou, foi até ele e, com uma voz que tinha algo de soluço:

— O quê! Eu não estou sozinho! O quê! Também o senhor o procura!

Assim dizendo, escondeu o rosto nas mãos onde seus soluços, por muito tempo contidos, explodiram. Depois, de repente, se recompondo:

— Imprudente! Imprudente! Esconde tuas lágrimas! Abafa teus suspiros!... — E pegando Amédée pelo braço: — Não fiquemos aqui, meu senhor, estão nos observando. Já a emoção de que não pude me defender está sendo notada.

Amédée, nesse momento, apertava o passo, estupefato.

— Mas como — pôde finalmente dizer —, mas como o senhor pôde adivinhar por que eu estava aqui?

— Queira o céu só ter permitido a mim surpreender o senhor; mas sua inquietação, os olhares tristes com que inspecionava estes lugares, podiam escapar a quem, há três semanas, os frequenta dia e noite? Infelizmente, meu senhor!, logo que o vi, não sei que pressentimento, que aviso do alto, fez-me reconhecer como irmã da minha a sua... Cuidado! Alguém vem vindo. Pelo amor de Deus, finja uma grande despreocupação.

Um carregador de legumes avançava no cais em sentido contrário. Rapidamente, como parecendo prosseguir uma frase, sem mudar de tom, mas com um ritmo mais animado:

— Veja por que esses *Virginias*, tão apreciados por certos fumantes, nunca se acendem senão na chama de uma vela, depois que se retirou do seu interior essa fina palha que funciona como um pequeno tubo, através do charuto, por onde possa circular a fumaça. Um *Virginia* que não puxa bem só presta para se jogar fora. Vi fumantes delicados acenderem alguns deles, meu senhor, até seis, antes de encontrar um que lhes conviesse...

E logo que o outro foi ultrapassado:

— O senhor viu como ele olhava para nós? Era necessário a todo custo enganá-lo.

— O quê! — exclamou Fleurissoire apavorado. — Seria possível que esse vulgar verdureiro fosse um daqueles, também ele, de que devamos desconfiar?

— Meu senhor, eu não poderia afirmá-lo; mas o suponho. Os arredores deste castelo são particularmente vigiados; agentes de uma polícia especial rondam a toda hora por aqui. Para não levantar suspeitas, apresentam-se com os trajes mais diversos. Essa gente é tão esperta, tão esperta! E nós tão crédulos, tão naturalmente confiantes! Mas se eu lhe dissesse, meu senhor, que quase comprometi tudo não desconfiando de um *facchino* sem aparência, a quem simplesmente, na noite de minha chegada, deixei levar a minha bagagem, da estação ao lugar onde estou hospedado. Ele falava francês, e embora eu fale italiano correntemente desde a infância...

o senhor mesmo teria sentido essa emoção, contra a qual eu não soube defender-me, ouvindo em terra estrangeira falar a minha língua materna... Pois bem, esse *facchino*...

— Era um deles?

— Era um deles. Pude, pouco depois, convencer-me disso. Felizmente, só falei muito pouco.

— O senhor me faz tremer — disse Fleurissoire —; eu também, na noite de minha chegada, isto é, ontem à noite, caí nas mãos de um guia a quem entreguei minha mala e que falava francês.

— Deus do céu! — fez o padre cheio de espanto — Teria ele talvez por nome Baptistin?

— Baptistin: é ele! — gemeu Amédée, que sentiu dobrarem seus joelhos.

— Infeliz: o que o senhor lhe disse? — o padre apertava-lhe o braço.

— Nada de que me lembre.

— Procure, procure! Lembre-se, em nome do céu!...

— Não, realmente — balbuciava Amédée terrificado —, não creio que lhe tenha dito nada.

— Que foi que o senhor deixou ver?

— Não, nada, realmente, garanto-lhe. Mas faz muito bem de me avisar.

— A que hotel ele o levou?

— Não estou no hotel; peguei um quarto particular.

— Pouco importa. Onde o senhor ficou?

— Numa ruazinha que certamente o senhor não pode conhecer — gaguejou Fleurissoire extremamente embaraçado. — Pouco importa: não ficarei lá.

— Preste bem atenção: se for embora muito depressa, dará a impressão de estar desconfiado.

— Sim, talvez. O senhor tem razão: é melhor que eu não saia já.

— Mas quanto agradeço ao céu que fez o senhor chegar a Roma hoje; um dia mais tarde e eu não o encontraria! Amanhã, não mais tarde do que amanhã, devo ir a Nápoles ver uma santa e importante pessoa que, em segredo, cuida do negócio.

— Não seria o cardeal San-Felice? — perguntou Fleurissoire todo trêmulo de emoção.

O padre estupefato deu dois passos para trás:

— Como o senhor sabe? — Depois, aproximando-se: — Mas por que me espanto? Só ele em Nápoles sabe o segredo daquilo que nos ocupa.

— O senhor... o conhece bem?

— Se o conheço! Infelizmente! Meu bom senhor, é a ele que devo... Mas pouco importa. Estava pensando em se encontrar com ele?

— Sem dúvida; se for necessário.

— É o melhor homem... — com um gesto brusco limpou o canto do olho. — Naturalmente o senhor sabe onde encontrá-lo?

— Qualquer pessoa poderá me dar informações, suponho. Em Nápoles toda gente o conhece.

— Certamente! Mas o senhor não tem a intenção de colocar Nápoles inteira a par de sua visita? Não é possível, aliás, que não tenham informado ao senhor da participação dele no... naquilo de que sabemos, e talvez confiado para ele alguma mensagem, sem ao mesmo tempo instruí-lo sobre a maneira de abordá-lo.

— Desculpe-me — disse temerosamente Fleurissoire, a quem Arnica não havia transmitido nenhuma informação desse gênero.

— O quê! Sua intenção era a de se encontrar com ele assim sem mais nem menos, mesmo no arcebispado, talvez — o padre pôs-se a rir —, e abrir-se com ele sem rodeios?

— Confesso-lhe que...

— Mas o senhor sabe — retomou o outro em tom severo —, o senhor sabe bem que corre o risco de também ser aprisionado?

Ele manifestava uma contrariedade tão grande que Fleurissoire não ousava falar.

— Uma causa tão rara entregue a tais imprudentes! — murmurava Protos, que tirou do bolso a extremidade de um rosário, depois o guardou, depois se persignou febrilmente; depois, voltando-se para o companheiro:

— Mas afinal, meu senhor, quem lhe pediu para imiscuir-se nessa história? De quem são as instruções que o senhor está seguindo?

— Perdoe-me, senhor padre — disse Fleurissoire confusamente —, não recebi instruções de ninguém: sou uma pobre alma cheia de angústia e que procura ajudar por conta própria.

Essas humildes palavras pareceram desarmar o padre; ele estendeu a mão a Fleurissoire:

— Falei duramente com o senhor... mas é que tais perigos nos cercam! — Em seguida, depois de uma curta hesitação: — Escute! O senhor quer me acompanhar amanhã? Vamos juntos encontrar meu amigo... — e levantando os olhos ao céu: — Sim, ouso chamá-lo de meu amigo — retomou num tom compenetrado. — Paremos um instante naquele banco. Vou escrever um bilhete que ambos assinaremos, pelo qual o avisaremos de nossa visita. Colocando no correio antes das 6 horas (18 horas, como dizem aqui), ele receberá amanhã cedo e estará preparado para receber-nos por volta de meio-dia; até mesmo, por certo, poderemos almoçar com ele.

Sentaram-se. Protos tirou do bolso uma caderneta e, numa folha virgem, começou, sob os olhos arregalados de Amédée:

Minha velha...

Depois, divertindo-se com o estupor do outro, sorriu, com muita calma.

— Seria ao cardeal, então, que o senhor teria escrito, se o tivessem deixado fazer?

E num tom amigável quis informar bem Amédée: uma vez por semana o cardeal San-Felice saía do arcebispado clandestinamente, em trajes de simples padre, tornava-se o capelão Bardolotti, ia até as encostas do Vomero e, numa casa modesta, recebia alguns raros íntimos e as cartas secretas que os iniciados lhe dirigiam sob esse nome falso. Mas mesmo sob esse disfarce vulgar ele não se sentia a salvo: não estava seguro de que as cartas que lhe chegavam pelo correio não tivessem sido abertas, e suplicava que, na carta, nada de significativo fosse dito, que, no tom da carta, nada deixasse pressentir sua eminência, nada transpirasse, por pouco que fosse, o respeito.

Agora que estava envolvido, Amédée sorria por sua vez.

— *Minha velha...* Vejamos, o que se vai dizer a essa velha? — pilheriava o padre, hesitante com a ponta do lápis: — Ah! *Estou lhe trazendo um velho paspalho.* (Sim! Sim! Eu sei qual é o tom que convém!) *Tire uma garrafa ou duas de falerno, que amanhã iremos assoviar com você. Vamos dar risadas.* Tome: assine também.

— Talvez eu fizesse melhor não pondo meu nome verdadeiro.

— O seu, isso não tem nenhuma importância — retomou Protos que, ao lado do nome de Amédée Fleurissoire, escreveu: *Cave.*[2]

— Oh! Muito engenhoso!

— O quê? O senhor se espanta que eu assine esse nome? Cave? O senhor só tem o porão do Vaticano na cabeça. Aprenda isto, meu bom senhor Fleurissoire: *Cave* é uma palavra latina que quer dizer também TOME CUIDADO!

---

2. Há aqui um jogo de palavras: *cave*, em francês, quer dizer porão. [N.E]

O todo era dito num tom tão superior e tão estranho que o pobre Amédée sentiu um arrepio descer-lhe pela espinha. Isso só durou um instante; o padre Cave já tinha retomado o seu tom afável e, estendendo a Fleurissoire o envelope em que acabara de colocar o endereço do cardeal:

— O senhor poderia colocá-lo pessoalmente no correio. É mais prudente: as cartas dos padres são abertas. E agora, separemo-nos; é preciso que não nos vejam mais juntos. Combinemos o encontro para amanhã cedo no trem de sete e meia para Nápoles. Terceira classe, não é? Naturalmente não estarei com esta roupa (Pense nisso!). O senhor me encontrará vestido de simples camponês calabrês. (É por causa dos meus cabelos, que eu não gostaria de ser forçado a cortar). Adeus! Adeus!

Afastou-se fazendo sinaizinhos com a mão.

— Bendito o céu que me fez encontrar esse digno padre! — murmurava, voltando-se, Fleurissoire. — Que teria feito sem ele?

E Protos, afastando-se, murmurava:

— Ora, Cardeal!... É que, sozinho, ele era capaz de encontrar *o verdadeiro*!

V

Como Fleurissoire se queixasse de uma grande fadiga, Carola, nessa noite, deixou-o dormir, apesar do interesse que tinha por ele e da ternura apiedada de que logo foi tomada quando ele lhe confessou a pouca experiência em matéria de amor; dormir ao menos tanto quanto lhe permitisse a insuportável coceira, pelo corpo todo, de uma grande quantidade de mordidas, tanto de pulgas como de mosquitos:

— O senhor faz mal em se coçar assim! — disse-lhe ela no dia seguinte. — Isso o irrita. Oh! Como está inflamada, esta! — e ela tocava a erupção do queixo. Depois, enquanto ele se preparava para sair: — Olhe! Fique com isto como lembrança minha — e ajustava às mechas do *peregrino* aquelas bijuterias horrorosas que Protos se zangava de ver nela. Amédée prometeu voltar na mesma noite, ou, no mais tardar, no dia seguinte.

— Você me jura que não lhe fará mal — repetia Carola um instante depois a Protos que, já em seu traje costumeiro, passava pela porta secreta; e, como se tivesse atrasado, tendo esperado que Fleurissoire fosse embora para aparecer, teve de deixar que o conduzissem de carro à estação.

Sob seu novo aspecto, com o saiote, as bragas pardas, sandálias amarradas por cima das meias azuis, o cachimbinho, o chapéu ruço de abinhas retas, há que se reconhecer que ele tinha menos o jeito de um padre que o de um perfeito salteador dos Abruzos. Fleurissoire, que caminhava para lá e para cá diante do trem, hesitava em reconhecê-lo quando o viu chegar, com um dedo sobre o lábio como São Pedro mártir, depois passar sem dar a perceber que o vira e desaparecer num vagão no início do trem. Mas, ao cabo de um instante, reapareceu na porta e, olhando na direção de Amédée, fechando um pouco o olho, fez com a mão, sub-repticiamente, sinal para que se aproximasse; e, como este se preparasse para subir:

— Queira certificar-se de que não há ninguém ao lado — cochichou o outro.

Ninguém; e a cabine deles era na extremidade do vagão.

— Eu o estava seguindo de longe na rua — retomou Protos —, mas não quis abordá-lo, temendo que nos surpreendessem juntos.

— Como não o vi? — disse Fleurissoire. — Virei-me para trás muitas vezes, justamente para ter certeza de que não estava sendo seguido. Sua conversa de ontem mergulhou-me em tais sobressaltos; vejo espiões por toda parte.

— Infelizmente aparecem demais. Acha natural olhar para trás a cada vinte passos?

— O quê, eu parecia...?

— Desconfiado. Sim! Digamos a palavra: desconfiado. É o jeito comprometedor por excelência.

— E mesmo assim nem pude descobrir que o senhor estava me seguindo!... Em contrapartida, desde a nossa conversa, todos os transeuntes que encontro, percebo-lhes algo suspeito no andar e no jeito. Preocupo-me se me olham; e os que não me olham, diria que fazem de conta que não me veem. Não me tinha dado conta até hoje de quanto a presença das pessoas na rua raramente é justificável. De cada doze pessoas, pelo menos quatro têm uma ocupação que salta aos olhos. Ah! Pode-se dizer que o senhor me fez refletir! Sabe: para uma alma naturalmente crédula como era a minha, a desconfiança não é fácil; é um aprendizado...

— Deixe! O senhor vai chegar lá! E rápido; o senhor verá; ao cabo de algum tempo, isso se torna um hábito. Infelizmente tive de assumi-lo... o importante é conservar o jeito alegre. Ah! Para seu governo: quando estiver com medo de ser seguido, não se volte para trás; simplesmente deixe cair a bengala, ou o guarda-chuva, conforme o clima que esteja fazendo, ou o lenço, e, enquanto recolhe o objeto, de cabeça abaixada, olhe por entre as pernas, atrás do senhor, num movimento natural. Aconselho-o que se exercite. Mas diga-me, a que me pareço neste terno? Tenho medo de que o vigário apareça em alguns detalhes.

— Fique tranquilo — disse candidamente Fleurissoire —, estou certo de que ninguém além de mim reconheceria o senhor. — Depois, observando-o com benevolência e com a cabeça um pouco inclinada:

— É evidente que percebo através de seu disfarce, olhando bem, não sei o que de eclesiástico, e debaixo da jovialidade de seu tom, a angústia que nos atormenta a ambos; mas que domínio é preciso que o senhor tenha sobre si para deixar transparecer tão pouco! Quanto a mim, ainda tenho muito a fazer, bem o vejo; os seus conselhos...

— Que curiosas abotoaduras o senhor tem — interrompeu Protos, estranhando ver em Fleurissoire os botões de Carola.

— Foi um presente — disse o outro corando.

Fazia um calor tórrido. Protos olhou para o portal:

— O Monte Cassino — disse. — O senhor distingue lá em cima o célebre convento?

— Sim; estou vendo — disse Fleurissoire com ar distraído.

— Pelo que vejo, o senhor não é muito sensível às paisagens.

— Sou sim, claro que sim — protestou Fleurissoire —, sou sensível! Mas no que o senhor quer que eu me interesse enquanto durar a minha inquietação? É como em Roma com os monumentos; não vi nada; não consegui ver nada.

— Como o entendo! — disse Protos. — Eu também, já lhe disse, desde que estou em Roma, passei o meu tempo entre o Vaticano e o castelo Santo Ângelo.

— É pena. Mas o senhor, o senhor já conhece Roma.

Assim conversavam os nossos viajantes.

Desceram em Caserta, indo cada um para seu lado comer um pouco de frios e beber.

— Do mesmo modo em Nápoles — disse Protos —, quando nos aproximarmos da mansão dele, por favor, vamos nos separar. O senhor me seguirá de longe; como precisarei de algum tempo, principalmente se ele não estiver sozinho, para explicar-lhe quem é o senhor e o objetivo de sua visita, o senhor só entrará uns quinze minutos depois de mim.

— Aproveitarei para fazer a barba. Não tive tempo pela manhã.

Um bonde levou-os à praça Dante.

— Separemo-nos agora — disse Protos. — O caminho ainda é bastante longo, mas é melhor assim. Mantenha-se cinquenta metros atrás; e não olhe o tempo todo para mim, como se tivesse medo de me perder; e tampouco olhe para trás; isso faria com que o seguissem. Faça uma cara alegre.

Ele seguiu à frente. De olhos meio baixos, seguia Fleurissoire. A rua estreita tinha um forte aclive; o sol dardejava; ele suava; era empurrado por uma multidão efervescente que palrava, gesticulava, cantava e irritava Fleurissoire. Diante de um piano mecânico dançavam crianças seminuas. Por dois tostões o bilhete, uma loteria espontânea se organizava em torno de um grande peru depenado que era levado no braço por um saltimbanco; para parecer mais natural, ao passar, Protos pegou um bilhete e desapareceu na multidão; impedido de avançar, Fleurissoire, por um instante, achou que o havia perdido de vez, depois o reencontrou, passada a aglomeração, que continuava subindo a passos miúdos, levando o peru debaixo do braço.

Finalmente as casas se espaçaram, tornaram-se mais baixas, e o povo se rarefez. Protos diminuía a marcha. Parou, diante de um salão de barbeiro e, voltando-se para Fleurissoire, piscou o olho; depois, vinte passos adiante, parou de novo diante de uma portinha baixa e tocou a campainha.

A vitrine do barbeiro não era particularmente atraente; mas para indicar essa barbearia, o padre Cave tinha sem dúvida as suas razões; Fleurissoire deveria, aliás, voltar muito atrás para encontrar outra e por certo não mais atraente do que aquela. A porta, por causa do calor excessivo, permanecia aberta; uma grossa cortina de estame segurava as moscas e deixava passar o ar; as pessoas levantavam-na para entrar; ele entrou.

Sem dúvida era um homem experiente, esse barbeiro que, precavido, com uma ponta de toalha, depois de ter ensaboado o queixo de Amédée, afastava a espuma e descobria o botão avermelhado que o cliente temeroso lhe apontava. Ó sonolência, entorpecimento caloroso dessa barbeariazinha tranquila! Amedée, com a cabeça para trás, meio deitado na poltrona de couro, abandonava-se. Ah! Por um curto instante pelo menos, esquecer! Não pensar mais no papa, nos mosquitos, em Carola! Acreditar que está em Pau, junto de Arnica; acreditar-se em outro lugar; não saber mais direito onde está... Fechava os olhos, depois, entreabrindo-os, distinguia, como num sonho, diante dele, na parede, uma mulher de cabelos desfeitos, provinda do mar napolitano e trazendo do fundo das ondas, com uma voluptuosa sensação de frescor, um brilhante frasco de loção filocapilar. Abaixo desse cartaz, outros frascos, sobre uma placa de mármore, estavam dispostos junto de um bastão de cosmético, de uma esponja de pó-de-arroz, de um alicate, de um pente, de uma lanceta, de um pote de pomada, de um vidro de boca larga, onde navegavam indolentemente algumas sanguessugas, de um segundo vidro que encerrava uma solitária, finalmente de um terceiro sem tampa, cheio pela metade com uma substância gelatinosa; sobre o cristal transparente estava colada uma etiqueta, onde, escrito à mão, em maiúsculas fantasiosas, podia-se ler: ANTISSÉPTICO.

Agora o barbeiro, para levar a sua obra à perfeição, espalhava no rosto já barbeado uma espuma lubrificante e, com o fio de outra navalha que afiava na concha da mão sem brilho, escanhoava. Amédée não pensava mais que o esperavam; não pensava mais em ir-se, cochilava... Foi então que um siciliano de voz forte entrou no salão, rompendo essa tranquilidade; e o barbeiro, envolvido pela conversa, barbeou com mão distraída e, com uma navalhada franca, vlan!, cortou a ponta da espinha.

Amédée deu um grito, quis levar a mão ao esfolamento de onde pendia uma gota de sangue:

— *Niente! Niente!* — disse o barbeiro, que lhe segurou o braço e depois, por generosidade, pegou no fundo da gaveta um punhadinho de estopa amarelada que mergulhou no ANTISSÉPTICO e aplicou na feridinha.

Sem mais se preocupar se fazia com que os transeuntes se voltassem para olhá-lo, para onde correu Fleurissoire, descendo para a cidade? Ao primeiro farmacêutico que encontra, eis que mostra seu ferimento. O artesão sorri, ancião esverdeado, de aspecto malsão, pega numa caixa uma rodelinha de tafetá, passa sobre a vasta língua e...

Pulando para fora da botica, Fleurissoire escarrou de nojo, arrancou o tafetá pegajoso e, espremendo entre os dedos a sua pústula, fê-la sangrar o máximo possível. Depois, com o lenço embebido de saliva, dessa vez com sua própria, esfregou. Em seguida, olhando para o relógio, afobou-se, subiu de volta a rua a passo de corrida e chegou diante da porta do cardeal, suando, esbaforido, sangrando, congestionado, com uns quinze minutos de atraso.

VI

Protos recebeu-o com um dedo sobre os lábios:

— Não estamos sozinhos — disse ele. — Enquanto os criados estiverem aqui, não diga nada que possa chamar a atenção; todos eles falam francês; nem mesmo uma palavra, nem um gesto que possa trair o que quer que seja; não vá lhe chamar de cardeal, pelo menos: é Ciro Bardolotti, o capelão, que o recebe. Quanto a mim, não sou "o padre Cave"; eu sou "Cave", mais nada. Entendido? — E mudando bruscamente de tom, em voz bem alta e dando-lhe um tapa nas costas: — É ele, ora essa! É Amédée! E então, meu colono, pode-se dizer que você demorou um bocado com sua barba! Mais alguns minutos e, *per Baccho*, iríamos para a mesa sem você. O peru que está girando no espeto já se avermelhou como um sol poente. — Depois, baixinho: — Ah! Caro senhor, como me é penoso fingir! Fico com o coração torturado... — Depois, com brilho: — Que estou vendo? Cortaram você! Está sangrando! Dorino! Corra até o estábulo; traga uma teia de aranha: é o máximo para machucados...

Assim bufoneando, empurrava Fleurissoire através do vestíbulo, em direção a um jardim interior que formava um terraço onde, sob a latada, uma refeição estava preparada.

— Meu caro Bardolotti, apresento-lhe o senhor de la Fleurissoire, meu primo, o rapaz jovial de que lhe falei.

— Seja bem-vindo, nosso hóspede — disse Bardolotti com um grande gesto, mas sem se levantar da poltrona em que estava sentado; depois, mostrando os pés descalços mergulhados numa tina de água limpa:

— O pedilúvio abre meu apetite e me tira o sangue da cabeça.

Era um estranho homenzinho bem gordo e cujo glabro rosto não acusava idade nem sexo. Estava vestido de alpaca; nada em seu aspecto denunciava o alto dignitário; era preciso ser bem perspicaz, ou advertido como era Fleurissoire, para descobrir, sob a jovialidade de seu jeito, uma discreta unção cardinalícia. Apoiava-se de lado à mesa e abanava-se displicentemente com uma espécie de chapéu pontudo feito de uma folha de jornal.

— Ah! Eu sou muito sensível!... Ah! Que jardim agradável!...
— balbuciava Fleurissoire igualmente embaraçado para falar e para calar-se.

— Já fiquei bastante de molho! — gritou o cardeal. — Isso! Levem embora essa tina! Assunta!

Uma jovem criada insinuante e roliça pegou o recipiente e foi esvaziá-lo contra uma platibanda; seus mamilos saltando do espartilho estremeciam sob a camiseta; ela ria e se demorava perto de Protos, e Fleurissoire ficava encabulado com o esplendor de seus braços nus. Dorino colocou alguns *fiaschi* sobre a mesa. O sol brincava através da parreira, tocando com luz desigual os pratos sobre a mesa sem toalha.

— Aqui, não se faz cerimônia — disse Bardolotti, e cobriu a cabeça com o jornal —, o senhor me entende com meias palavras, caro senhor.

Num tom autoritário, escandindo as sílabas e batendo com o punho na mesa, o padre Cave, por sua vez, retomou:

— Aqui, não se faz cerimônia.

Fleurissoire deu uma olhadela. Se entendia meias palavras! Sim, por certo, e não precisava repeti-lo; mas em vão procurava alguma frase que pudesse ao mesmo tempo não dizer nada e significar tudo.

— Fale! Fale! — assoprava Protos. — Faça trocadilhos: eles entendem muito bem o francês.

— Vamos! Sente-se — disse Ciro. — Meu caro Cave, estripe essa melancia e faça para nós "crescentes turcos". O senhor é daqueles, senhor de la Fleurissoire, que preferem os pretensiosos melões do norte, os açucarados, os *prescots*, que sei eu, os cantalupos, a nossos caldosos melões da Itália?

— Nada vale este, tenho certeza; mas permitam que me ausente: estou com um pouco de enjoo — disse Amédée, que se enchia de repugnância ao lembrar-se do farmacêutico.

— Figos, então, pelo menos! Dorino acabou de colhê-los.

— Desculpe-me: também não.

— Mau, isso! Mau! Faça trocadilhos — sugeriu-lhe Protos ao ouvido; depois, em voz alta: — Lavemos com vinho esse coraçãozinho e preparemo-lo para o peru. Assunta, sirva vinho ao nosso amável convidado.

Amédée teve de brindar e beber mais do que estava acostumado. Com o calor e a fadiga, logo começou a enxergar turvo. Pilheriava com menos esforço. Protos fê-lo cantar; sua voz era fraca, mas as pessoas se extasiaram; Assunta quis beijá-lo. Entretanto, do fundo de sua fé desmoronada, levantava-se uma angústia indefinível; ria para não chorar. Admirava esse estar à vontade de Cave, essa naturalidade... Que outra pessoa, além de Fleurissoire e do cardeal, poderia pensar que ele estava fingindo? Bardolotti, além do mais, em força de dissimulação, em domínio de si não perdia em nada para o padre e ria, e aplaudia, e empurrava descontraidamente Dorino, quando Cave, segurando Assunta derrubada em seus braços, amassava o focinho contra ela; e, como Fleurissoire, inclinado para Cave, de coração meio apertado, murmurasse: — Como o senhor deve sofrer!
— Cave, nas costas de Assunta, lhe pegava a mão e apertava sem dizer nada, com o rosto disfarçado e os olhos erguidos para o céu.

Depois, erguendo-se bruscamente, Cave bateu nas mãos dele:
— Isso! Deixem-nos a sós! Não; tirem a mesa mais tarde. Saia. *Via! Via!*

Ele assegurou-se de que nem Dorino nem Assunta haviam ficado escutando e voltou com as feições subitamente graves, alongadas, enquanto o cardeal, passando a mão no rosto, despojou-se de repente da profana e artificial alegria.

— Está vendo, senhor de la Fleurissoire, meu filho, está vendo a que ficamos reduzidos! Ah! Esta comédia! Esta vergonhosa comédia!

— Ela nos faz ter horror — retomou Protos — até da mais honesta alegria e até do mais puro júbilo.

— Deus lhe será grato, pobre e caro padre Cave — retomava o cardeal voltando-se para Protos.

— Deus o recompensará por ajudar-me a esvaziar este cálice — e, simbolicamente, terminou de um só gole o copo que estava pela metade, enquanto em seus traços o desgosto mais doloroso se estampava.

— O quê! — exclamava Fleurissoire debruçado. — É possível que mesmo neste retiro e sob essa indumentária de empréstimo vossa Eminência deva...

— Meu filho, chame-me de senhor, simplesmente.

— Desculpe: entre nós...

— Tremo até sozinho.

— Não pode escolher seus criados?

— São escolhidos para mim; e esses dois que o senhor viu...

— Ah! Se eu lhe dissesse — interrompeu Protos — aonde eles vão logo relatar as nossas menores palavras!

— É possível que seja no arcebispado...

— Psiu! Nada dessas grandes palavras! O senhor nos denunciaria. Não se esqueça de que está falando com o capelão Ciro Bartolotti.

— Estou à mercê deles — gemia Ciro.

E Protos, inclinando-se para frente sobre a mesa onde seus cotovelos se cruzavam, voltado três quartos para Ciro:

— Se, no entanto, eu lhe dissesse que não o deixam sozinho nem uma hora do dia ou da noite!

— Sim, qualquer disfarce que eu use — retomou o falso cardeal —, nunca estou seguro de não haver alguma polícia secreta em meus calcanhares.

— O quê! Não se sabe quem o senhor é, aqui?

— O senhor não me entende — disse Protos. — Entre o cardeal San-Felice e o modesto Bartolotti, o senhor continua a ser, digo-o diante de Deus, um dos únicos que possa se gabar de estabelecer alguma semelhança. Mas compreenderá isto: os inimigos deles não são os mesmos; e enquanto o cardeal, do fundo de seu arcebispado, contra os franco-maçons, deve se defender, o capelão Bardolotti se vê espreitado pelos...

— Jesuítas! — interrompeu passionalmente o capelão.

— É o que eu ainda não lhe havia comunicado — acrescentou Protos.

— Ah! Se tivermos também os jesuítas contra nós — suspirou Fleurissoire. — Mas quem o teria imaginado? Os jesuítas! Está certo disso?

— Reflita um pouco; isso lhe parecerá totalmente natural. Compreenda que essa nova política da Santa Sé, toda de conciliação, de acomodações, é mesmo feita para lhes agradar, e que eles tiram proveito das últimas encíclicas. E talvez não saibam que o papa que as promulga não é o *verdadeiro*; mas ficariam desolados se *ele* mudasse.

— Se o compreendo bem — retomou Fleurissoire —, os jesuítas estariam aliados aos franco-maçons nesse negócio.

— De onde o senhor tirou isso?

— Ora, do que o senhor Bardolotti está me revelando agora.

— Não o faça dizer absurdos.

— Desculpe-me; entendo muito pouco de política.

— Por isso mesmo não procure além do que lhe é dito: dois grandes partidos estão presentes: a Loja e a Companhia de Jesus; e como nós, que agimos em segredo, não podemos, sem que nos descubram, reclamar apoio nem de um nem do outro, temos todos contra nós.

— Hein! O que está pensando aí? — perguntou o cardeal.

Fleurissosire não pensava mais em nada; sentiu-se completamente atônito.

— Todos contra si! — retomou Protos. — Isso sempre acontece quando se possui a verdade.

— Ah! Como eu era feliz quando não sabia nada — gemeu Fleurissoire. — Que pena! Nunca mais, agora, poderei não saber...

— Ele ainda não lhe disse tudo — continuou Protos, tocando-o suavemente no ombro. — Prepare-se para o mais terrível... — depois, inclinando-se, em voz baixa: — Apesar de todas as precauções, o segredo porejou; alguns malandros se aproveitam disso e, nos departamentos piedosos, vão catando dinheiro de família em família e, sempre em nome da Cruzada, recolhem o dinheiro que caberia a nós.

— Mas é horroroso!

— Acrescente a isso — disse Bardolotti — que lançam o descrédito e a suspeição sobre nós, e nos forçam a redobrar a astúcia e a circunspeção.

— Olhe! Leia isto — disse Protos, estendendo a Fleurissoire um número de *La Croix* —; o jornal é de anteontem. Esta simples noticiazinha diz muito a respeito!

— *Nunca é pouco prevenir demais,* leu Fleurissoire, *as almas devotas contra as ações de falsos eclesiásticos, e particularmente de um pseudo-cônego que se diz encarregado de missão secreta e que, abusando da credulidade, chega a subtrair dinheiro para uma obra que se batiza de:* CRUZADA PARA A LIBERTAÇÃO DO PAPA. *Só o título dessa obra já denuncia seu absurdo.*

Fleurissoire sentia o chão se mover e ceder sob seus pés.

— Em quem confiar, então! Mas como eu lhes dizia, senhores, talvez seja por causa desse gatuno, quero dizer, do falso cônego, que estou presentemente entre os senhores!

O padre Cave olhou seriamente para o cardeal; depois, dando um murro na mesa:

— Pois bem! Eu já desconfiava — exclamou.

— Tudo me leva a temer agora — continuou Fleurissoire — que a pessoa que me colocou a par do "caso" tenha sido ela própria vítima das maquinações desse bandido.

— Isso não me espantaria — disse Protos.

— O senhor está vendo, então — retomou Bardolotti —, o quanto a nossa posição é difícil, entre esses gatunos que se apossam de nosso papel e a polícia que, querendo agarrá-los, corre o risco de nos tomar por eles.

— Quer dizer — gemeu Fleurissoire — que a gente não sabe mais onde se apoiar; não vejo senão perigos por toda parte.

— Ficará ainda, depois disso, espantado com os excessos de nossa prudência? — disse Bardolotti.

— E compreenderá — continuou Protos — que hesitemos, por instantes, em vestir a libré do pecado e em fingir alguma complacência em face das mais culpáveis alegrias!

— Infelizmente! — balbuciou Fleurissoire. — Os senhores pelo menos se limitam a fingir, e é para esconder as suas virtudes que simulam o pecado. Mas eu... — e como os vapores do vinho se mesclassem às nuvens da tristeza e os arrotos da embriaguez às contrações dos soluços, inclinado para o lado de Protos começou por devolver o almoço, depois contou confusamente o serão com Carola e o luto de sua virgindade. Bardolotti e o padre Cave tinham grande dificuldade para não cair na gargalhada.

— Afinal, meu filho, o senhor confessou? — perguntou o cardeal, cheio de solicitude.

— Na manhã do dia seguinte.

— O padre lhe deu a absolvição?

— Com excessiva facilidade. É exatamente isso o que me atormenta... Mas podia eu confiar-lhe que ele não estava lidando com um peregrino comum, revelar o que me trazia a este país?...Não, não! Agora está feito; esta missão de elite exigia um servidor sem mácula. Eu era mesmo indicado. Agora, está feito. Eu decaí! — e de novo o sacudiam os soluços, enquanto, batendo no peito com pequenos golpes, repetia: — Eu não sou mais digno! Eu não sou mais digno! — depois retomava uma espécie de melopeia: — Ah! Vós que me escutais agora e que conheceis a minha angústia, julgai-me, condenai-me, puni-me... Dizei-me que extraordinária penitência me lavará desse crime extraordinário? Que castigo?

Protos e Bardolotti olhavam um para o outro. Este, finalmente levantando-se, pôs-se a dar tapinhas no ombro de Amédée:

— Vejamos, vejamos, meu filho! Não é preciso entregar-se assim. Pois bem, sim!, o senhor pecou. Mas, que diabo!, nem por isso precisamos menos do senhor. (O senhor se sujou todo; olhe, pegue este guardanapo; esfregue!) Todavia, compreendo a sua angústia e, visto que recorre a nós, queremos apresentar-lhe o meio de se resgatar. (O senhor não está agindo direito. Deixe-me ajudá-lo).

— Ora! Não se dê ao trabalho... Obrigado! Obrigado — dizia Fleurissoire; e Bardolotti, enquanto o limpava, continuava:

— Compreendo seus escrúpulos; e, para respeitá-los, vou lhe oferecer primeiro um trabalhinho sem brilho, que lhe dará a oportunidade de se levantar, e porá à prova a sua dedicação.

— É tudo que espero.

— Vejamos, caro padre Cave, o senhor está com aquele chequezinho?

Protos tirou um papel do bolso interno do saio.

— Cercados como estamos — retomou o cardeal —, às vezes temos dificuldade para receber o dinheiro das oferendas que algumas boas almas secretamente solicitadas nos enviam. Vigiados ao mesmo tempo pelos franco-maçons e pelos jesuítas, pela polícia e pelos bandidos, não convém que nos vejam apresentar cheques ou mandatos nos guichês dos correios e dos bancos onde a nossa identidade pudesse ser reconhecida. Os gatunos de que lhe falava há pouco o padre Cave lançaram sobre nossas coletas tal descrédito! (Protos, enquanto isso, tamborilava impacientemente sobre a mesa). Em suma, aqui está um modesto chequezinho de seis mil francos que lhe peço, meu caro filho, que aceite receber em nosso lugar; está emitido contra o Credito Commerciale di Roma pela duquesa de Ponte-Cavallo; embora endereçado ao arcebispado, o nome do destinatário, por prudência, foi deixado em branco, de maneira que qualquer portador possa recebê-lo; o senhor o assinará sem escrúpulos com seu verdadeiro nome, que não despertará suspeitas. Cuidado para não deixar que lhe roubem, nem... O que o senhor tem, caro padre Cave? Parece nervoso.

— Continue.

— Nem a quantia que me trará em... vejamos, o senhor volta para Roma hoje à noite; poderá tomar amanhã à tarde o expresso das seis horas; às dez chegará a Nápoles de novo e me encontrará esperando-o na plataforma da estação. Depois disso, cuidaremos de ocupá-lo com alguma tarefa mais importante... Não, meu filho, não beije minha mão; o senhor está vendo que ela está sem anel.

Tocou a fronte de Amédée meio prosternado diante dele, e Protos, que o segurava pelo braço, sacudia-o devagarinho:

— Vamos! Beba um gole antes de pegar a estrada. Lamento não poder acompanhá-lo a Roma; mas diversos cuidados me retêm aqui; e é preferível que não nos vejam juntos. Adeus. Abracemo-nos, caro Fleurissoire. Deus o guarde! E agradeço a ele por ter-me colocado em situação de conhecê-lo.

Acompanhou Fleurissoire até à porta e, ao deixá-lo:

— Ah! Meu senhor, que pensa do cardeal? Não é penoso ver o que as precauções fizeram de tão nobre inteligência?

Depois, voltando para junto do farsante:

— Aparvalhado! Foi bem astuto o que você inventou! Mandar endossar o cheque por um desajeitado que nem mesmo tem passaporte e que vou ter de manter sob vigilância.

Mas Bardolotti, pesado de sonolência, deixava cair a cabeça sobre a mesa murmurando:

— É preciso ocupar os velhos.

Protos foi até um quarto da casa tirar a peruca e os trajes de camponês; saiu logo depois, rejuvenescido trinta anos, sob os traços de um funcionário de loja ou de banco, com o mais subalterno dos aspectos. Já não tinha muito tempo para pegar o trem que, ele sabia, levaria também Fleurissoire, e saiu sem se despedir de Bardolotti, que dormia.

VIII

Fleurissoire voltou para Roma e para a via dei Vecchierelli na mesma noite. Estava extremamente cansado e conseguiu que Carola o deixasse dormir.

No dia seguinte, logo ao despertar, sua pústula, ao apalpá-la, pareceu-lhe estranha; examinou-a num espelho e constatou que uma escama amarelada cobria-lhe o corte; o conjunto tinha mau aspecto. Como nesse momento ouvisse Carola circular pelo patamar, chamou-a e pediu-lhe que examinasse a ferida. Ela aproximou Fleurissoire da janela e afirmou logo ao primeiro olhar:

— Isso não é o que está pensando.

Para dizer a verdade, Amédée não estava pensando muito particularmente *naquilo*, mas o esforço de Carola para tranquilizá-lo, ao contrário, preocupou-o. Pois afinal, no momento em que ela afirmava que não era *aquilo*, era porque podia ser. E depois, será que ela estava segura de que não era? E se fosse *aquilo*, ele achava muito natural; pois afinal ele havia pecado; merecia que fosse. Devia ser. Um arrepio lhe percorreu a espinha.

— Como fez isso? — perguntou ela.

Ah! Que importava a causa ocasional, corte da navalha ou saliva do farmacêutico: a causa profunda, a que merecia o castigo, podia ele decentemente dizer-lhe? E ela a compreenderia? Sem dúvida ela riria disso... Como repetisse a pergunta:

— Foi um barbeiro — respondeu.

— O senhor deveria passar alguma coisa aí.

Essa solicitude varreu suas últimas dúvidas; o que ela tinha dito de início era só para tranquilizá-lo; ele já se via com o rosto e o corpo comido por pústulas, objeto de horror para Arnica; os seus olhos encheram-se de lágrimas.

— Então acha que...

— Não mesmo, meu cabritinho; não deve se castigar assim; está com cara de enterro. Depois, se fosse isso, ainda não daria para saber.

— Sim, sim... Ah! Bem feito para mim! Bem feito! — retomava ele.

Ela se enterneceu:

— E, além do mais, isso nunca começa assim; quer que eu chame a patroa, que vai lhe dizer?... Não? Pois bem! O senhor deveria sair um pouco para se distrair; e beber um trago de marsala. — Ficou em silêncio por um instante. Finalmente, não aguentando mais:

— Escute — retomou —, eu tenho coisas sérias para lhe dizer. Não se encontrou, ontem, com um padre de cabelos brancos?

Como ela sabia disso? Estupefato, Fleurissosire perguntou:

— Por quê?

— Pois bem... — ela ainda hesitou um pouco; olhou para ele, viu-o tão pálido, que continuou num só impulso: — Pois bem! Desconfie dele. Acredite em mim, meu pobre patinho, ele vai depená-lo. Eu não deveria lhe dizer isso, mas... desconfie dele.

Amédée preparava-se para sair, completamente transtornado pelas últimas falas; já estava na escada, quando ela o chamou:

— Sobretudo, se o vir, não lhe diga que falei com o senhor. Seria como me matar.

A vida tornava-se de fato por demais complicada para Amédée. Além disso, sentia os pés gelados, a testa queimando, e as ideias embaralhadas. Como se orientar agora se o próprio padre Cave não passava de um farsante?... Então, o cardeal também, talvez?... Mas, no entanto, aquele cheque! Tirou o papel do bolso, apalpou-o, assegurou-se de sua realidade. Não! Não, não era possível! Carola estava enganada. E depois, que sabia ela dos interesses misteriosos que forçavam o pobre Cave a fazer jogo duplo? Sem dúvida era preciso ver nisso, de preferência, algum mesquinho rancor de Baptistin, contra quem, precisamente, o bom padre o havia prevenido... Não importa! Ficaria de olhos abertos: de agora em diante desconfiaria de Cave, como já desconfiava de Baptistin; e, quem sabe, da própria Carola...?

"Aí está", dizia consigo, "ao mesmo tempo a consequência e a prova desse vício inicial, desse escorregão da Santa Sé: todo o resto ao mesmo tempo soçobrava."

Em quem confiar, senão no papa? E uma vez que essa pedra angular, sobre a qual repousava a Igreja, estava cedendo, nada mais merecia ser verdadeiro.

Amédée caminhava com passinhos apressados em direção ao correio, pois esperava encontrar algumas notícias do país, honestas, onde repousaria finalmente a sua confiança cansada. O leve nevoeiro da manhã e aquela luz profusa em que cada objeto se evaporava e se tornava irreal favoreciam também a vertigem; avançava como num sonho, duvidando da solidez do solo, das paredes, e da séria existência dos transeuntes com quem cruzava; duvidando principalmente de sua presença em Roma... Ele então se beliscava para arrancar-se de um pesadelo, reencontrar-se em Pau, em sua cama, perto de Arnica, que já se levantara e que, segundo seu costume, debruçada sobre ele, ia enfim perguntar-lhe:
— Dormiu bem, meu amigo?

No correio, o funcionário reconheceu-o e não criou dificuldades para entregar-lhe uma nova carta da esposa.

... Acabei de ser informada por Valentine de Saint-Prix, dizia-lhe Arnica, *que Julius também está em Roma, chamado para um congresso. Como me alegro ao pensar que vai poder encontrá-lo! Infelizmente Valentine não pôde dar-me o endereço dele. Ela acredita que se hospedou no Grande Hotel, mas não está certa disso. Sabe só que ele deve ser recebido no Vaticano quinta-feira pela manhã; escreveu antes ao cardeal Pazzi para obter uma audiência. Ele vem de Milão, onde foi visitar Anthime, que está muito infeliz por não ter obtido o que lhe prometera a Igreja após o seu processo; então Julius quer ir encontrar-se com nosso Santo Padre para lhe pedir justiça; pois naturalmente ele ainda não sabe de nada. Ele contará a você a visita e você poderá informá-lo.*

Espero que você tome cuidado com o tempo ruim e que não se canse demais. Gaston vem visitar-me todos os dias; temos saudades de você. Como ficarei contente quando nos anunciar a sua volta... Etc.

E rabiscado de atravessado, a lápis, na quarta página, estas poucas palavras de Blafaphas:

Se você for a Nápoles, deveria informar-se sobre como fazem o buraco dentro do macarrão. Estou a caminho de uma nova descoberta.

Uma retumbante alegria invadiu o coração de Amédée, mesclada com certo desconforto: aquela quinta-feira, data da audiência, era hoje mesmo. Não ousava mandar lavar a roupa e esta ia fazer-lhe falta. Pelo menos temia que isso acontecesse. Tinha colocado esta manhã o colarinho falso da véspera; mas este deixou logo de parecer-lhe suficientemente limpo quando ficou sabendo que poderia encontrar Julius. A alegria que teria tido dessa conjunção foi contrariada. Voltar à via dei Vecchierelli, não podia pensar nisso, se quisesse surpreender o cunhado na saída da audiência; e isso não o perturbava tanto quanto alcançá-lo no Grande Hotel. Pelo menos tomou o cuidado de dobrar os punhos; quanto ao colarinho, cobriu-o com a echarpe, o que também tinha a vantagem de esconder um pouco a sua erupção.

Mas que importância tinham essas ninharias? A verdade é que Fleurissoire sentia-se inefavelmente tonificado por aquela carta, e que a perspectiva de retomar contato com um dos seus, com sua vida passada, bruscamente recolocava em seus lugares os monstros gerados por sua imaginação de viajante. Carola, o padre Cave, o cardeal, tudo isso flutuava diante dele como um sonho interrompido, de repente, pelo canto do galo. Por que, afinal, tinha ele deixado Pau? Que significava essa fábula absurda que o havia perturbado em sua felicidade? Diacho! Havia um papa; e dentro de alguns instantes Julius ia poder declarar: eu o vi! Um papa, e isso bastava. Por acaso, Deus poderia autorizar a sua substituição, monstruosa, na qual ele, Fleurissoire, não teria por certo acreditado, sem esse absurdo orgulho de ter de representar um papel nessa história?

Amédée caminhava a passos curtos e apressados; tinha dificuldade para não correr. Finalmente retomava confiança, enquanto tudo ao seu redor retomava peso confiável, medida, posição natural e realidade verossímil. Segurava a palheta na mão; quando chegou diante da basílica, foi tomado por tão nobre embriaguez que começou a dar a volta ao chafariz da direita; e, enquanto passava sob o vento do jato d'água, deixando umedecer a fronte, sorria para o arco-íris.

De repente, estacou. Ali, perto dele, sentado na base do quarto pilar da colunata, não estava vendo Julius? Hesitava em reconhecê-lo, pois, se sua roupa estava decente, sua postura deixava a desejar: o conde de Baraglioul havia colocado o seu *cronstadt* de palha preta a seu lado, no bico recurvado da bengala fincada entre dois paralelepípedos, e, todo cuidadoso com a solenidade do lugar, com o pé direito sobre o joelho esquerdo, como um profeta da Sistina, mantinha sobre o joelho direito um caderno; por instantes, baixando de repente sobre as folhas um lápis que erguia no alto, escrevia, atento unicamente ao ditado de uma inspiração tão urgente que Amédée, diante dele, poderia ter feito a maior pantomima sem que ele o visse. Enquanto escrevia, ele falava; e embora o embate do jato d'água encobrisse o ruído de suas palavras, pelo menos percebia-se o movimento de seus lábios.

Amédée aproximou-se, contornando discretamente o pilar. Como se fosse tocar o outro no ombro:

— E NESTE CASO, QUE NOS IMPORTA! — declamou Julius, que consignou estas palavras em seu caderno, em final de página, depois recolocou o lápis no bolso e, levantando-se bruscamente, deu com o nariz em Amédée.

— Pelo Santo Padre, que faz você aqui?

Amédée, tremendo de emoção, gaguejava e não podia dizer; apertava convulsivamente uma das mãos de Julius entre as suas. Julius, entretanto, o examinava:

— Meu pobre amigo, como você está estranho!

A Providência tinha aquinhoado mal Julius: dos dois cunhados que lhe restavam, um estava mais para carola; o outro era desajeitado. Havia três anos que não via Amédée, achava-o envelhecido em mais de doze anos; suas bochechas estavam encovadas, seu pomo de Adão, saltado; o amaranto de seu cachecol exagerava ainda sua palidez; o queixo tremia; os olhos esgazeados rodavam de maneira que deveria ser patética e que não era menos do que bufona; tinha trazido da viagem da véspera uma rouquidão misteriosa, de maneira que suas palavras pareciam vir de longe. Completamente tomado por seu pensamento:

— Então, você o viu? — disse ele.

E ainda voltado a si mesmo:

— Quem? — perguntou Julius.

Esse *quem?* ecoou em Amédée como um dobre fúnebre e como uma blasfêmia. Especificou discretamente:

— Achei que você estava saindo do Vaticano.

— De fato. Desculpe-me: não estava mais pensando nisso... Se você soubesse o que está me acontecendo!

Os seus olhos brilhavam; parecia que ele ia saltar de si mesmo.

— Oh! Por favor — suplicou Fleurissoire —, você me dirá isso depois; fale-me primeiro de sua visita. Estou impaciente por saber...

— Isso lhe interessa?

— Logo você entenderá quanto. Fale! Fale, eu lhe peço.

— Pois bem! Aí está! — começou Julius, pegando Fleurissoire por um braço e levando-o para longe de São Pedro. — Talvez você tenha sabido em que penúria a conversão havia deixado o nosso Anthime! É em vão que espera ainda o que lhe havia prometido a Igreja, em recompensa daquilo que os franco-maçons lhe tiraram. Anthime foi enganado: há que reconhecê-lo... Meu caro amigo, você tome como quiser essa aventura; quanto a mim, considero-a uma farsa qualificada; mas sem a qual talvez eu não enxergasse tão claramente aquilo que hoje nos preocupa, e que tenho pressa de contar-lhe. É o seguinte: *um ser de inconsequência*! é dizer muito... e sem dúvida essa aparente inconsequência esconde uma sequência mais sutil e oculta; o importante é que aquilo que o faz agir não seja mais uma simples razão de interesse ou, como você diz geralmente: que não obedeça mais a motivos interesseiros.

— Não o estou acompanhando bem — disse Amédée.

— É verdade, perdão; eu estava me afastando de minha visita. Tinha resolvido, pois, cuidar do problema de Anthime... Ah! Meu amigo, se você tivesse visto o apartamento em que ele mora em Milão! "— Você não pode ficar aqui", disse-lhe eu imediatamente. E quando penso naquela infeliz Véronique! Mas ele está virando um asceta, um capuchinho; não permite que ninguém tenha dó dele; muito menos que se acuse o clero! — "Meu amigo", disse-lhe ainda, "admito que o alto clero não seja culpado, mas é porque ainda não está informado. Permita-me ir informá-lo."

— Eu não acreditava que o cardeal Pazzi... — insinuou Fleurissoire.

— Sim, não deu certo. Você entende, esses altos dignitários, todos têm medo de se comprometer. Era preciso, para assumir o problema, alguém que não fizesse parte; eu, por exemplo. Pois admire a maneira como se fazem as descobertas! E penso nas mais importantes: a gente pensa que se trata de uma iluminação repentina: no fundo, não parava de pensar nisso. É por isso que há muito eu me preocupava ao mesmo tempo com o excesso de lógica de minhas personagens e com sua insuficiente determinação.

— Temo — disse suavemente Amédée — que você esteja se afastando de novo.

— De modo algum — retomou Julius —, é você que não está seguindo o meu pensamento. Em suma, é ao próprio Santo Padre que resolvi dirigir minha súplica; e fui levá-la a ele esta manhã.

— Então? Diga rápido: você se encontrou com ele?

— Meu caro Amédée, se você me interromper o tempo todo... Pois bem! Não se imagina quanto é difícil ter um encontro com ele.

— Ora essa! — disse Amédée.

— O que você está dizendo?

— Falarei logo mais.

— Primeiro, tive de desistir completamente de entregar-lhe a minha petição. Eu a tinha em mãos; era um rolo decente de papel; mas, já na segunda antecâmara (ou na terceira, não me lembro bem), um mocetão, vestido de preto e vermelho, tirou-a gentilmente de mim.

Baixinho, Amédée começava a rir como alguém que está informado e que sabe o que sabe.

— Na antecâmara seguinte, aliviaram-me de meu chapéu, que foi posto sobre uma mesa. Na quinta ou sexta, onde esperei longamente em companhia de duas senhoras e três prelados, uma espécie de camareiro veio buscar-me e introduziu-me na sala vizinha, onde, assim que fiquei diante do Santo Padre (ele estava, tanto quanto pude notar, içado sobre uma espécie de trono protegido por uma espécie de baldaquim), convidou-me a me prosternar, o que fiz; de maneira que cessei de vê-lo.

— Você não ficou, todavia, tanto tempo inclinado, nem com a fronte tão baixa que não tivesse...

— Meu caro Amédée, fale como quiser; não sabe quão cegos o respeito nos torna? E, além de eu não ousar levantar a cabeça, uma espécie de mordomo, com um tipo de régua, cada vez que eu começava a falar, dava-me umas pancadinhas na nuca, que me inclinavam de novo.

— *Ele*, pelo menos, falou com você.

— Sim, do meu livro, que confessou não ter lido.

— Meu caro Julius — retomou Amédée após um momento de silêncio —, o que você está me dizendo é da mais alta importância. Então, você não o viu: e de toda a sua narrativa, concluo que é extremamente difícil vê-lo. Ah! Tudo isso confirma, infelizmente!, a apreensão mais cruel. Julius, devo dizer-lhe agora... mas venha por aqui; esta rua é tão frequentada...

Arrastou Julius, que até se divertia e se deixava levar para um vicolo quase deserto:

— O que vou confiar-lhe é tão grave... Principalmente, não deixe transparecer nada.. Vamos fingir que estamos falando sobre assuntos indiferentes, mas prepare-se para ouvir algo terrível: Julius, meu amigo, aquele que você viu esta manhã...

— Que eu não vi, você quer dizer.

— Exatamente... não é o *verdadeiro*.

— O que você está dizendo?

— Estou dizendo que você não pôde ver o papa, por esta monstruosa razão que... sei disso de fonte clandestina e certa: o verdadeiro papa está confinado.

Essa espantosa revelação teve sobre Julius o efeito mais inesperado: largou de repente o braço de Amédée e, correndo para frente, através do vicolo, gritava:

— Ah, não! Ah! Essa agora, não, não, não! — depois, aproximando-se de Amédée:

— Como! Venho até aqui, com grande dificuldade, para me purgar o espírito de tudo isso; convenço-me de que não há nada a esperar daqui, nada a esperar, nada a admitir; de que Anthime foi ludibriado, de que todos nós estamos sendo ludibriados, de que tudo isso são panaceias! E que só nos resta rir... Mas qual o quê! Eu me liberto; e quando começo a me sentir consolado, vem você e me diz: Alto lá! Aí tem algo errado: recomece! Ah, não, essa não! Ah, isto não, nunca! Eu fico por aqui. Se aquele não é o verdadeiro, azar!

Fleurissoire fica consternado.

— Mas — dizia ele — a Igreja... — e deplorava que sua rouquidão não lhe permitisse eloquência.

— Mas a própria Igreja está sendo ludibriada?

Julius pôs-se de atravessado diante dele, meio que lhe cortando o caminho e, num tom zombeteiro e decisivo, que não era de seu costume:

— E então! O-que-é-que-você-tem-com-isso?

Então Fleurissoire teve uma dúvida; uma dúvida nova, disforme, atroz e que se fundamentava vagamente na espessura de seu mal-estar: Julius, o próprio Julius, esse Julius com quem falava, Julius a que se agarravam sua esperança e sua boa fé desolada, esse Julius não era mais o verdadeiro Julius.

— O quê! É você que está falando assim! Você, com quem eu contava! Você, Julius! Conde de Baraglioul, cujos escritos...

— Não me fale de meus escritos, eu lhe rogo. Verdadeiro ou falso, já me basta o que sobre eles me disse hoje pela manhã o seu papa! E espero, graças à minha descoberta, que os seguintes sejam melhores. Mas quero logo falar com você sobre coisas sérias. Você almoça comigo, não é?

— Com prazer; mas vou deixá-lo cedo. Estou sendo esperado em Nápoles hoje à noite... Sim, para os negócios de que lhe falarei. Você não me levará ao Grande Hotel, espero.

— Não, iremos ao Colonna.

Por seu lado, Julius pouco ligava em ser visto no Grande Hotel em companhia de um caco como Fleurissoire; e este, que se sentia pálido e desfeito, sofria já com a luz intensa onde o cunhado o havia feito sentar-se, a essa mesa de restaurante, bem diante dele e sob o seu olhar escrutador. Se ao menos esse olhar tivesse buscado o seu; mas não, sentia que ele se dirigia, rente à echarpe amarantina, àquele lugar vergonhoso onde a erupção suspeita irrompia, e que ele sentia exposto. E, enquanto o garçom trazia as entradas:

— Você deveria tomar banhos sulfurosos — disse Baraglioul.

— Não é o que você está pensando — protestou Fleurissoire.

— Tanto melhor — retomou Baraglioul, que aliás nada pensara. — Eu estava lhe dando um conselho à toa. — Depois, atirando-se para trás, e num tom professoral: — Pois bem! É o seguinte, caro Amédée: sou de opinião que desde La Rochefoucauld estamos metidos nisso; que nem sempre é o proveito que conduz o homem; que existem ações desinteressadas...

— Assim espero — interrompeu candidamente Fleurissoire.

— Não me compreenda tão depressa, por favor. Por *desinteressado*, entendo: gratuito. E que o mal, aquilo a que chamamos o mal, pode ser tão gratuito quanto o bem.

— Mas, nesse caso, por que fazê-lo?

— Exatamente! Por luxo, por necessidade de dispêndio, por jogo. Porque acredito que as almas mais desinteressadas não são necessariamente as melhores — no sentido católico da palavra; ao contrário, sob esse ponto de vista católico, a alma mais bem educada é aquela que melhor mantém suas contas.

— E quem se sente sempre devedor para com Deus — acrescentou de modo beato Fleurissoire, que tentava manter-se à altura.

Julius estava manifestamente irritado com as interrupções do cunhado; elas lhe pareciam descabidas.

— É certo que o desprezo do que pode servir — retomou ele — é sinal de certa aristocracia da alma... Portanto, desvencilhada do catecismo, da complacência, do cálculo, admitiremos uma alma que não mantenha mais as contas?

Baraglioul esperava um assentimento; mas:

— Não! Não! Mil vezes não: não o admitiremos! — exclamou veementemente Fleurissoire; depois, de repente apavorado pelo estrondo da própria voz, inclinou-se para Baraglioul.

— Falemos mais baixo; estão nos escutando.

— Ora! A quem interessa o que estamos falando?

— Ah! Meu amigo, vejo que você não sabe como eles estão por aí. Quanto a mim, começo a reconhecê-los. Há quatro dias estou vivendo entre eles, não, não invento nada! Eu juro, eles me inculcaram à força uma precaução que naturalmente não tinha. A gente está acuado.

— Você está imaginando tudo isso.

— Bem que gostaria, infelizmente!, e que tudo isso não existisse senão no meu cérebro. Mas, o que você quer? Quando o falso toma o lugar do verdadeiro, é necessário que o verdadeiro se dissimule. Encarregado da missão que lhe direi dentro em breve, estou liquidado entre a Loja e a Sociedade de Jesus. Sou suspeito para todos; tudo me é suspeito. Mas se lhe confessasse, meu amigo, que há pouco, diante dessa zombaria que você opunha à minha preocupação, cheguei a duvidar se era com o verdadeiro Julius que eu estava falando, ou com algum disfarce seu... Mas se eu lhe dissesse que, hoje de manhã, antes de tê-lo encontrado, cheguei a duvidar de minha própria realidade, duvidar de que era eu mesmo que estava aqui, em Roma, ou se na verdade eu estava apenas sonhando estar aqui, que logo iria despertar em Pau, suavemente deitado junto de Arnica, no meio das minhas coisas costumeiras.

— Meu amigo, você está com febre.

Fleurissoire lhe pegou a mão e, com voz patética:

— A febre! Você tem razão: estou com febre. Uma febre de que não se sara, e pela qual eu esperava que você também fosse atacado quando soubesse o que lhe revelei; uma febre que eu esperava lhe comunicar, confesso, a fim de que juntos ardêssemos, meu irmão... Mas não! Sinto isso muito bem agora, é solitário que me afundo no obscuro caminho que sigo, que devo seguir; e até mesmo o que você me disse me obriga a isso... O quê! Julius, seria verdade? Então a gente não O vê? Não se consegue vê-lo?...

— Meu amigo — retomou Julius, livrando-se do abraço de Fleurissoire, que se exaltava, e colocando-lhe, por sua vez, uma mão sobre o braço: — Meu amigo, vou confessar-lhe certa coisa que há pouco não ousava dizer-lhe: quando me encontrei na presença do Santo Padre... pois bem, fui tomado por uma distração.

— Por uma distração! — repetiu Fleurissoire atordoado.

— Sim, de repente me surpreendi pensando em outra coisa.
— Devo acreditar no que está dizendo?
— Pois foi precisamente então que tive a minha revelação. Mas, dizia com meus botões, prosseguindo com minha primeira ideia, mas, supondo-o gratuito, o ato mau, o crime, ei-lo totalmente inimputável; e intangível quem o cometeu.
— O quê! Você volta a isso — suspirou desesperadamente Amédée.
— Porque o motivo do crime é a asa por onde se pega o criminoso. E se, como pretenderá o juiz: *Is fecit cui prodest*[3]... você tem seu direito, não é?
— Desculpe-me — disse Amédée, cujo suor gotejava pela fronte.

Mas nesse momento, bruscamente, o diálogo se rompeu: um empregado do restaurante trazia num prato um envelope onde o nome de Fleurissosire estava inscrito. Este, cheio de estupor, abriu o envelope e, no bilhete que continha, leu estas palavras:

> *O senhor não tem um minuto a perder. O trem de Nápoles parte dentro de três horas. Peça ao senhor de Baraglioul que o acompanhe até o Banco de Crédito Comercial onde ele é conhecido e poderá testemunhar sobre sua identidade. Cave.*

— Pois bem! O que eu estava lhe dizendo? — retomou Amédée em voz baixa, um tanto aliviado pelo incidente.
— Realmente, aqui está algo que não é comum. Como, diabos, sabem meu nome? E que tenho relações com o Banco de Crédito Comercial?
— Essa gente sabe de tudo, eu lhe digo.

---

3. Em latim: "Cada um faz o que lhe é útil". [N.T.]

— O tom desse bilhete não me agrada. Quem o escreveu poderia pelo menos desculpar-se por nos interromper.

— Para quê? Ele sabe que a minha missão está acima de tudo... É um cheque para receber... Não; impossível falar-lhe aqui; está vendo que estamos sendo vigiados. — Depois, tirando o relógio:

— De fato, mal temos o tempo...

Tocou a campainha para chamar o garçom.

— Deixe! Deixe — disse Julius —, eu pago. O Crédito não é longe; se for preciso, tomaremos um fiacre. Não se afobe... Ah! Eu queria lhe dizer ainda: se for a Nápoles esta noite, use este passe. Está em meu nome; mas que importa? (Pois Julius gostava de obsequiar). Tomei-o inconsideradamente em Paris, pensando descer mais ao sul. Mas agora estou retido por um congresso. Quanto tempo você acha que vai ficar lá?

— O menos possível. Espero já estar de volta amanhã.

— Então o espero para jantar.

No Crédito Comercial, graças à apresentação do conde de Baraglioul, entregaram a Fleurissoire, sem dificuldades, em troca do cheque, seis notas que ele enfiou no bolso interno do paletó. Enquanto isso, ele havia contado mais ou menos ao cunhado a história do cheque, do cardeal e do padre; Baraglioul, que o acompanhou até a estação, só escutava com ouvido distraído.

Entrementes Fleurissoire entrou numa camisaria para comprar um colarinho falso, mas que não colocou de imediato, com medo de deixar Julius, que permanecera à frente da loja, esperando.

— Você não leva mala? — perguntou este quando o outro chegou.

Por certo Fleurissoire gostaria de ter passado para pegar seu xale, seus pertences de toalete e de noite; mas confessar a Baraglioul que estava na via dei Vecchierelli!...

— Oh! Para uma noite!... — disse com desenvoltura. — Além disso, não temos tempo para passar no meu hotel.
— De fato, onde mesmo você está hospedado?
— Atrás do Coliseu — respondeu o outro vagamente.
Era como se tivesse dito: debaixo da ponte.
Julius, mais uma vez, olhou para ele.
— Você está se revelando um homem estranho!
Parecia mesmo tão estranho? Fleurissoire enxugou a fronte. Deram alguns passos em silêncio, diante da estação, onde tinham chegado.
— Vamos; precisamos nos separar — disse Baraglioul, estendendo-lhe a mão.
— Você não... você não viria comigo? — balbuciou timidamente Fleurissoire. Não sei bem por quê, partir sozinho me preocupa um pouco...
— Você veio sozinho até Roma. O que quer que lhe aconteça? Desculpe-me deixá-lo antes da plataforma, mas a vista de um trem que se vai me causa uma tristeza inexprimível. Adeus! Boa viagem! E amanhã, leve-me ao Grande Hotel a minha passagem de volta para Paris.

LIVRO QUINTO

Lafcadio

— There is only one remedy! One thing alone can cure us from being ourselves!...
— Yes; strictly speaking, the question is not how to get cured, but how to live.

Joseph Conrad, *Lord Jim,* p. 226

I

Depois que, por intermédio de Julius e com a assistência do tabelião, Lafcadio entrou em posse das quarenta mil libras de renda que o falecido conde Juste-Agénor de Baraglioul lhe deixara, sua grande preocupação foi não deixar que nada transparecesse.

"Talvez em baixela de ouro", tinha ele dito a si mesmo, "mas você seguirá comendo os mesmos pratos".

Ele não se preocupava com isso, ou não sabia ainda que o gosto dos alimentos mudaria. Ou, pelo menos, como tinha igual prazer em lutar contra o apetite, em ceder à gulodice, agora que não mais o pressionava a necessidade, sua resistência se relaxava. Falemos sem imagens: de aristocrática natureza, ele não permitia à necessidade que lhe impusesse nenhum gesto — que se permitisse agora, por malícia, por jogo e pela distração, preferir o prazer ao interesse.

Conformando-se com as vontades do conde, ele não tinha usado luto. Um mortificante contratempo esperava-o nos fornecedores do marquês de Gesvres, seu último tio, quando se apresentou para montar seu guarda-roupa. Como trouxesse a recomendação deste, o alfaiate apresentou algumas notas que o marquês havia deixado de pagar. Lafcadio tinha repugnância de calotes; logo fingiu ter vindo precisamente para acertar essas contas, e pagou à vista as novas roupas. Mesma aventura no fabricante de botas. Quanto ao camiseiro, Lafcadio achou mais prudente dirigir-se a outro.

"O tio marquês de Gesvres, se pelo menos eu soubesse o seu endereço... Teria prazer em enviar-lhe quitadas suas faturas", pensava Lafcadio. "Isso me valeria o seu desprezo; mas sou Baraglioul e, doravante, marquês velhaco, eu te desembarco do meu coração."

Nada o retinha em Paris, nem noutro lugar; atravessando a Itália em pequenas jornadas, chegava a Brindisi, onde pensava embarcar em algum Lloyd para Java.

Sozinho no vagão que se afastava de Roma, ele havia lançado por cima dos joelhos, apesar do calor, uma mantilha fofa cor de chá, sobre a qual se comprazia em contemplar as mãos, em luvas cinzas. Através da fazenda macia e encorpada do terno, respirava o bem-estar por todos os poros; o pescoço não apertado num colarinho quase alto, mas pouco engomado, de onde escapava, esbelta como uma enguia, uma gravata de seda cor de bronze sobre a camisa com pregas. Sentia-se bem em seu corpo, bem em suas roupas, bem em suas botas — mocassins macios talhados na mesma pelica de suas luvas; nessa prisão mole, seu pé se estendia, se empinava, sentia-se viver. O chapéu de castor, rebatido diante dos olhos, separava-o da paisagem; fumava um cachimbinho de zimbro e abandonava seus pensamentos ao seu movimento natural. Pensava:

"A velha, que me mostrava uma nuvenzinha branca acima da cabeça dizendo: a chuva, não será ainda para hoje!... Aquela velha cujo sacola carreguei nos ombros (por capricho, ele havia feito a pé, em quatro dias, a travessia dos Apeninos, entre Bolonha e Florença, pousando em Covigliajo) e a quem beijei no alto da encosta... isso faz parte daquilo que o vigário de Covigliajo chamava de as boas ações — eu teria igualmente apertado a sua garganta — com uma mão sem tremer — quando senti aquela pele suja e enrugada nos meus dedos... Ah! como ela acariciava a gola do meu paletó, para retirar a poeira, dizendo: *figlio mio! Carino!*... De onde me vinha aquela intensa alegria quando, depois, e ainda suando, à sombra daquela grande castanheira, e entretanto sem fumar, estendi-me na relva? Eu me sentia com braços bastante amplos para abraçar a humanidade inteira; ou estrangulá-la talvez... Que coisa pouca é a vida humana! E como arriscaria a minha rapidamente, se apenas se oferecesse alguma bela proeza um pouco bonita e temerária para ousar!... Não posso, afinal, tornar-me alpinista ou aviador... O que me aconselharia esse emparedado Julius?... Lamentável que ele seja genioso! Eu gostaria de ter um irmão.

"Pobre Julius! Tanta gente que escreve e tão pouca gente que lê! É um fato: lê-se cada vez menos... se eu julgar por mim, como dizia o outro. Acabará numa catástrofe; alguma bela catástrofe, toda impregnada de horror!, a gente jogará no mar tudo o que for impresso; e será milagre se o melhor não se misturar no fundo com o pior.

"Mas a curiosidade é saber o que a velha teria dito se eu tivesse começado a apertar... A gente imagina *o que aconteceria se*, mas fica sempre um pequeno lapso pelo qual o imprevisto se mostra. Nunca nada acontece exatamente como se teria pensado... É isso o que me leva a agir... A gente faz tão pouco!... 'Que tudo aquilo que pode ser, seja!', é assim que me explico a Criação... Amante daquilo que poderia ser... Se eu fosse o Estado, mandaria me prender.

"Não é muito extraordinária a correspondência desse senhor Gaspard Flamand que fui reclamar como minha na posta restante de Bolonha. Nada que valesse a pena lhe reenviar.

"Deus! Como se encontra pouca gente de quem se gostaria de remexer as malas!... E, no entanto, como existe pouca de quem se obteria com tal palavra, tal gesto, alguma reação bizarra!... Bela coleção de marionetes; mas os fios são por demais visíveis, juro! Não se cruza mais nas ruas senão com fodidos e molambentos. É coisa de homem de bem, Lafcadio, eu lhe pergunto, levar essa farsa a sério?... Vamos, façamos nossa trouxa; já não é sem tempo! Em fuga para um novo mundo; deixemos a Europa imprimindo o calcanhar descalço no chão!... Se ainda houver em Bornéu, nos cafundós das florestas, algum antropopiteco atrasado, lá longe, iremos suputar os recursos de uma possível humanidade!...

"Gostaria de rever Protos. Certamente ele singrou rumo à América. Ele só estimava, desejava, os bárbaros de Chicago... Não bastante voluptuosos para o meu gosto, aqueles lobos: sou de natureza felina. Passemos.

"O vigário de Covigliajo, tão bonachão, não se mostrava com jeito de depravar muito a criança com quem conversava. Seguramente tinha a sua guarda. De bom grado teria feito dele meu colega; não do vigário, esse não!... mas do garoto... Que belos olhos ele levantava para mim!, buscava com tanta inquietação o meu olhar como o meu buscava o dele; mas eu desviava logo... Ele devia ser cinco anos mais novo que eu. Sim: de catorze a dezesseis anos, não mais... O que era eu nessa idade? Um *stripling* cheio de cobiça, que eu adoraria reencontrar hoje; creio que teria gostado muito... Faby, nos primeiros tempos, estava confuso de sentir-se apaixonado por mim; ele fez bem de confessar-se para minha mãe: depois disso seu coração ficou mais aliviado. Mas como sua discrição me excitava!... Quando mais tarde, no Aurès, contei isso para ele sob a tenda, rimos bastante... De bom grado eu voltaria a vê-lo hoje; é triste que ele esteja morto. Passemos.

"A verdade é que eu esperava desagradar ao vigário. Procurava o que poderia dizer-lhe de desagradável: não soube encontrar nada de encantador... Como tenho dificuldade para não parecer sedutor! Não posso, entretanto, passar extrato de noz no rosto, como me aconselhava Carola; ou me pôr a comer alho... Ah! Não pensemos mais naquela pobre menina? Os mais medíocres de meus prazeres, é a ela que os devo... Oh! De onde sai esse estranho ancião?"

Amédée Fleurissoire tinha acabado de entrar pela porta corrediça do corredor.

Fleurissoire viajara sozinho em seu compartimento até a estação de Frosinone. Nessa parada do trem, um italiano de meia idade subira no vagão, sentara-se não muito longe dele e começou a encará-lo com jeito sombrio que prontamente convidou Fleurissoire a mudar de lugar.

No compartimento vizinho, a jovem graça de Lafcadio, muito ao contrário, atraiu-o:

"Ah! Que rapaz amável! Quase uma criança ainda", pensou. "Em férias, sem dúvida. Como está bem vestido! Seu olhar é cândido. Que sossego seria afastar minha desconfiança! Se ele soubesse francês, eu teria prazer em falar com ele..."

Sentou-se diante dele, perto da porta. Lafcadio levantou a borda de seu castor e começou a considerá-lo com olhar morno, aparentando indiferença.

"Entre mim e esse chimpanzé sujo, o que há de comum?", pensou. "Dir-se-ia que se acha esperto. Por que ele tem de me sorrir assim? Está pensando que lhe darei um beijo! É possível que ainda haja mulheres para fazer carinhos em velhos!... Ele ficaria bem surpreso se soubesse que sei ler letra manuscrita e impressa, correntemente, de cabeça para baixo, ou por transparência, no verso, nos espelhos, nos mata-borrões; três meses de estudos e dois anos de aprendizado; e isso por amor à arte. Cadio, meu garoto, coloca-se o problema: agarrar-se a esse destino. Mas por onde?... Já sei! Vou oferecer-lhe catechu. Aceite ou não, poderemos saber pelo menos que língua ele fala."

— *Grazio! Grazio!* — disse Fleurissoire, recusando.

"Nada a fazer com a anta. Durmamos!" Retoma consigo Lafcadio; e, abaixando o seu castor sobre os olhos, tenta sonhar com uma lembrança da juventude:

Revê o tempo em que lhe chamavam Cadio, naquele castelo perdido nos Cárpatos, que ele e sua mãe ocuparam por dois verões em companhia do italiano Baldi e do príncipe Wladimir Bielkowski. Seu quarto está na extremidade do corredor; é a primeira vez que dorme longe da mãe... A maçaneta de cobre de seu quarto, em forma de cabeça de leão, está presa por um grande prego... Ah! Como as recordações de suas sensações são precisas!... Uma noite ele é tirado do mais profundo sono e acha que ainda está sonhando ao ver, à cabeceira de sua cama, o tio Wladimir, que lhe parece mais gigantesco ainda do que de costume, como num pesadelo, envolto num vasto cafetã cor de ferrugem, com o bigode caído, e usando uma extravagante touca de dormir, que, como um boné persa, o encomprida até não acabar mais. Está segurando uma lanterna furta-fogo, que coloca sobre a mesa, perto da cama, ao lado do relógio de Cadio, empurrando um pouco um saco de bolinhas de gude. O primeiro pensamento de Cadio foi que sua mãe morreu ou está doente; vai interrogar Bielkowski, quando este põe um dedo sobre seus lábios e lhe dá sinal para se levantar. Às pressas, o menino veste o roupão que usa ao sair do banho, que seu tio pegou no encosto de uma cadeira e lhe estende; tudo isso, de sobrancelhas enrugadas e com um ar de quem não está brincando. Mas Cadio tem tanta confiança em Wladi que não tem medo um só instante; enfia os chinelos, e o segue muito intrigado por suas maneiras e, como sempre, com apetite para brincadeiras.

Saem pelo corredor: Wladimir avança seriamente, misteriosamente, levando a lanterna bem afastada; dir-se-ia que cumprem um ritual ou seguem uma procissão; Cadio cambaleia um pouco porque ainda está embriagado de sonhos; mas a curiosidade logo sacode seu cérebro. Diante da porta da mãe, ambos param um instante, ouvindo com atenção: nenhum ruído; a casa está dormindo. Chegando ao patamar, ouvem o ronco de um criado cujo quarto dá para o sótão. Descem. Wladi desce os degraus com pés de algodão; ao menor estalido, volta-se com jeito tão furioso que Cadio tem dificuldade em não rir. Ele indica um degrau em particular, fazendo sinal para saltá-lo, tão seriamente como se ali houvesse perigo. Cadio não estraga seu prazer se perguntando se tais precauções são necessárias, como tudo o que fazem; presta-se ao jogo e, escorregando ao longo da rampa, pula o degrau... Ele está achando tudo tão prodigiosamente divertido com Wladi que atravessaria o fogo para segui-lo.

Quando chegaram ao rés-do-chão, no antepenúltimo degrau, os dois sentam-se para respirar um pouco; Wladi balança a cabeça e dá um pequeno suspiro pelo nariz, como para dizer: Ah! Escapamos bonito. Continuam a caminhada. Que precauções diante da porta do salão! A lanterna, que agora é Cadio quem segura, ilumina o cômodo de modo tão estranho que o menino mal o reconhece; parece-lhe desmedidamente grande; um pouco de luar passa pela fresta de uma janela entreaberta; tudo imerge numa tranquilidade sobrenatural; parece um lago onde se lança clandestinamente a tarrafa; e ele reconhece bem cada coisa em seu lugar, mas, pela primeira vez, compreende sua estranheza.

Wladi aproxima-se do piano, entreabre-o, acaricia com a ponta do dedo algumas teclas, que respondem muito fracamente. De repente, a tampa escapa e faz, ao cair, um estrondo formidável (Lafcadio ainda tem um sobressalto ao pensar nisso). Wladi precipita-se sobre a lanterna, apaga-a, depois desmorona numa poltrona; Cadio desliza por baixo de uma mesa; ambos ficam longo tempo no escuro, sem se mexer, escutando... mas nada; nada se move na casa; ao longe, um cachorro está ganindo para a lua. Então, suavemente, lentamente, Wladi aumenta um pouco a luz.

Na sala de jantar, com que cara ele gira a chave do bufê! O menino sabe que é apenas uma brincadeira, mas o próprio tio parece estar envolvido. Ele funga como para farejar de onde vem o melhor cheiro; apossa-se de uma garrafa de tokay; enche dois copinhos para molhar uns biscoitos; convida para brindar, com um dedo nos lábios; o cristal tilinta imperceptivelmente... Terminada a consoada, volta a fechar a caixa de biscoitos, elimina de forma meticulosa as migalhas, olha mais uma vez se tudo está em seu lugar no armário... Ninguém sabe, ninguém viu.

Wladi acompanha Cadio de volta ao quarto e o deixa com uma profunda saudação. Cadio retoma o sono onde havia parado, e se perguntará, no dia seguinte, se não sonhou tudo aquilo.

Dia engraçado para uma criança! Que teria Julius pensado disso?

Lafcadio, embora de olhos fechados, não está dormindo; não consegue dormir.

"O velhinho, que sinto ali, acha que estou dormindo", pensava. "Se eu entreabrisse os olhos, veria que ele está olhando para mim. Protos achava que é particularmente difícil fingir dormir enquanto se presta atenção. Empenhava-se em reconhecer o falso sono nesse ligeiro tremorzinho de pálpebras... que reprimo neste momento. O próprio Protos se deixaria pegar..."

O sol, entretanto, tinha-se posto; já se atenuavam os derradeiros reflexos de sua glória, que Fleurissoire contemplava comovido. De repente, no teto abobadado do vagão, a eletricidade brotou do lustre; iluminação por demais brutal, depois daquele crepúsculo enternecido; e, também por receio de perturbar o sono do vizinho, Fleurissoire girou o comutador, o que não trouxe a escuridão completa, mas derivou a corrente do lustre central em proveito de uma lampadazinha azulada. Na opinião de Fleurissoire, essa ampola azul ainda lançava luz demais; deu mais uma volta à chavinha; a luzinha se apagou, mas acenderam-se imediatamente dois candelabros parietais, menos perturbadores que o lustre do meio; uma volta mais, e a luzinha de novo: ele parou aí.

"Será que ele vai parar de brincar com a luz?" pensou Lafcadio, impaciente. "O que vai fazer agora? (Não! Não levantarei as pálpebras). Ele está de pé... Estaria interessado em minha mala? Bravo! Verifica que ela está aberta. Mesmo que fosse para perder logo a chave, era bem melhor ter mandado colocar, em Milão, uma fechadura complicada, que teria de ser arrombada em Bolonha! Um cadeado pelo menos se substitui... Deus me condene: ele está tirando o casaco? Ah! De qualquer jeito, vamos olhar."

Sem prestar atenção à mala de Lafcadio, Fleurissoire, ocupado com seu novo colarinho falso, tirara o casaco para poder abotoá-lo mais facilmente; mas o madapolão engomado, duro como papelão, resistia a todos os esforços.

"Ele não parece feliz", retomava Lafcadio. "Deve sofrer de uma fístula, ou de alguma afecção oculta. Vou ajudá-lo? Ele não conseguirá sozinho..."

No entanto — sim! — o colarinho finalmente admitiu o botão. Fleurissoire retomou então a gravata, sobre a almofada onde a havia posto, perto do chapéu, do casaco e das abotoaduras, e, aproximando-se da porta, procurou na vidraça, como Narciso na fonte, distinguir o seu reflexo da paisagem.

"Não se enxerga o bastante."

Lafcadio reacendeu a luz. O trem ladeava então um barranco, que se via através da vidraça, iluminado pela luz projetada de cada compartimento; isso fazia uma sequência de quadrados luminosos que dançavam ao longo da via e se deformavam sucessivamente, seguindo o acidente do terreno. Notava-se, no meio de um deles, dançar a sombra grotesca de Fleurissoire; os outros quadrados estavam vazios.

"Quem o veria?" pensava Lafcadio. "Ali, pertinho de minha mão, ao alcance dela, esse fechadura dupla, que posso operar facilmente; aquela porta que, cedendo de repente, o deixaria tombar para frente; um empurrãozinho bastaria; ele cairia na noite como uma massa; nem mesmo se ouviria um grito... E amanhã, a caminho das ilhas!... Quem saberia?"

A gravata estava posta, um pequeno nó de marinheiro bem feito; agora Fleurissoire tinha pegado uma abotoadura e a ajeitava no punho direito; e, fazendo isso, examinava, acima do lugar onde estava sentado havia pouco, a fotografia (uma das quatro que decoravam o compartimento) de algum palácio perto do mar.

"Um crime gratuito", continuava Lafcadio, "que problema para a polícia! Finalmente, nesse bendito barranco, qualquer um pode, de um compartimento vizinho, notar que uma porta se abre, e ver a sombra do sujeito saltar. Pelo menos as cortinas do corredor estão puxadas... Não é tanto pelos acontecimentos que tenho curiosidade, é por mim mesmo. A gente pensa ser capaz de tudo, mas, antes de agir, recua... Que distância entre a imaginação e o ato!... E sem ter direito a uma nova jogada, como no xadrez. Ora! Quem previsse todos os riscos, perderia qualquer interesse pelo jogo!... Entre a imaginação de um fato e... Olhe! O barranco acabou. Estamos sobre uma ponte, creio; um rio..."

Sobre o fundo da vidraça, agora preta, os reflexos aparecem mais claramente; Fleurissoire debruçou-se para retificar a posição da gravata.

"Ali, sob a minha mão, essa fechadura dupla — enquanto ele está distraído e olhando ao longe — jogue, nossa!, é mais fácil ainda do que se poderia acreditar. Se puder contar até doze, sem me apressar, antes de ver no campo algum fogo, a anta está salva.

Recomeço: um; dois; três; quatro; (lentamente! lentamente!) cinco; seis; sete; oito; nove... Dez, um fogo..."

II

Fleurissoire não soltou nem um grito. Com o empurrão de Lafcadio, e diante do abismo bruscamente aberto à sua frente, ele fez um amplo gesto para se segurar, a mão esquerda agarrando-se ao quadro liso da porta, enquanto, meio virado, lançava a direita para trás, por cima de Lafcadio, atirando para debaixo do banco, na outra extremidade do vagão, a segunda abotoadura, que ele estava colocando naquele momento.

Lafcadio sentiu abater-se em sua nuca uma garra horrível, abaixou a cabeça e deu um segundo impulso mais impaciente do que o primeiro; as unhas lhe rasparam o colarinho; e Fleurissoire não achou mais onde se agarrar senão no chapéu de castor, que agarrou desesperadamente e que levou consigo na queda.

"Agora, sangue frio", disse para si mesmo Lafcadio. "Não batamos a porta: poderiam ouvir ao lado."

Puxou a porta para si, contra o vento, com esforço, depois a fechou suavemente.

"Ele me deixou o seu horrível chapéu achatado; por pouco, não o mandei para ele, com um pontapé; mas ele pegou o meu, que lhe bastará. Fiz bem em mandar tirar as iniciais!... Mas, na copa, ficou a marca do chapeleiro, e não é todo dia que lhe encomendam feltros de castor... Dane-se, a sorte está lançada... que acreditem num acidente... Não, pois fechei a porta... Mandar parar o trem?... Vamos, vamos; Cadio, nada de retoques: tudo está como você quis."

"Prova de que estou em plena posse de mim mesmo: vou primeiro olhar tranquilamente o que representa esta fotografia que o velho estava contemplando há pouco... *Miramar*! Nenhum desejo de ver isso... Falta ar aqui."

Abriu a janela.

"O animal me arranhou, estou sangrando... Machucou-me bastante. Um pouco de água em cima; o banheiro fica no fim do corredor, à esquerda. Levemos um segundo lenço."

Alcançou, na rede acima dele, sua mala e a abriu sobre a almofada do banco, no lugar onde estava sentado antes.

"Se cruzar com alguém no corredor: calma... Não, meu coração não está mais batendo. Vamos lá!... Ah! O paletó dele; facilmente posso escondê-lo debaixo do meu. Papéis no bolso: vamos ter com que nos ocupar durante o resto da viagem."

Era um pobre casaco desgastado, de cor pálida, de fazenda rala, áspera e vulgar, e que o enojava um pouco, que Lafcadio dependurou num cabide, no exíguo toalete onde se trancou; depois, debruçado sobre o lavabo, começou a examinar-se no espelho.

O pescoço, em dois lugares, tinha arranhões bastante feios; um estreito vergão vermelho partia de trás da nuca e, desviando para a esquerda, vinha morrer ao lado da orelha; outro, mais curto, indisfarçável escoriação, dois centímetros acima do primeiro, subia direto para a orelha, onde havia sido atingido e se descolara um pouco o lóbulo. Aquilo sangrava, mas menos do que poderia temer; em contrapartida, a dor, que a princípio não sentira, despertava bastante viva. Mergulhou o lenço na pia, estancou o sangue, depois lavou-o.

"Nada que possa sujar um colarinho", pensou ele enquanto se reajustava, "tudo vai bem."

Era preciso sair; nesse momento a locomotiva apitou; uma fileira de luzes passou atrás da vidraça fosca do *closet*. Era Cápua. Nessa estação, tão próxima do acidente, descer e correr na noite para recuperar o chapéu de castor... essa ideia surgiu ofuscante.

Lamentava ter perdido o chapéu fofo, leve, sedoso, ao mesmo tempo tépido e fresco, indeformável, de uma elegância tão discreta. Entretanto, ele nunca ouvia totalmente seus desejos e não gostava de ceder, mesmo a si próprio. Mas, acima de tudo, tinha horror à indecisão, e conservava, há muitos anos, como um fetiche, o dado de um jogo de triquetraque que, em tempos idos, Baldi lhe dera; trazia-o sempre consigo, no bolsinho do colete:

"Se der seis", disse, pegando o dado, "eu desço!" Tirou cinco.

"Vou descer assim mesmo. Depressa! O casaco do acidentado... Agora, minha mala..."

Correu para sua cabina.

Ah! Como, diante da estranheza de um fato, a exclamação parece inútil! Quanto mais surpreendente for o acontecimento, mais a minha narrativa será simples. Direi, pois, simplesmente o seguinte: quando Lafcadio entrou na cabina para pegar a mala, ela não estava mais lá.

Achou primeiro que se tinha enganado, voltou para o corredor... De fato... De fato; é aqui mesmo que estava há pouco. Aqui está a vista de Miramar... mas então?... Pulou para a janela e achou que estava sonhando: na plataforma da estação, não longe do vagão, sua mala ia indo embora tranquilamente, em companhia de um espertalhão que a levava a passos curtos.

Lafcadio quis atirar-se; o gesto que fez para abrir a porta deixou escorregar o casaco cor de alcaçuz a seus pés.

"Diabo! Diabo! Um pouco mais e eu me entregava!... De qualquer jeito, o farsante iria um pouco mais depressa se achasse que eu poderia correr atrás dele. Teria ele visto?..."

Nesse momento, como permanecesse inclinado para a frente, uma gota de sangue escorreu-lhe ao longo da bochecha.

"Dane-se a mala! Bem que o dado tinha dito: não devo descer aqui."

Fechou a porta e voltou a sentar-se.

"Não há papéis na mala; e minha roupa de baixo não está marcada; que risco eu corro?... Não importa: embarcar o mais rápido possível; será talvez um pouco menos divertido; mas, com certeza, muito mais ajuizado."

O trem entrementes partia.

"Não é tanto pela mala que lamento... mas o meu castor, como gostaria de tê-lo recuperado. Não pensemos mais nisso."

Encheu de novo o cachimbinho, acendeu-o, depois enfiou a mão no bolso interno do outro casaco, tirou de uma só vez uma carta de Arnica, uma caderneta da agência Cook e um envelope de papel bula, que abriu.

"Três, quatro, cinco, seis notas de mil! Não interessa às pessoas honestas."

Recolocou as notas no envelope e o envelope no bolso do casaco.

Mas quando, um instante depois, examinou a caderneta Cook, Lafcadio teve um deslumbramento. Na primeira folha, estava escrito o nome de *Julius de Baraglioul*.

"Será que estou ficando louco?" pensou. "Que relação com Julius?... Bilhete roubado?... Não; não é possível. Bilhete emprestado, sem dúvida. Diabo! Diabo! Talvez eu tenha feito uma besteira: esses velhos são mais ramificados do que a gente pensa..."

Depois, tremendo de curiosidade, abriu a carta de Arnica. O fato parecia por demais estranho; tinha dificuldade para fixar a atenção; sem dúvida, não conseguia distinguir bem que parentesco ou que relações haveria entre Julius e esse velho, mas captou isto, pelo menos: Julius estava em Roma. Logo sua resolução foi tomada: um urgente desejo de rever o irmão o invadiu, uma curiosidade sem rédeas de assistir à repercussão desse caso sobre aquele espírito calmo e lógico:

"Pronto! Esta noite vou pernoitar em Nápoles; libero minha mala e amanhã volto a Roma no primeiro trem. Será certamente muito mais ajuizado, embora talvez um pouco menos divertido."

III

Em Nápoles, Lafcadio hospedou-se num hotel perto da estação; precisou levar a mala consigo porque viajantes sem bagagem são suspeitos e porque tomava cuidado para não chamar atenção sobre si; depois correu para providenciar alguns objetos de toalete que lhe faltavam e um chapéu para substituir a odiosa palheta (e além do mais, apertada na testa) que lhe tinha deixado Fleurissoire. Desejava igualmente comprar um revólver, mas teve de adiar para o dia seguinte essa compra; as lojas já estavam fechando.

O trem que queria tomar no outro dia partia cedo; chegaria em Roma para o almoço...

Sua intenção era abordar Julius só depois que os jornais tivessem falado do "crime". O *crime*! Essa palavra lhe parecia antes bizarra; e totalmente imprópria, referindo-se a ele, a palavra *criminoso*. Ele preferia *aventureiro*, palavra tão flexível quanto seu castor, cujas abas ele podia levantar à vontade.

Os jornais matinais ainda não falavam da *aventura*. Ele aguardava com impaciência os vespertinos, com pressa em rever Julius e sentir o começo do jogo; como a criança da cabra-cega, que por certo não quer que a encontrem, mas quer pelo menos que a procurem, ele se entediava enquanto esperava. Era um vago estado que ainda não conhecia; e as pessoas que ele acotovelava na rua lhe pareciam particularmente medíocres, desagradáveis, horríveis.

Após o entardecer, comprou o *Corriere* de um engraxate no Corso; depois entrou num restaurante, mas por uma espécie de desafio e como para aliviar seu desejo, forçou-se a jantar primeiro, deixando o jornal todo dobrado, posto ali, a seu lado, sobre a mesa; depois saiu e, de novo no Corso, parando na luz de uma vitrina, desdobrou o jornal e, na segunda página, viu estas palavras, nas notícias policiais:

CRIME, SUICÍDIO... OU ACIDENTE

Depois leu isto, que traduzo:

Na estação de Nápoles, os empregados da Companhia recolheram, na rede de uma cabine de primeira classe do trem vindo de Roma, um casaco de cor escura. No bolso interno desse casaco um envelope amarelo completamente aberto continha 6 notas de 1.000 francos; nenhum outro papel que permitisse identificar o proprietário da roupa. Se houve crime, explica-se com dificuldade que uma quantia tão grande tenha sido deixada na roupa da vítima; isso parece indicar pelo menos que o crime não teria o roubo como motivo.

Nenhum vestígio de luta pôde ser encontrado no compartimento; mas foi encontrada, debaixo de um assento, uma abotoadura com botão duplo que representa duas cabeças de gato, ligadas uma à outra por uma correntinha de prata dourada e talhadas num quartzo semitransparente, conhecido como ágata nebulosa com reflexos, da espécie que os ourives chamam de pedra de lua.

Investigações estão sendo feitas ao longo da estrada.

Lafcadio amassou o jornal.

— O quê! Agora botões de Carola! Aquele velho é uma encruzilhada.

Virou a página e viu, em última hora:

RECENTÍSSIMO

UM CADÁVER À BEIRA DA VIA FÉRREA

Sem ler mais, Lafcadio correu para o Grande Hotel.

Colocou num envelope seu cartão de visitas com estas palavras escritas abaixo de seu nome:

LAFCADIO WLUIKI

vem saber se o conde Julius de Baraglioul não está precisando de um secretário.

Depois, mandou entregar.

Um criado finalmente veio pegá-lo no hall onde estava esperando, guiou-o ao longo dos corredores e o introduziu.

Ao primeiro olhar Lafcadio notou, lançado num canto do quarto, o *Corriere della Sera*. Sobre a mesa, no meio do cômodo, um grande frasco de água de Colônia destapado espalhava seu forte cheiro. Julius abriu os braços.

— Lafcadio! Meu amigo... como estou feliz por vê-lo!

Seus cabelos levantados flutuavam e se agitavam nas têmporas; ele parecia inchado; segurava um lenço de bolinhas pretas na mão e se abanava com ele. — O senhor é mesmo uma das pessoas por quem eu menos esperava; mas é, do mundo, aquela com quem mais desejava poder conversar esta noite... Foi a senhora Carola quem lhe disse que eu estava aqui?

— Que pergunta estranha!

— Por Deus! Como acabei de encontrá-la... Aliás, não estou certo de que ela me viu.

— Carola! Ela está em Roma?

— O senhor não sabia?

— Estou chegando da Sicília neste instante e o senhor é a primeira pessoa que vejo aqui. Não faço questão de rever a outra.

— Ela me pareceu bem bonita.

— O senhor não é exigente.

— Quero dizer: melhor do que em Paris.

— É o exotismo; mas se o senhor está com apetite...

— Lafcadio, tais conversas não ficam bem entre nós.

Julius quis assumir um ar severo, mas só conseguiu uma careta; depois retomou:

— O senhor me vê muito agitado. Estou numa virada de minha vida. Estou com a cabeça pegando fogo e sinto através de todo o corpo uma espécie de vertigem, como se eu fosse evaporar. Faz três dias que estou em Roma, chamado por um congresso de sociologia, e corro de surpresa em surpresa. Sua chegada me acaba... Não me conheço mais.

Caminhava a passos largos; parou diante da mesa, pegou o frasco, derramou sobre o lenço uma onda de perfume, aplicou na fronte a compressa, deixou-o lá.

— Meu jovem amigo... permita-me chamá-lo assim... Creio que estou com meu novo livro! A maneira, embora excessiva, como o senhor falou comigo, em Paris, de *O ar dos cumes*, deixa-me supor que a este não ficará insensível.

Seus pés esboçaram um passo de dança chocando-se no ar; o lenço caiu por terra; Lafcadio apressou-se em recolhê-lo e, enquanto estava curvado, sentiu a mão de Julius pousar com suavidade em seu ombro, exatamente como havia feito a mão do velho Juste-Agénor. Lafcadio sorria ao levantar-se.

— Faz tão pouco tempo que o conheço — disse Julius —, mas esta noite não resisto a falar-lhe como a um...

Ele parou.

— Estou ouvindo-o como a um irmão, senhor de Baraglioul — retomou Lafcadio, animado —, já que o senhor me convida a isso.

— Veja, Lafcadio, no meio em que vivo em Paris, entre todos aqueles que frequento, gente da sociedade, gente da Igreja, gente de letras, acadêmicos, não encontro, a bem dizer, ninguém com quem falar; quero dizer: a quem confiar as novas preocupações que me agitam. Pois devo confessar-lhe que, desde nosso primeiro encontro, meu ponto de vista mudou completamente.

— Vamos, tanto melhor! — disse impertinentemente Lafcadio.

— Não poderia acreditar, o senhor que não é do meio, quanto uma ética errada impede o livre desenvolvimento da faculdade criativa. Assim, nada está mais distante de meus antigos romances do que este que estou projetando agora. A lógica, a consequência que eu exigia das personagens, para garanti-la melhor, eu a exigia de mim mesmo; e isso não era natural. Vivemos contrafeitos, melhor não se parecer com o retrato que traçamos inicialmente de nós mesmos: é absurdo; fazendo isso, corremos o risco de falsear o melhor.

Lafcadio continuava sorrindo, esperando e divertindo-se em reconhecer o efeito distante de suas primeiras opiniões.

— Que lhe diria eu, Lafcadio? Pela primeira vez vejo diante de mim o terreno livre... Compreende o que querem dizer essas palavras: o terreno livre?... Digo a mim mesmo que ele já estava livre; repito-me que ele sempre esteve e que, até agora, fui movido apenas por impuras considerações de carreira, de público, e de juízes ingratos, dos quais o poeta espera, em vão, recompensa. Doravante não espero mais nada senão de mim. Doravante espero tudo de mim; espero tudo do homem sincero; e exijo o que for preciso; pois que também pressinto agora as mais estranhas possibilidades em mim mesmo. Já que existem apenas no papel, ouso dar-lhes curso. Veremos!

Ele respirava fundo, jogando os ombros para trás, levantava a omoplata como se já fossem asas, como se novas perplexidades o sufocassem. Continuava confusamente, em voz mais baixa:

— E visto que não querem saber de mim esses senhores da Academia, preparo-me para oferecer-lhes boas razões para não me admitirem; pois eles não as tinham. Não as tinham.

Sua voz de repente tornava-se quase aguda, escandindo essas últimas palavras; parava, depois recomeçava, mais calmo:

— Portanto, eis o que imagino... Está me ouvindo?

— Até a alma — disse, sempre rindo, Lafcadio.

— E está me seguindo?

— Até o inferno.

Julius umedeceu novamente o lenço, sentou-se numa poltrona; em face dele, Lafcadio pôs-se a cavalo numa cadeira:

— Trata-se de um rapaz, do qual quero fazer um criminoso.

— Não vejo dificuldade nisso.

— Eh! Eh! — fez Julius, que acreditava na dificuldade.

— Mas, romancista, quem o impede? De, no momento em que imagina algo, fazê-lo à vontade?

— Quanto mais estranho é o que imagino, mais devo encontrar motivo e explicação.

— Não é difícil encontrar motivos para um crime.

— Sem dúvida... mas precisamente, é o que não quero. Não quero motivo para crime; basta-me motivar o criminoso. Sim; pretendo levá-lo a cometer o crime de maneira gratuita; a desejar cometer um crime perfeitamente imotivado.

Lafcadio começava a ouvir com maior atenção.

— Tomemo-lo bem adolescente: quero que nisso se reconheça a elegância de sua natureza, que ele aja principalmente por jogo, e que ao seu interesse em geral ele prefira o seu prazer.

— Isso não é comum, talvez... — arriscou Lafcadio.

— Não é! — disse Julius arrebatado. — Acrescentemos que ele tem prazer em se constranger...

— Até a dissimulação.

— Inculquemo-lhe o amor ao risco.

— Bravo! — disse Lafcadio, achando cada vez mais divertido: — Se ele souber ouvir o demônio da curiosidade, creio que seu aluno está preparado.

Assim, sucessivamente saltando e ultrapassando, depois ultrapassado, dir-se-ia que um estava brincando de pular sela com o outro:

JULIUS — Vejo-o primeiro se exercitando; ele é ótimo em pequenos furtos.

LAFCADIO — Perguntei muitas vezes a mim mesmo como ele não os cometia em maior número. É verdade que as ocasiões só se oferecem geralmente àqueles que, ao abrigo da necessidade, não se deixam atrair.

JULIUS — Ao abrigo da necessidade, ele é desses, já disse. Mas só o tentam essas ocasiões que exigem dele alguma habilidade, a astúcia...

LAFCADIO — E sem dúvida o expõem um pouco.

JULIUS — Eu dizia que ele tem prazer no risco. Definitivamente a trapaça lhe repugna; não procura apropriar-se, mas se diverte em deslocar sub-repticiamente os objetos. Coloca nisso um verdadeiro talento de escamoteador.

LAFCADIO — Além disso, a impunidade o encoraja...

JULIUS — Mas ao mesmo tempo o irrita. Se não é apanhado, é porque propôs um jogo demasiadamente fácil.

LAFCADIO — Ele se provoca no mais arriscado.

JULIUS — Faço-o raciocinar assim...

LAFCADIO — O senhor está certo de que ele raciocina?

JULIUS, prosseguindo — Foi pela necessidade que tinha de cometê-lo que o autor do crime se entrega.

LAFCADIO — Dissemos que ele era muito habilidoso.

JULIUS — Sim; tanto mais habilidoso que agirá de cabeça fria. Imagine: um crime que nem a paixão nem a necessidade motivam. Sua razão de cometer o crime é precisamente cometê-lo sem razão.

LAFCADIO — É o senhor que está raciocinando sobre o crime dele; ele simplesmente o comete.

JULIUS — Não há razão para supor criminoso quem cometeu o crime sem razão.

LAFCADIO — O senhor é sutil demais. Ao ponto em que o senhor o levou, ele é o que se chama um homem livre.

JULIUS — À mercê da primeira oportunidade.

LAFCADIO — Não espero o momento de vê-lo agindo. O que vai lhe propor?

JULIUS — Pois bem! Eu ainda estava hesitando. Sim; até esta noite, eu estava hesitando... E de repente, esta noite, o jornal, nas últimas notícias, traz-me exatamente o exemplo desejado. Uma aventura providencial! É horrível: imagine que acabam de assassinar meu cunhado!

LAFCADIO — O quê? O velhinho do vagão é...

JULIUS — Era Amédée Fleurissoire, a quem tinha emprestado o meu bilhete, e que eu acabara de colocar no trem. Uma hora antes ele tinha sacado seis mil francos em meu banco, e, como os trazia consigo, ele estava com medo quando me deixou; nutria ideias sombrias, ideias negras, que sei eu? Pressentimentos. Ora, no trem... Mas o senhor leu o jornal.

LAFCADIO — Apenas o título da notícia policial.

JULIUS — Ouça, vou ler para o senhor. (Abriu o *Corriere* à sua frente). Vou traduzindo:

> *A polícia, que mantinha atividades de busca ao longo da via férrea entre Roma e Nápoles, descobriu, esta tarde, no leito*

seco do Volturno, a cinco quilômetros de Cápua, o corpo da vítima à qual sem dúvida pertence o casaco encontrado ontem à noite num vagão. É um homem de aparência modesta, de uns cinquenta anos. (Ele parecia mais idoso do que era). *Não se encontrou com ele nenhum papel que permitisse estabelecer sua identidade.* (Isso me dá felizmente tempo para respirar). *Foi aparentemente projetado do vagão, com bastante violência para passar por cima do parapeito de uma ponte, em conserto nesse lugar e substituído simplesmente por caibros.* (Que estilo!) *A ponte fica a mais de quinze metros acima do rio; a morte deve ter-se seguido à queda, pois o corpo não apresenta sinais de ferimentos. Ele está em mangas de camisa; no pulso direito, uma abotoadura, semelhante à que foi encontrada no vagão, mas à qual falta o botão...* (O que há? — Julius parou: Lafcadio não tinha podido reprimir um sobressalto, pois atravessou-lhe a mente a ideia de que o botão havia sido retirado depois do crime). — Julius retomou: — *Sua mão esquerda permaneceu crispada sobre um chapéu de feltro mole...*
De feltro mole! Esses rústicos! — murmurou Lafcadio.
Julius levantou o nariz acima do jornal.
O que o espanta?
Nada, nada! — continue.
... de feltro mole, muito largo para a sua cabeça e que parecia mais pertencer ao agressor; a marca de origem foi cuidadosamente recortada no couro da copa, onde falta um pedaço, da forma e da dimensão de uma folha de louro...
Lafcadio levantou-se, inclinou-se atrás de Julius para ler por cima de seu ombro e, talvez, para dissimular sua palidez. Já não podia mais duvidar: o crime tinha sido retocado; alguém tinha passado por lá; tinha cortado a copa do chapéu; por certo o desconhecido que se tinha apossado de sua mala.

Julius, entretanto, continuava:

— ... *o que parece indicar a premeditação deste crime.* (Por que exatamente deste crime? Meu herói talvez tivesse tomado as suas precauções, por via das dúvidas...). *Logo depois das verificações policiais, o cadáver foi transportado para Nápoles para permitir sua identificação.* (Sim, sei que lá eles têm os meios e o hábito de conservar os corpos por muito tempo...).

— O senhor tem certeza de que é ele? — a voz de Lafcadio tremia um pouco.
— Ora essa! Eu o esperava esta noite para jantar.
— O senhor informou a polícia?
— Ainda não. Preciso primeiro colocar um pouco de ordem nas minhas ideias. Já de luto, por esse lado, pelo menos (entenda: no da roupa), estou tranquilo; mas o senhor entende que, logo que se divulgue o nome da vítima, será preciso que eu avise toda a minha família, que envie telegramas, escreva cartas, cuide das participações, da inumação, que vá a Nápoles reclamar o corpo, que... Oh! Meu caro Lafcadio, por causa desse congresso a que vou ser obrigado a assistir, aceitaria, por procuração, ir buscar o corpo em meu lugar?...
— Veremos isso daqui a pouco.
— Se isso todavia não o impressionar demais. Enquanto esperamos, poupo a minha pobre irmã das horas cruéis; segundo as vagas informações dos jornais, como ela iria supor...? Volto ao meu assunto: quando li essa *notícia policial*, disse para mim mesmo: este crime, que imagino tão bem, que reconstituo, que vejo — eu conheço, conheço a razão que o provocou; e sei que, se não tivesse havido essa isca de seis mil francos, o crime não teria sido cometido.

— Mas suponhamos, entretanto, que...

— Sim, eu sei: suponhamos um instante que não tivesse havido esses seis mil francos: que o criminoso não os tivesse pegado: é o meu homem.

Lafcadio, entrementes, se levantara; tinha recolhido o jornal que Julius havia deixado cair e, abrindo-o na segunda página:

— Vejo que não leu a última hora: o... criminoso, precisamente, não pegou os seis mil francos — disse ele o mais friamente que pôde. — Veja, leia: *Isso parece indicar pelo menos que o crime não teve o roubo como motivo.*

Julius agarrou a folha que Lafcadio lhe estendia, leu avidamente; depois passou a mão nos olhos; sentou-se; em seguida voltou a levantar-se bruscamente, ergueu-se sobre Lafcadio e, agarrando-o pelos dois braços:

— Não teve o roubo como motivo! — gritou, e como tomado de um arroubo, sacudia Lafcadio furiosamente. — Não teve o roubo como motivo! Mas então... — Ele afastava Lafcadio, corria para a outra extremidade do quarto e buscava ar, e se golpeava a testa, e assoava o nariz: — Ah! Eu sei, maldição! Eu sei por que esse bandido o matou... Ah! Infeliz amigo! Ah! Pobre Fleurissoire! Então ele estava dizendo a verdade! E eu que já o estava considerando louco... Mas então é pavoroso.

Lafcadio se espantava, esperava o fim da crise; irritava-se um pouco; parecia-lhe que Julius não tinha o direito de escapar assim:

— Eu achava que, precisamente, o senhor...

— Cale-se! O senhor não sabe de nada. E eu que perco meu tempo com o senhor em montagens ridículas... Depressa! A minha bengala, o meu chapéu.

— Aonde o senhor vai com essa pressa?

— Avisar a polícia, ora essa!

Lafcadio colocou-se atravessado diante da porta.

— Explique-me primeiro — disse ele, imperativamente. — Palavra, diria que está ficando louco.

— Há pouco é que eu estava louco. Desperto de minha loucura... Ah! Pobre Fleurissoire! Ah! Infeliz amigo! Santa vítima! Sua morte me para a tempo no caminho do desrespeito, da blasfêmia. Seu sacrifício me traz de volta. E eu que ria dele!...

Ele voltara a caminhar; depois, parando de chofre e colocando a bengala e o chapéu perto do frasco, sobre a mesa, plantou-se diante de Lafcadio:

— Quer saber por que o bandido o matou?

— Achava que fosse sem motivo.

Julius, então, furiosamente:

— Primeiro, não existe crime sem motivo. Livraram-se dele porque ele era detentor de um segredo... que me havia confiado, um segredo considerável; e aliás importante demais para ele. Tinham medo dele, compreende? Aí está... Oh! Para o senhor é fácil rir, para o senhor que não entende nada das coisas da fé. — Depois, muito pálido e se erguendo: — O segredo, sou eu quem o herda.

— Cuidado! É do senhor que eles vão ter medo agora.

— O senhor bem vê que é preciso que eu avise logo a polícia.

— Mais uma pergunta — diz Lafcadio, interrompendo-o de novo.

— Não. Deixe-me sair. Estou com uma pressa terrível. Essa vigilância contínua, que perturbava tanto o meu pobre irmão, o senhor pode ter certeza de que é contra mim que a exercem; que a exercem a partir de agora. O senhor não acreditaria o quanto essa gente é esperta. Essa gente sabe de tudo, eu lhe digo... Torna-se mais oportuno do que nunca que o senhor vá em meu lugar procurar o corpo... Vigiado como estou agora, não se sabe o que poderia me acontecer. Peço-lhe isso como um serviço, Lafcadio, meu caro amigo — ele juntava as mãos, implorava. — Não tenho cabeça para pensar no momento, mas colherei informações junto à questura, de maneira a municiá-lo de uma procuração adequada. Aonde posso mandá-la para o senhor?

— Para maior comodidade, alugarei um quarto neste hotel. Até amanhã. Vá depressa.

Deixou Julius afastar-se. Um grande tédio erguia-se nele, e quase uma espécie de ódio contra si mesmo e contra Julius; contra tudo. Levantou os ombros, depois tirou do bolso o bilhete Cook com o nome de Baraglioul, que havia pegado no bolso de Fleurissoire, colocou-o sobre a mesa, em evidência, encostado ao frasco de perfume; apagou a luz e saiu.

IV

Apesar de todas as precauções que havia tomado, apesar das recomendações na questura, Julius de Baraglioul não pudera impedir os jornais nem de divulgar seus laços de parentesco com a vítima, nem mesmo de designar com todas as letras o hotel onde ele estava hospedado.

Sem dúvida, na noite da véspera, ele atravessara minutos de rara angústia, quando, de volta da questura, perto de meia noite, encontrou em seu quarto, exposto bem em evidência, o bilhete Cook com seu nome e que tinha sido usado por Fleurissoire. Logo tocou a campainha e, voltando pálido e trêmulo ao corredor, pediu ao camareiro que olhasse debaixo da cama; pois ele próprio não tinha coragem de olhar. Uma espécie de pesquisa que fez concomitantemente não levou a resultado algum; mas como confiar no pessoal dos grandes hotéis?... Entretanto, após uma noite de bom sono atrás de uma porta fortemente trancada, Julius acordou mais à vontade; a polícia agora o protegia. Escreveu numerosas cartas e telegramas, que ele próprio foi levar ao correio.

Ao regressar, vieram avisá-lo de que uma senhora tinha vindo procurá-lo; ela não dissera o nome, esperava no *reading-room*. Julius foi até lá e não foi pequena a sua surpresa ao encontrar ali Carola.

Não na primeira sala, mas numa outra mais retirada, menor e pouco iluminada, estava ela sentada de viés, ao canto de uma mesa recuada, e, para dar-se um ar de seriedade, folheava distraidamente um álbum. Ao ver Julius entrar, ela levantou-se, mais confusa do que sorridente. O mantô preto que a abrigava se abria para um colete escuro, simples, quase de bom gosto; em contrapartida, o seu chapéu escandaloso embora preto a distinguia de maneira desfavorável.

— O senhor vai achar-me muito ousada, senhor conde. Não sei como encontrei coragem para entrar em seu hotel e chamá-lo; mas o senhor me cumprimentara com tanta gentileza ontem... E depois, o que tenho para lhe dizer é muito importante.

Ela permanecia de pé atrás da mesa; foi Julius quem se aproximou; por cima da mesa, ele lhe estendeu a mão sem formalismos:

— A que devo o prazer de sua visita?

Carola baixou a fronte:

— Sei que o senhor acabou de passar por uma grande provação.

Julius de início não entendeu; mas como Carola tirasse um lenço e o passasse diante dos olhos:

— Como? É uma visita de pêsames?

— Eu conhecia o senhor Fleurissoire — retomou.

— Ah!

— Oh! Não havia muito tempo. Mas eu gostava dele. Era tão gentil, tão bom... Até fui eu quem lhe deu aquelas abotoaduras; o senhor sabe, aquelas cuja descrição saiu nos jornais; foi isso que me permitiu reconhecê-lo. Mas eu não sabia que o senhor era cunhado dele. Fiquei muito surpresa, e imagine quanto prazer isso me deu... Oh! Desculpe; não era isso o que eu queria dizer.

— Não se perturbe, cara senhorita, está certamente querendo dizer que está feliz com esta oportunidade de me rever.

Sem responder, Carola enfiou o rosto atrás do lenço; não continha os soluços e Julius achou que devia segurar-lhe a mão:

— Eu também — dizia ele num tom compenetrado —, eu também, cara senhorita, acredite que...

— Na mesma manhã, antes de ele sair, eu lhe disse que desconfiasse. Mas isso não estava em sua natureza... Era confiante demais, o senhor sabe.

— Um santo, senhorita; era um santo — disse Julius com entusiasmo, tirando o lenço do bolso.

— Foi bem isso que pensei — exclamou Carola. — À noite, quando ele achava que eu estava dormindo, levantava-se, punha-se de joelhos ao pé da cama e...

Essa inocente confissão acabou por perturbar Julius, que recolocou o lenço no bolso e, aproximando-se mais:

— Tire seu chapéu, cara senhorita.

— Obrigado; ele não está me atrapalhando.

— É a mim que ele está atrapalhando... Permita.

Mas como Carola recuasse perceptivelmente, ele se dominou.

— Permita-me perguntar-lhe: a senhorita tem alguma razão especial para temer?

— Eu?

— Sim; quando disse ao meu cunhado para desconfiar, pergunto-lhe se tinha razões para supor... Fale de coração aberto: não vem ninguém aqui esta manhã e ninguém pode nos ouvir. Desconfia de alguém?

Carola baixou a cabeça.

— Entenda que isso me interessa particularmente — continuou Julius, volúvel — e coloque-se na minha situação. Ontem à noite, ao voltar da questura, onde eu fora depor, encontrei em meu quarto, em cima da mesa, bem no meio dela, a passagem de trem com a qual o pobre Fleurissoire tinha viajado. Estava em meu nome; esses passes circulares são estritamente pessoais, é claro; fiz mal em emprestá-lo; mas não está aí o problema... Nesse ato de me trazer a passagem, cinicamente, no meu quarto, aproveitando de um instante em que saí, devo ver um desafio, uma fanfarronada, e quase um insulto... que não me perturbaria, escusado dizer, se eu não tivesse boas razões para achar que por minha vez estou sendo visado, e veja por quê: esse pobre Fleurissoirie, seu amigo, estava de posse de um segredo... de um segredo abominável... de um segredo perigoso... que eu não lhe perguntava... que não tinha interesse nenhum em saber... que ele teve a mais infeliz imprudência de me confiar. E agora eu me pergunto: aquele que, para abafar esse segredo, não teme ir até o crime... a senhorita sabe quem é?

— Fique sossegado, senhor conde; ontem à noite eu o denunciei à polícia.

— Não esperava menos da senhorita.

— Ele me havia prometido não fazer mal a Fleurissoire; era só manter a promessa, eu teria mantido a minha. Agora estou farta; ele pode fazer comigo o que quiser.

Carola exaltava-se; Julius passou para trás da mesa e, aproximando-se novamente dela:

— Talvez ficássemos melhor no quarto para conversar.

— Oh! Meu senhor — disse Carola —, eu lhe disse agora tudo que tinha para lhe dizer; não queria prendê-lo por mais tempo.

Como ele ainda se afastasse, ela terminou de contornar a mesa e voltou para perto da saída.

— É melhor que nos apartemos agora, senhorita — retomou dignamente Julius que, dessa resistência, pretendia ficar com o mérito. — Ah! Eu queria dizer também: se, depois de amanhã, tiver ideia de ir à inumação, é melhor que não me reconheça.

Foi com essas palavras que se separaram, sem terem pronunciado o nome insuspeito de Lafcadio.

V

Lafcadio trazia de Nápoles os despojos de Fleurissoire. Vinham num carro mortuário, engatado à rabeira do trem, mas no qual Lafcadio não tinha julgado indispensável embarcar junto. Todavia, por decência, instalara-se no compartimento, que não era precisamente o mais próximo, pois o último vagão era um vagão de segunda classe, mas pelo menos tão perto do corpo quanto os "de primeira" permitiam. Partindo de Roma pela manhã, devia voltar para lá na noite do mesmo dia. Confessava-se pouco à vontade com o sentimento novo que logo lhe invadiu a alma, pois não considerava nada mais vergonhoso do que o tédio, esse mal secreto de que os belos apetites descuidados de sua juventude, depois a dura necessidade, o tinham preservado até então. E deixando o seu compartimento com o coração vazio de esperança e de alegria, andava de um lado para o outro pelo corredor, fustigado por uma curiosidade indecisa e buscando duvidosamente não sabia o que de novo e de absurdo para tentar. Tudo parecia insuficiente ao seu desejo. Não cogitava mais embarcar; reconhecia, a contragosto, que Bornéu quase não o atraía; tampouco o resto da Itália: desinteressava-se até pelas consequências de sua aventura; ela lhe parecia hoje comprometedora e extravagante. Tinha raiva de Fleurissoire por este não ter se defendido melhor; protestava contra essa lastimável figura, gostaria de apagá-la de sua mente.

Em contrapartida, gostaria de rever o malandro que se apoderou de sua mala; um perfeito farsante, esse aí!... E, como se fosse reencontrá-lo, na estação de Cápua debruçou-se porta afora, perscrutando com os olhos a plataforma vazia. Mas será que o reconheceria? Só o tinha visto de costas, já distante, e se afastando na penumbra... Seguia-o com a imaginação através da noite, voltando para o leito do Volturno, reencontrando o cadáver horrível, despojando-o e, por uma espécie de desafio, recortando na copa do chapéu, do chapéu dele mesmo, Lafcadio, aquele pedaço de couro "da forma e da dimensão de uma folha de louro", como dizia elegantemente o jornal. Afinal, Lafcadio estava agradecido ao seu despojador por ter surrupiado esta pequena prova, onde figurava o endereço de seu fornecedor. Por certo, o próprio despojador de mortos tinha todo interesse em não chamar a atenção sobre si; e se pretendesse, apesar de tudo, usar o seu recorte, palavra!, poderia ser bastante engraçado fazer um acordo com ele.

A noite agora estava fechada. Um garçom do vagão-restaurante, circulando de uma ponta à outra do trem, veio avisar os viajantes de primeira e de segunda classe de que o jantar estava servido. Sem apetite, mas pelo menos salvo de sua desocupação por uma hora, Lafcadio encaminhou-se, seguindo alguns passageiros, mas bem atrás deles. O restaurante ficava na frente do trem. Os vagões que Lafcadio atravessava estavam vazios; aqui, ali, diversos objetos em cima dos bancos indicavam e reservavam os lugares dos que tinham ido jantar: xales, travesseiros, livros, jornais. Uma pasta de advogado chamou sua atenção. Certo de que era o último, parou diante da cabina, depois entrou. Essa pasta, enfim, não o atraía em nada; foi propriamente por desencargo de consciência que ele a examinou.

Numa repartição interior, em discretas letras de ouro, a pasta trazia esta indicação:

DEFOUQUEBLIZE
Faculdade de Direito de Bordeaux

Continha duas brochuras sobre direito penal e seis números da *Gazeta dos Tribunais*.

"Mais gado para o congresso. Ai, ai!", pensou Lafcadio, que recolocou tudo em seu lugar, depois apressou-se para alcançar a pequena fila dos viajantes que se dirigia ao restaurante.

Uma menina franzina e a mãe fechavam a fila, ambas de luto; precedia-as imediatamente um senhor de fraque, usando uma cartola, com cabelos longos e achatados, e com costeletas grisalhas; aparentemente o senhor Defouqueblize, dono da pasta. Avançava-se lentamente, cambaleando com os solavancos do trem. No último cotovelo do corredor, no instante em que o professor ia lançar-se naquela espécie de sanfona que liga um vagão a outro, uma sacudida mais forte o derrubou; para recobrar o equilíbrio, fez um movimento brusco, que precipitou o seu *pince-nez*, que se soltou inteiramente, ao canto do estreito vestíbulo formado pelo corredor à frente da porta dos banheiros. Enquanto ele se debruçava à procura de sua visão, a senhora e a menina passaram. Lafcadio, por alguns instantes, divertiu-se em contemplar os esforços do sábio; lamentavelmente desprotegido, lançava ao acaso mãos inquietas à flor do solo; nadava no abstrato; dir-se-ia a dança disforme de um plantígrado, ou que, de volta à infância, estivesse brincando de cabra-cega. "Vamos! Lafcadio, um movimento generoso! Cede ao teu coração, que não é corrupto. Vai ajudar o combalido velhinho. Estende-lhe essas lentes indispensáveis; ele não conseguirá sozinho. Está dando as costas para elas. Um pouco mais, e ele vai esmagá-las..." Nesse momento, uma nova sacudida projetou o infeliz, de cabeça abaixada, contra a porta do *closet*; a cartola amorteceu o choque, deformando-se parcialmente e afundando sobre as orelhas. O sr. Defouqueblize soltou um gemido; ergueu-se; tirou a cartola. Lafcadio, entretanto, estimando que a farsa já tinha durado muito, recolheu o *pince-nez*, colocou-o no chapéu do homem, depois fugiu, eludindo os agradecimentos.

A refeição já começara. Ao lado da porta envidraçada, à direita da passagem, Lafcadio sentou-se a uma mesa de dois lugares; o defronte permanecia vazio. À esquerda da passagem, à mesma altura que ele, a viúva ocupava, com a filha, uma mesa de quatro lugares, dos quais dois permaneciam desocupados.

"Que tédio impera nestes lugares!", dizia-se Lafcadio, cujo olhar indiferente deslizava por cima dos convivas sem encontrar rosto em que se fixar. "Todo este gado se desincumbe como de uma tarefa monótona nesse divertimento que é a vida, considerando bem... Como estão mal vestidos! Mas, nus, ficariam feios! Morro antes da sobremesa se não pedir champanhe." Entrou o professor. Aparentemente acabara de lavar as mãos que tinha sujado durante a busca; examinava as unhas. Um garçom o fez sentar-se face a Lafcadio. O sommelier passava de mesa em mesa. Lafcadio, sem nada dizer, indicou na carta um Montebello Grand-Crémant de vinte francos, enquanto o sr. Defouqueblize pedia uma garrafa de água de Saint-Galmier. Agora, segurando entre dois dedos o *pince-nez*, bafejava suavemente sobre ele, depois, com a ponta do guardanapo, limpava as lentes. Lafcadio o observava, espantava-se com seus olhos de toupeira, que piscavam sob espessas pálpebras avermelhadas.

"Felizmente ele não sabe que fui eu que acabei de lhe devolver a visão! Se começasse a me agradecer, na hora eu deixaria sua companhia."

O sommelier voltou com a Saint-Galmier e o champanhe, que destapou primeiro e pôs entre os dois convivas. Mal essa garrafa estava sobre a mesa, Defouqueblize a pegou, sem distinguir qual era, encheu um copo, e engoliu num gole... O sommelier já fazia um gesto, que Lafcadio reteve rindo.

— Oh! O que é isso que estou bebendo? — exclamou Defouqueblize com uma careta horrível.

— O Montebello do senhor seu vizinho — disse o sommelier dignamente. — Aqui está sua água de Saint-Galmier. Pronto.

Colocou a segunda garrafa.

— Lamento muito, meu senhor... Eu enxergo mal... Absolutamente confuso, acredite...

— Que prazer me faria, senhor — interrompeu Lafcadio —, não pedindo desculpas; e mesmo aceitando um segundo copo, se esse primeiro lhe agradou.

— Pena! Senhor, devo confessar-lhe que achei isso detestável; e não entendo como, em minha distração, pude engolir um copo cheio; estava com sede... Diga-me, meu senhor, por favor: é extremamente forte, este vinho?... Porque, vou lhe dizer... nunca bebo nada a não ser água... a menor gota de álcool me sobe imediatamente à cabeça... Meu Deus! Meu Deus! Que será de mim?... Se eu voltasse de imediato à minha cabina?... Certamente farei bem em me deitar.

Fez o gesto de levantar-se.

— Fique! Fique um pouco, caro senhor — disse Lafcadio, que começava a se divertir. — O senhor faria bem, ao contrário, se comesse sem se preocupar com esse vinho. Eu o levarei de volta daqui a pouco, se o senhor precisar de apoio; mas não tenha medo: o que bebeu não daria para embriagar uma criança.

— Aceito o augúrio. Mas, realmente, não sei como posso... posso lhe oferecer um pouco de água de Saint-Galmier?

— Fico-lhe muito agradecido; mas permita-me preferir o meu champanhe.

— Ah! De fato, era champanhe! E... o senhor vai beber tudo isso?

— Para tranquilizar o senhor.

— O senhor é muito amável; mas, em seu lugar, eu...

— Se o senhor comesse um pouco — interrompeu Lafcadio, enquanto comia, já enfastiado de Defouqueblize.

Sua atenção agora se dirigia à viúva:

"Certamente uma italiana. Viúva de oficial, sem dúvida. Que decência em seu gesto! Que ternura no olhar! Como sua fronte é pura! Como suas mãos são inteligentes! Que elegância no vestir-se, e, no entanto, tão simples... Lafcadio, que teu coração pare de bater, se não ouvires mais as harmonias de tal acorde! A filha se parece com ela; e com que nobreza, um pouco séria e mesmo quase triste, já se tempera o excesso de graça da criança! Em sua direção, com que solicitude a mãe se debruça! Ah! Diante de tais seres o demônio cederia; a tais seres, Lafcadio, teu coração dedicar-se-ia sem dúvida..."

Nesse momento o garçom passou para recolher os pratos. Lafcadio deixou que levasse o seu meio cheio, pois o que via agora o enchia subitamente de estupor: a viúva, a delicada viúva se curvava para fora, para a passagem, e, levantando lestamente a saia, com o mais natural dos movimentos, descobria as meias escarlates e a mais bem formada panturrilha.

Tão inopinadamente essa nota ardente explodia naquela grave sinfonia... estava sonhando? Entrementes o garçom trazia uma nova iguaria. Lafcadio ia servir-se; seus olhos dirigiram-se para o prato, e o que viu então o desacorçoou:

Ali, diante dele, descoberta, no meio do prato, caída não se sabe de onde, horrível e reconhecível entre mil... não duvides, Lafcadio: a abotoadura de Carola! Dos dois botões, aquele que faltava na abotoadura de Fleurissoire. Eis algo que tem a ver com pesadelo... Mas o garçom se inclina com a bandeja. Com um golpe de mão, Lafcadio limpa o prato, fazendo cair a feia joia sobre a toalha; coloca o prato por cima, serve-se abundantemente, enche o copo de champanhe, que esvazia logo, depois volta a encher. Pois agora se o homem em jejum tinha visões ébrias... Não, não era uma alucinação; ele ouve a abotoadura arranhar por baixo o prato; levanta o prato, agarra a abotoadura; enfia-a ao lado do relógio, no bolsinho do colete; tateia ainda, certifica-se: a abotoadura está lá, bem segura... Mas quem dirá como ela foi parar no prato? Quem a pôs ali?... Lafcadio olha para Defouqueblize: o sábio está comendo inocentemente, de nariz para baixo. Lafcadio quer pensar em outra coisa: olha de novo para a viúva; mas em seu gesto e em sua roupa tudo voltou a ser decente, banal; acha-a agora menos bonita. Tenta novamente imaginar o gesto provocante, as meias escarlates. Tenta rever a abotoadura em seu prato; e se ele não a sentisse, ali, no bolso, por certo duvidaria... Mas, de fato, por que pegou aquela abotoadura?... que não era dele. Com esse gesto instintivo, absurdo, que confissão! Que reconhecimento! Como se denuncia diante de quem quer que seja, talvez da polícia, que sem dúvida o observa, o espreita... Nessa armadilha grosseira ele caiu direto como um tolo. Sente-se empalidecer. Volta-se bruscamente: atrás da porta envidraçada da passagem, ninguém... Mas alguém há pouco talvez o tenha visto! Tenta continuar comendo; mas de ansiedade cerram-se seus dentes. Desgraçado! Não é seu crime horrível que lamenta, é esse gesto desastrado. Por que agora o professor tem de lhe sorrir?...

Defouqueblize acabara de comer. Enxugou os lábios; depois, com os cotovelos na mesa e amarrotando nervosamente o guardanapo, começou a olhar para Lafcadio; um ríctus estranho agitava-lhe os lábios; ao final, como já não aguentasse mais:

— Poderia, meu senhor, pedir-lhe um pouquinho?

Avançou o copo timidamente em direção à garrafa quase vazia.

Lafcadio, distraído de sua preocupação e muito feliz com a diversão, derramou-lhe as últimas gotas:

— Eu ficaria embaraçado de dar-lhe muito... Mas quer que eu peça outro?

— Então, acho que meia garrafa bastaria.

Defouqueblize, já sensivelmente embriagado, havia perdido o sentimento das conveniências. Lafcadio, a quem o vinho seco não espantava, e a quem a simploriedade do outro divertia, mandou abrir um segundo Montebello.

— Não! Não! Não me sirva demais! — dizia Defouqueblize levantando o seu vacilante copo, que Lafcadio acabava de encher. — É curioso que isso tenha me parecido tão ruim de início. Como a gente transforma tanta coisa em monstro, enquanto não se conhece. Simplesmente eu acreditava que estava bebendo água de Saint-Galmier; então eu achava que, para água de Saint-Galmier, ela tinha um gosto esquisito, o senhor entende. É como se lhe servissem água de Saint-Galmier quando o senhor acredita estar bebendo champanhe; o senhor diria: para champanhe, acho que tem um gosto esquisito!... não é?

Ria de suas próprias palavras, depois inclinava-se por cima da mesa na direção de Lafcadio, que ria também, e, a meia voz:

— Não sei o que me faz rir assim; é certamente culpa do seu vinho. Desconfio que ele seja um pouco mais forte do que diz o senhor. Eh! Eh! Mas o senhor me leva de volta ao meu vagão, foi combinado, não foi? Lá estaremos sozinhos, e se eu ficar inconveniente, o senhor saberá por quê.

— Em viagem — arriscou Lafcadio—, isso não tem consequência.

— Ah! Meu senhor — retomou logo o outro —, se ao menos a gente pudesse ter certeza de que tudo que se faz nesta vida não tem consequências, como o senhor tão acertadamente diz! Se ao menos a gente tivesse garantia de que isso não nos compromete em nada... Veja, só isso que estou lhe dizendo agora e que, no entanto, não passa de um pensamento bem natural, o senhor acredita que eu apenas ousaria exprimi-lo diretamente se estivéssemos em Bordeaux? Digo Bordeaux porque é em Bordeaux que eu moro. Lá sou conhecido, respeitado; embora não seja casado, levo uma vidinha tranquila, exerço uma profissão bem considerada: professor na faculdade de direito; sim: criminologia comparada, uma cadeira nova... O senhor entende que lá não tenho a permissão, que podemos dizer: permissão de me embriagar, ainda que fosse um dia, por acaso. Minha vida tem de ser respeitável. Imagine se um de meus alunos me encontrasse bêbado na rua!... Respeitável; sem que isso cause constrangimento; aí está o "x"; não se deve dar a pensar: o senhor Defouqueblize (é o meu nome) faz muitíssimo bem de se resguardar!... É preciso não apenas não fazer nada de insólito, mas também persuadir os outros de que não se faria nada de insólito, mesmo com toda permissão; que a gente não tem nada de insólito querendo aparecer. Ainda resta um pouco de vinho? Só algumas gotas, meu caro cúmplice, algumas gotas... Uma ocasião como essa não acontece duas vezes na vida. Amanhã, em Roma, naquele congresso que nos reúne, vou reencontrar dezenas de colegas, sérios, moderados, circunspectos, tão compassados que eu próprio voltarei a ficar assim logo que estiver vestindo minha beca. Pessoas da sociedade, como o senhor e eu, têm obrigação de viver contrafeitas.

A refeição, entretanto, terminava; passava um garçom, recolhendo, junto ao valor das contas, as gorjetas.

À medida que a sala se esvaziava, a voz de Defouqueblize tornava-se mais sonora; por instantes, seus arroubos inquietaram um pouco Lafcadio. Ele continuava:

— E, se não houvesse a sociedade para nos constranger, bastaria para isso esse grupo de parentes e amigos, os quais não procuramos desagradar. Eles opõem à nossa sinceridade incivil uma imagem de nós, pela qual somos responsáveis apenas pela metade, que se parece muito pouco conosco, mas que, digo-lhe, é indecente ultrapassar. Neste momento, é um fato: fujo da minha figura, evado-me de mim... Ó vertiginosa aventura! Ó perigosa volúpia!... Mas estou abusando de sua paciência?

— O senhor me interessa estranhamente.

— Eu falo! Falo... O que se pode fazer? Mesmo embriagado, continua-se sendo professor; e o assunto me interessa muito... Mas, se o senhor tiver acabado de comer, talvez queira me oferecer o seu braço para me ajudar voltar à minha cabina enquanto ainda me aguento de pé. Temo, se demorar, não ter mais condição de me levantar.

Defouqueblize, com essas palavras, tomou uma espécie de impulso como para abandonar a cadeira, mas recaiu logo e, meio debruçado sobre a mesa já livre do serviço, com a parte superior do corpo lançada na direção de Lafcadio, retomou com voz adocicada e quase confidencial:

— Esta é minha tese: sabe o que é preciso para fazer de um homem de bem um patife? Basta um deslocamento, um esquecimento! Sim, meu senhor, um buraco na memória, e a sinceridade aparece!... A cessação de uma continuidade; uma simples interrupção de corrente. Naturalmente não digo isso em minhas aulas... Mas, entre nós, que vantagem para o bastardo! Pense só: aquele cujo próprio ser é o produto de um despropósito, de um colchete na linha reta.

A voz do professor de novo se alterava; agora fixava sobre Lafcadio olhos bizarros, cujo olhar, ora vago, ora penetrante, começava a inquietá-lo. Lafcadio perguntava-se agora se a miopia daquele homem não era fingida, e quase reconhecia aquele olhar. Ao final, mais perturbado do que aceitava estar, levantou-se bruscamente:

— Vamos! Segure-se em meu braço, senhor Defouqueblize — disse. — Levante-se. Chega de conversa.

Defouqueblize, muito incomodamente, saiu da cadeira. Ambos se encaminharam, cambaleando ao longo do corredor, em direção à cabina onde tinha ficado a pasta do professor. Defouqueblize entrou primeiro; Lafcadio acomodou-o, despediu-se. Mal tinha virado as costas para sair, abateu-se sobre seu ombro um punho poderoso. Fez logo meia volta; Defouqueblize, num salto, tinha-se levantado... mas era ainda Defouqueblize — que, com voz ao mesmo tempo zombeteira, autoritária e jubilosa, exclamava:

— É preciso cuidar para não abandonar tão depressa um amigo, senhor Lafcadio Lonnesaitpluski!... Que coisa! Então é verdade! Queria fugir?

Do funambulesco professor desligado de há pouco nada restava no rapagão viçoso e firme, em quem Lafcadio não mais hesitava em reconhecer Protos. Um Protos aumentado, expandido, magnificado e que se anunciava temível.

— Ah! É você, Protos — disse simplesmente. — Prefiro assim. Nunca conseguiria reconhecê-lo.

Porque, por mais terrível que ela fosse, Lafcadio preferia uma *realidade* ao estranho pesadelo em que se debatia havia uma hora.

— Eu estava bem disfarçado, hein?... Para você, eu estava pagando o pato... Mas, afinal de contas, é você que deveria usar óculos, meu rapaz; isso ainda lhe pregará peças, se não reconhecer melhor os sutis.

Quantas lembranças mal adormecidas essa palavra *sutil* despertava na mente de Cadio! Um sutil, na gíria de que Protos e ele se serviam no tempo em que juntos eram pensionistas, era um homem que, por qualquer razão, não apresentasse a todos ou em todos os lugares a mesma cara. Havia, segundo a classificação deles, muitas categorias de sutis, mais ou menos elegantes e louváveis, a que correspondia ou se opunha a única grande família dos *crustáceos*, cujos representantes, de alto a baixo na escala social, se repimpavam.

Nossos amigos tinham como pontos pacíficos estes axiomas: 1º) Os sutis reconhecem-se entre si; 2º) Os crustáceos não reconhecem os sutis. — Lafcadio lembrava-se agora de tudo isso; como ele era dessas naturezas que se prestam a todos os jogos, sorriu. Protos retomou:

— Assim como no outro dia, feliz por me encontrar aqui, hein?... Não foi, talvez, totalmente por acaso. Gosto de vigiar os novatos: é imaginativo e empreendedor, é engraçado... Mas imaginam com muita facilidade que podem dispensar os conselhos. Seu trabalho precisava enormemente de retoques, meu garoto!... Quem teria a ideia de colocar um chapéu como aquele quando se está em serviço? Com o endereço do fornecedor nessa prova, você estaria em cana em menos de oito diais. Mas, para os velhos amigos, eu tenho coração; eu provo isso. Sabe que gostava muito de você, Cadio? Sempre achei que faríamos alguma coisa de você. Bonito como era, faríamos todas as mulheres se abalarem por você, e, de quebra, mais de um homem. Como fiquei feliz por ter notícias suas e por ficar sabendo que você viria à Itália! Palavra! Queria saber no que você tinha se tornado desde o tempo em que a gente frequentava a nossa velha. Você ainda não está nada mal, sabe! Ah! Ela sabia bem o que queria, Carola!

A irritação de Lafcadio tornava-se cada vez mais manifesta, assim como seu esforço para escondê-la; tudo isso divertia grandemente Protos, que fingia não perceber nada. Tirara do bolso do colete uma rodelinha de couro e a examinava.

— Recortei isso direitinho, hein?

Lafcadio queria estrangulá-lo; cerrava os punhos e as unhas entravam-lhe na carne. O outro prosseguia, zombeteiro:

— Porcaria de serviço! Isso bem que vale as seis notas de mil que... você quer me dizer por que não embolsou?

Lafcadio teve um sobressalto:

— Você me toma por um ladrão?

— Escute, garoto — retomou tranquilamente Protos —, não gosto muito de amadores; é melhor eu já lhe dizer francamente. E depois, comigo, você sabe, não se trata de bancar o fanfarrão, nem o imbecil. Você demonstra disposições, compreendo, brilhantes disposições, mas...

— Chega de zombar — interrompeu Lafcadio, que não aguentava mais segurar a cólera. — Aonde você pretende chegar? Eu cometi um deslize no outro dia; você acha que eu preciso que me digam? Sim, você tem uma arma contra mim; não vou examinar se seria muito prudente para você servir-se dela. Você quer que eu resgate esse pedacinho de couro. Vamos, fale! Pare de rir e de me encarar assim. Quer dinheiro? Quanto?

O tom era tão decidido que Protos afastou-se um pouco para trás; logo retomou:

— Bonito! Bonito! — disse. — O que eu lhe disse de desonesto? Conversamos entre amigos, tranquilamente. Não há por que se exaltar. Palavra, você rejuvenesceu, Cadio.

Mas como ele lhe acariciasse ligeiramente o braço, Lafcadio se desvencilhou num solavanco.

— Sentemo-nos — retomou Protos —; ficaremos melhor para conversar.

Enfiou-se num canto, ao lado da porta do corredor, e pôs os pés sobre o outro banco.

Lafcadio achava que ele queria barrar a saída. Sem dúvida Protos estava armado. Ele, no entanto, não trazia nenhuma arma. Refletiu que num corpo a corpo ele certamente perderia. Depois, se por um instante tinha desejado fugir, a curiosidade já o vencia, essa curiosidade apaixonada contra a qual nada, nem a segurança pessoal, jamais prevalecera. Sentou-se.

— Dinheiro? Ah! Não mesmo! — disse Protos. Tirou um charuto de um estojo, ofereceu um a Lafcadio, que recusou.

— A fumaça o incomoda, talvez?... Pois bem, ouça-me. — Tirou algumas baforadas do charuto, depois, muito calmo:

— Não, não, Lafcadio, meu amigo, não é dinheiro que espero de você, mas obediência. Você não parece, meu rapaz (desculpe a minha franqueza), dar-se conta exatamente da sua situação. É preciso ousadia para poder encará-la; permita-me ajudá-lo nisso. Assim, desses quadros sociais que nos encerram, um adolescente quis escapar; um adolescente simpático; e exatamente do jeito que eu gosto deles: ingênuo e graciosamente impulsivo; talvez porque não tenha calculado bem, presumo... Lembro-me, Cadio, quanto, noutros tempos, você era bom em números, mas, para suas próprias despesas, não consentia fazer contas... Em suma, o regime dos crustáceos o enoja; deixo que outro se espante com isso... Mas o que me espanta, a mim, é que, inteligente como é, você acreditou, Cadio, que podia sair tão simplesmente assim de uma sociedade, e sem cair ao mesmo tempo em outra; ou que uma sociedade pudesse dispensar as leis.

"*Lawless*", você se lembra, tínhamos lido em algum lugar: *Two bawks in the air, two fishes swimming in the sea not more lawless than we...*[1] Que bonita a literatura! Lafcadio! Meu amigo, aprenda a lei dos sutis.

— Você poderia sair da frente.

— Para que ter pressa? Temos tempo à nossa frente. Só desço em Roma. Lafcadio, meu amigo, acontece que um crime escapa aos policiais; vou lhe explicar por que nós somos mais espertos

---

1. Trata-se, na verdade, de um trecho do poema *From pent-up aching rivers*, de Walt Whitman. Porém, na edição francesa está *bawk*, no lugar de *hawk*, o que pode ser uma falha do próprio personagem. O título citado também não é o correto, e quer dizer: "Sem lei". Os versos podem ser traduzidos como: "Dois gaviões no ar, dois peixes nadando no mar, tão sem lei quanto nós...". [N.E.]

que eles: é que nós, nós jogamos com nossa vida. Onde a polícia fracassa, às vezes temos êxito. Ora essa; você quis assim, Lafcadio; a coisa está feita e você não pode mais escapar. Eu preferiria que me obedecesse, porque, você vê, eu ficaria realmente aborrecidíssimo se tivesse de entregar um velho amigo como você à polícia; mas fazer o quê? De agora em diante você depende dela — ou de nós.

— Ao me entregar, você estará entregando a si mesmo...

— Pensei que estivéssemos falando sério. Entenda uma coisa, Lafcadio: a polícia trancafia os insubmissos; mas na Itália, ela compõe de bom grado com os sutis. "Compõe", sim, creio que é este o termo. Sou um pouco da polícia, meu rapaz. Fico de olho. Ajudo a boa ordem. Não ajo: mando agir. Vamos, pare de espernear, Cadio. Minha lei não tem nada de horroroso. Você exagera com essas coisas; tão ingênuo, tão espontâneo! Você pensa que já não foi por obediência, e porque eu queria assim, que você pegou, sobre o prato, no jantar, a abotoadura da senhorita Venitequa? Ah! Gesto imprevidente: gesto idílico! Meu pobre Lafcadio! Você se martirizou bastante por causa desse pequeno gesto, hein? Ora! Não se mortifique; o garçom, a viúva e a criança estavam na combinação. Encantadores. Só cabe a você fazer amigos. Lafcadio, meu amigo, seja razoável; você se submete?

Por excessivo embaraço, talvez, Lafcadio tinha tomado a decisão de não dizer nada. Permanecia com as costas rígidas, lábios apertados, olhos fixos para a frente. Protos retomou, erguendo os ombros:

— Que engraçado é o corpo! E, na realidade, tão flexível!... Mas você já teria aquiescido, talvez, se eu tivesse dito de início o que esperamos de você. Lafcadio, meu amigo, tire-me de uma dúvida: você que era tão pobre quando o deixei, não agarrar seis notas de mil que o acaso lança a seus pés, acha isso natural?... O senhor de Baraglioul pai veio a falecer, disse-me senhorita

Venitequa, no dia seguinte àquele em que o conde Julius, seu digno filho, foi visitar vocês; e na noite desse dia você largava a senhorita Venitequa. Desde então, suas relações com o conde Julius se tornaram, na verdade, bem íntimas; poderia me explicar por quê?... Lafcadio, meu amigo, em tempos idos, conheci vários tios seus; o seu *pedigree*, desde então, parece ter-se um pouco embaragliouladoǃ... Nãoǃ Não se zangue; estou brincando. Mas o que quer que se suponha?... A menos que deva diretamente ao senhor Julius a sua presente fortuna, o que (permita-me dizê-lo), sedutor como você é, Lafcadio, me pareceria sensivelmente mais escandaloso. De uma maneira ou de outra... e o que quer que você deixe supor, Lafcadio, meu amigo, o negócio é claro, e o seu dever está traçado: você fará Julius abrir o bico. Não se revolte, vejamosǃ A chantagem é uma santa instituição, necessária para a manutenção dos costumes. Ehǃ O quêǃ Você me abandona?... — Lafcadio tinha-se levantado.

— Ahǃ Deixe-me passar, afinalǃ — gritou, passando por cima do corpo de Protos; atravessado pelo compartimento, esticado entre os dois bancos, este não fez nenhum gesto para agarrá-lo. Lafcadio, admirado por não se sentir retido, abriu a porta do corredor e, afastando-se:

— Não vou fugir, não tenha medo. Pode manter-me sob suas vistas; mas tudo, menos ouvi-lo por mais tempo... Desculpe-me preferir a polícia a você. Vá avisá-la: eu a espero.

VI

Nesse mesmo dia, o trem trazia de Milão os Anthime; como viajassem de terceira, só viram na chegada a condessa de Baraglioul e a filha mais velha, que o vagão-dormitório do mesmo trem trazia de Paris.

Poucas horas antes do telegrama de luto, a condessa havia recebido uma carta do marido; nela, o conde falava eloquentemente do abundante prazer suscitado pelo encontro inopinado com Lafcadio; e sem dúvida não flutuava nela nenhuma alusão a essa meia-fraternidade que, aos olhos de Julius, ornava de um atrativo tão pérfido o rapaz (Julius, fiel à ordem do pai, não se havia explicado abertamente com a mulher, como tampouco havia feito com o outro), mas certas alusões, certas reticências, avisavam suficientemente a condessa; sequer estou muito seguro de que Julius, a quem faltava distração em sua vida burguesa, não fizesse para si um jogo de rodear o escândalo e de nele queimar a ponta dos dedos. Não estou seguro tampouco de que a presença de Lafcadio em Roma, a esperança de revê-lo, não pesasse de alguma forma, e muito, na decisão que tomou Geneviève de acompanhar a mãe.

Julius fora a seu encontro na estação. Levou-os rapidamente ao Grande Hotel, deixando quase imediatamente os Anthime, com os quais iria se encontrar durante o cortejo fúnebre no dia seguinte. Estes voltaram, pela via Bocca di Leone, ao hotel onde tinham se hospedado por ocasião de sua primeira estada.

Marguerite trazia ao romancista felizes notícias: não havia mais nenhum obstáculo a sua eleição; na antevéspera, o cardeal André a avisara oficialmente: o candidato não teria sequer de recomeçar as suas visitas; por si mesma a Academia vinha até ele, de portas abertas: ele era esperado.

— Você está vendo! — dizia Marguerite. — O que eu lhe dizia em Paris? Tudo chega na hora certa. Neste mundo, basta esperar.

— E não mudar — retomava com compunção Julius, levando a mão da esposa aos lábios e sem ver o olhar da filha, fixado nele, carregar-se de desprezo. — Fiel a vocês, a meus pensamentos, a meus princípios. A perseverança é a mais indispensável virtude.

Já ia se afastando dele a lembrança de sua mais recente guinada, e qualquer outro pensamento que não fosse ortodoxo, e qualquer outro projeto que não fosse decente. Agora informado, ele se recuperava sem esforço. Admirava essa consequência sutil pela qual seu espírito ficara por um momento perdido. Ele não tinha mudado: fora o papa.

"Que constância no meu pensamento, bem ao contrário", se dizia ele; "que lógica! O difícil é saber manter o limite. Aquele pobre Fleurissoire morreu disso, por ter penetrado os bastidores. O mais simples, quando se é simples, é limitar-se ao que se sabe. Aquele horrível segredo o matou. O conhecimento nunca fortifica senão os fortes... Não importa; fico feliz por Carola ter avisado a polícia; isso me permite meditar mais livremente... De qualquer forma, se ele soubesse que não é ao *verdadeiro* São Pedro que deve seu infortúnio e seu exílio, que consolo para Armand-Dubois! Que incentivo à sua fé! Que alívio!... Amanhã, depois da cerimônia fúnebre, será bom falar com ele."

Essa cerimônia não atraiu grande afluência. Três automóveis acompanhavam o carro fúnebre. Chovia. No primeiro carro, Blafaphas acompanhava amigavelmente Arnica (logo que o luto terminar, ele a desposará, sem dúvida alguma); ambos partiram de Pau na antevéspera (abandonar a viúva a seu pesar, deixá-la empreender sozinha essa longa viagem, Blafaphas não suportava esse pensamento; e, afinal!, por não ser da família, não deixou por isso de usar luto; que parente valia tal amigo?), mas chegaram a Roma havia poucas horas, em consequência de terem perdido um trem.

No último carro estavam a senhora Armand-Dubois com a condessa e sua filha; no segundo, o conde com Anthime Armand-Dubois.

Junto ao túmulo de Fleurissosire, nenhuma alusão foi feita à malfadada aventura. Mas, ao voltar do cemitério, Julius de Baraglioul, de novo a sós com Anthime, começou:

— Eu tinha prometido interceder por você junto ao Santo Padre.

— Deus é testemunha de que não lhe pedi isso.

— É verdade: chocado com a penúria em que a Igreja o abandonava, eu só havia escutado o meu coração.

— Deus é testemunha de que eu não me queixava.

— Eu sei!... Eu sei!... Já me irritou bastante com a sua resignação! E mesmo, pois que você me convida para voltar ao caso, devo confessar-lhe, caro Anthime, que eu reconhecia nisso menos santidade do que orgulho e que o excesso dessa resignação, na última vez em que o vi em Milão, tinha-me parecido muito mais próxima da revolta do que da verdadeira piedade, e tinha-me incomodado muito em minha fé. Deus não lhe pedia tanto, que diabo! Falemos com franqueza! Sua atitude me chocou.

— A sua, posso também confessá-lo, tinha-me entristecido, meu caro irmão. Não era você, exatamente, que me incitava à revolta, e...

Julius, que se exaltava, interrompeu-o:

— Eu tinha provado o suficiente por mim mesmo, e dado a entender aos outros em todo o decurso de minha carreira, que se pode ser perfeito cristão sem, no entanto, desprezar as legítimas vantagens que nos oferece a hierarquia em que Deus achou sábio colocar-nos. O que eu criticava em sua atitude era exatamente, por sua afetação, parecer levar vantagem sobre a minha.

— Deus é testemunha de que...

— Ah! Não fique sempre protestando! — interrompeu novamente Julius. — Deus não tem nada com isso. Explico-lhe precisamente, quando digo que sua atitude era bem próxima da revolta...

quero dizer: da minha revolta, da minha; e é isso exatamente o que lhe recrimino: é, aceitando a injustiça, deixar o outro se revoltar por você. Pois eu não admitia, eu, que a Igreja estivesse enganada; e sua atitude, sem dar a impressão de tocar nisso, colocava-a nessa situação. Então resolvi queixar-me em seu lugar. Logo verá o quanto eu tinha razão de me indignar.

Julius, por cuja fronte desciam pérolas, colocou nos joelhos a cartola.

— Quer um pouco de ar? — e Anthime, complacentemente, abaixou a vidraça ao seu lado.

— Logo que cheguei a Roma — retomou Julius —, solicitei, pois, uma audiência. Fui recebido. Um estranho sucesso devia coroar minha iniciativa...

— Ah! — disse indiferentemente Anthime.

— Sim, meu amigo. Pois se não obtive em dinheiro nada do que viera reclamar, pelo menos levei de minha visita uma garantia... que colocava o nosso Santo Padre ao abrigo de todas as suposições injuriosas que formávamos a seu respeito.

— Deus é testemunha de que jamais formulei nada de injurioso em relação ao Santo Padre.

— Eu formulava por você. Eu o via lesado; eu me indignava.

— Chegue ao fato, Julius: você viu o papa?

— Pois bem, não! Não o vi — explodiu finalmente Julius —, mas fiquei sabendo de um segredo; um segredo a princípio duvidoso, mas que logo, pela morte de nosso caro Amédée, encontraria uma confirmação súbita; segredo assustador, desconcertante, mas onde sua fé, caro Anthime, saberá buscar reconforto. Pois saiba que dessa denegação de justiça de que você foi vítima, o papa está inocente...

— Ei! Nunca duvidei disso.

— Anthime, ouça-me bem: eu não vi o papa porque ninguém pode vê-lo; aquele que presentemente está sentado no trono pontifício e que a Igreja escuta, e que promulga; aquele que falou comigo, o papa que se vê no Vaticano, o papa que eu vi *não é o verdadeiro*.

Anthime, a essas palavras, começou a ser sacudido inteiro por um forte riso.

— Ria! Ria! — retomou Julius, molestado. — Eu também ri de início. Tivesse eu rido um pouco menos, não teriam assassinado Fleurissoire. Ah! Santo amigo! Pobre vítima!... — sua voz expirou nos soluços.

— Diga-me então! É sério isso que está nos contando?... Ah, mas!... Ah, mas!... Ah, mas!... — fez Armand-Dubois, a quem a comoção de Julius preocupava. — É que mesmo assim seria preciso saber...

— É por ter querido saber que ele está morto.

— Porque finalmente, se dilapidei meus bens, minha situação, minha ciência, se consenti que me ludibriassem... — continuava Anthime que também se empolgava pouco a pouco.

— Eu lhe digo: por tudo isso, *o verdadeiro* não é em nada responsável; aquele que o ludibriava é um cúmplice do Quirinal.

— Devo acreditar no que está me dizendo?

— Se não acredita em mim, acredite naquele pobre mártir.

Ambos ficaram por alguns instantes silenciosos. Tinha parado de chover; um raio afastava a nuvem. O carro com lentos solavancos retornava a Roma.

— Nesse caso, sei o que me resta fazer — retomou Anthime, com sua voz mais decidida: — Vendo o segredo.

Julius estremeceu.

— Meu amigo, você me espanta. Com certeza, vai ser excomungado.

— Por quem? Se for por um falso papa, não ligo.

— E eu que pensava ajudá-lo a saborear nesse segredo alguma virtude consoladora — retomou Julius, consternado.

— Você está brincando!... E quem me dirá se Fleurissoire, ao chegar ao paraíso, não descobre finalmente que o seu bom Deus não é tampouco *o verdadeiro*?

— Vejamos; meu caro Anthime, você está divagando. Como se pudesse haver dois! Como se pudesse haver UM OUTRO.

— Não, mas realmente você fala disso muito à vontade, você que nada negligenciou por *ele*; você que, verdadeiro ou falso, aproveita tudo... Ah! Olhe, eu preciso me arejar.

Inclinado na porta ele tocou com a ponta da bengala o ombro do cocheiro e mandou parar o carro. Julius prontificou-se a descer com ele.

— Não! Deixe-me. Sei o bastante para me conduzir. Guarde o resto para um romance. Para mim, escrevo ao grão mestre da Ordem esta noite mesmo, e já amanhã retomo as minhas crônicas científicas no jornal *La Depêche*. Vão rir muito.

— O quê? Você está mancando — disse Julius, surpreso por vê-lo novamente coxear.

— Sim, faz alguns dias, minhas dores voltaram.

— Ah! Não me diga! — disse Julius que, sem vê-lo afastar-se, enfiou-se dentro do carro.

VII

Tinha mesmo Protos a intenção de entregar Lafcadio à polícia, como havia ameaçado?

Não sei: o fato provou, aliás, que ele não contava, entre aqueles senhores da polícia, só com amigos. Estes, avisados na véspera por Carola, armaram, no vicolo dei Vecchierelli, sua ratoeira; conheciam de longa data a casa e sabiam que ela oferecia, no andar superior, fáceis comunicações com a casa vizinha, cujas saídas igualmente vigiaram.

Protos não temia os policiais; a acusação não lhe metia medo, nem o aparelho da justiça; ele sabia que não seria fácil prendê-lo, não era culpado, na realidade, de nenhum crime, e não havia nada, a não ser delitos tão miúdos que escapariam à ação. Portanto, não se apavorou demais quando percebeu que estava cercado e foi o que entendeu bem depressa, tendo um faro particular para reconhecer, sob quaisquer disfarces, esses senhores.

Apenas um pouco perplexo, fechou-se primeiro no quarto de Carola, esperando a volta desta, que não via desde o assassinato de Fleurissoire; estava desejoso de pedir-lhe conselho e deixar algumas informações, no caso provável de ele ir para o xilindró.

Carola, entretanto, cedendo às vontades de Julius, não tinha aparecido no cemitério; ninguém soube que, escondida atrás de um mausoléu e debaixo de um guarda-chuva, ela assistia de longe à triste cerimônia. Esperou pacientemente, humildemente, que esvaziassem as redondezas da tumba fresca; viu formar-se o cortejo, Julius voltar com Anthime, e os carros, sob a chuva fina, afastarem-se. Então, por sua vez, ela se aproximou da sepultura, tirou de debaixo do casaco um grande buquê de ásteres que colocou bem afastado das coroas da família: depois ficou muito tempo sob a chuva, não olhando para nada, não pensando em nada, e chorando na falta de orações.

Quando ela voltou ao vicolo dei Vecchierelli, distinguiu bem na soleira duas figuras insólitas; não entendeu, entretanto, que a casa estivesse sendo vigiada. Não esperava a hora de reencontrar Protos; não duvidando de que ele fosse o assassino, odiava-o agora...

Alguns instantes mais tarde a polícia chegava, atendendo a seus gritos; tarde demais, infelizmente! Exasperado de se saber entregue por ela, Protos acabara de estrangular Carola.

Isso se passou por volta de meio-dia. Os jornais da noite já publicavam a notícia, e como havia sido encontrado com Protos o recorte da aba do chapéu, sua dupla culpabilidade não deixava dúvidas a ninguém.

Lafcadio, entretanto, tinha vivido até a noite numa espera ou num temor vago, talvez não da polícia, como o ameaçara Protos, mas do próprio Protos, ou de não sei o quê, contra o qual ele não procurava mais se defender. Um incompreensível torpor pesava sobre ele, que talvez não fosse senão fadiga: ele desistia.

Na véspera, tinha visto Julius apenas por um instante, quando este, à chegada do trem de Nápoles, fora receber o cadáver; depois, caminhara por muito tempo pela cidade, a esmo, para diminuir essa exasperação provocada nele, após a conversa no vagão, pelo sentimento de sua dependência.

E, no entanto, a notícia da prisão de Protos não trouxe a Lafcadio o alívio que esperava. Dir-se-ia que ele estava decepcionado. Sujeito estranho! Da mesma maneira que de propósito não tirou nenhum proveito material do crime, ele naturalmente não quis abrir mão de nenhum risco do jogo. Não admitia que ele já tivesse terminado. Ele teria dado, de boa vontade, como fazia outrora no jogo de xadrez, a torre ao adversário, e, como se o acontecimento de repente lhe tornasse a vitória muito fácil e todo seu jogo desinteressante, sentia que não pararia enquanto não tivesse levado além o seu desafio.

Jantou numa *trattoria* vizinha, para não ter de se arrumar. Logo depois, voltando ao hotel, avistou, através da porta envidraçada do restaurante, o conde Julius, à mesa, em companhia da mulher e da filha. Ficou impressionado com a beleza de Geneviève, a quem não tinha visto desde sua primeira visita. Ele estava contemporizando na sala de fumantes, esperando o fim da refeição, quando vieram avisá-lo de que o conde tinha subido para o quarto e o esperava.

Entrou. Julius de Baraglioul estava sozinho; tinha recolocado o casaco.

— Então; o assassino está engaiolado — disse ele logo, estendendo a mão.

Mas Lafcadio não a pegou. Continuava no vão da porta.

— Que assassino? — perguntou.

— O assassino do meu cunhado, ora essa.

— O assassino do seu cunhado sou eu.

Disse isso sem tremer, sem mudar de tom, sem baixar a voz, sem um gesto, e com voz tão natural que Julius de início não entendeu. Lafcadio teve de repetir:

— Não prenderam, eu lhe digo, o assassino do senhor seu cunhado, porque o assassino do senhor seu cunhado sou eu.

Tivesse Lafcadio apresentado um ar feroz, Julius talvez ficasse com medo; mas seu aspecto era infantil. Parecia até mais jovem do que na primeira vez em que Julius o encontrara; também o seu olhar estava límpido, sua voz clara. Não fechara a porta, mas permanecia encostado a ela. Julius, junto à mesa, desabou numa poltrona.

— Minha pobre criança — disse primeiro —, fale baixo... o que lhe deu? Como fez isso?

Lafcadio baixou a cabeça, já lamentando ter falado.

— Quem sabe? Fiz isso muito depressa, enquanto tinha vontade de fazê-lo.

— O que tinha contra Fleurissosire, aquele homem digno, cheio de virtudes?

— Não sei... Ele não parecia feliz... Como quer que eu lhe explique o que não consigo explicar a mim mesmo?

Um penoso silêncio crescia entre os dois, que bruscamente suas palavras rompiam, e depois voltava a se fechar, mais profundo; ouviam-se então as vagas de uma banal música napolitana subir do grande hall do hotel. Julius raspava com a ponta da unha de seu dedo mínimo, que era pontuda e bem longa, uma pequena mancha de vela sobre o pano da mesa. De repente percebeu que aquela bela unha estava quebrada. Era uma rachadura transversal que empanava em toda a largura o tom encarnado do cabuchão. Como fizera aquilo? E como não percebera antes? Fosse como fosse, o mal era irreparável; Julius nada tinha a fazer senão cortar. Sentiu em relação a isso uma contrariedade muito viva, pois cuidava muito de suas mãos e dessa unha em particular, que ele tinha lentamente formado e que valorizava o dedo acentuando-lhe a elegância. A tesoura estava na gaveta da mesa de toalete e Julius ia levantar-se para pegá-la, mas teria sido preciso passar na frente de Lafcadio; cheio de tato, deixou para mais tarde a delicada operação.

— E... O que pretende fazer agora? — disse ele.

— Não sei. Talvez entregar-me. Vou passar a noite refletindo.

Julius deixou cair o braço na poltrona; contemplou Lafcadio por alguns instantes; depois, num tom bem desanimado, suspirou:

— E eu que começava a gostar de você!...

Isso era dito sem má intenção. Lafcadio não podia enganar-se a respeito. Mas, por ser inconsciente, essa frase não era menos cruel, e atingiu-o no coração. Levantou a cabeça, enrijecido contra a angústia que de repente o apertava. Olhou para Julius: "Será esse aquele que ontem me sentia quase como um irmão?", dizia para si. Percorreu com o olhar esse cômodo onde, na antevéspera, apesar de seu crime, tinha podido conversar tão alegremente; o frasco de perfume ainda estava sobre a mesa, quase vazio.

— Escute, Lafcadio — retomou Julius —, sua situação não me parece absolutamente desesperada. O autor presumido desse crime...

— Sim, sei que acabaram de prendê-lo — interrompeu Lafcadio secamente: — Vai me aconselhar a deixar um inocente ser acusado em meu lugar?

— Esse que você chama de inocente acabou de assassinar uma mulher; conhecida sua, inclusive.

— Isso me deixa à vontade, não é?

— Não digo exatamente isso, mas...

— Acrescentemos que ele é exatamente o único que pode me denunciar.

— Não se pode perder a esperança, como vê.

Julius levantou-se, dirigiu-se para a janela, arrumou as pregas da cortina, voltou para onde estava; depois, inclinado para a frente, de braços cruzados sobre o encosto da poltrona que acabara de deixar:

— Lafcadio, eu não queria deixá-lo ir embora sem um conselho: só depende de você, estou convencido, voltar a ser um homem de bem, e assumir uma situação na sociedade, pelo menos na medida em que seu nascimento o permite... A Igreja está aí para ajudá-lo. Vamos, meu rapaz, um pouco de coragem: vá confessar-se.

Lafcadio não conseguiu reprimir um sorriso:

— Vou refletir sobre suas generosas palavras. — Deu um passo adiante, e depois: — Por certo o senhor prefere não tocar a mão de um assassino. Eu queria, entretanto, agradecer-lhe o seu...

— Está bem; está bem — fez Julius, com um gesto cordial e distante. — Adeus, meu rapaz. Não ouso lhe dizer até breve. Entretanto, se, depois, você...

— Por enquanto, não tem mais nada a me dizer?

— Mais nada para o momento.

— Adeus, senhor.

Lafcadio cumprimentou gravemente e saiu.

Ele voltou para o quarto, no andar de cima. Despiu-se pela metade, lançou-se na cama. O fim do dia tinha sido muito quente; a noite não trouxera frescor. A janela estava escancarada, mas nenhum sopro agitava o ar; os distantes globos elétricos da praça das

Termas, da qual estava separado pelos jardins, enchiam o quarto de uma azulada e difusa claridade que se acreditaria vir da lua. Ele queria pensar, mas um torpor estranho embotava desesperadamente seu pensamento; não pensava nem no seu crime nem nos meios para escapar; tentava apenas não mais ouvir aquelas palavras atrozes de Julius: "Eu começava a gostar do senhor..." Se ele não gostava de Julius, tais palavras mereciam suas lágrimas? Era mesmo por isso que estava chorando?... A noite estava tão suave, parecia-lhe que era só deixar-se levar para morrer. Alcançou uma garrafa de água junto à cama, molhou um lenço e aplicou-o sobre o coração que doía.

"Nenhuma bebida deste mundo refrescará de agora em diante este coração seco", dizia para si, deixando escorrer suas lágrimas até os lábios para saborear-lhes o amargor. Versos soam em seus ouvidos, lidos ele não sabia onde, e de que não podia lembrar-se:

My heart aches; a drowsy numbness pains
My senses...[2]

Ele adormeceu.

Estaria sonhando? Não teria ouvido bater à porta? A porta, que ele nunca fecha à noite, suavemente se abre, deixando uma frágil forma branca avançar. Ouve chamar baixinho:

— Lafcadio... O senhor está aí, Lafcadio?

Através de seu meio-sono, Lafcadio reconhece, entretanto, aquela voz. Mas duvida ainda da realidade de uma aparição tão agradável. Teme que uma palavra, um gesto a afugente... Fica calado.

---

2. "Meu coração dói; um sonolento torpor fere/ meus sentimentos": primeiros versos do poema *Ode a um rouxinol*, de John Keats. [N. E.]

Geneviève de Baraglioul, cujo quarto ficava ao lado do de seu pai, tinha ouvido, sem querer, algo da conversa entre o pai e ele. Uma intolerável angústia a empurrara até o quarto dele e, pois que agora seu apelo ficava sem resposta, persuadida de que Lafcadio acabara de se matar, lançou-se para a cabeceira do leito e caiu de joelhos soluçando.

Como ela permanecesse assim, Lafcadio se ergueu, debruçou-se, todo voltado para ela, sem no entanto ousar colocar seus lábios sobre a bela fronte que via luzir no escuro. Geneviève de Baraglioul sentiu então sua vontade desfazer-se; jogando para trás essa fronte que já o hálito de Lafcadio acariciava, e não sabendo mais suplicar contra ele, a não ser a ele mesmo:

— Tenha piedade de mim, meu amigo — disse ela.

Lafcadio logo caiu em si e, afastando-se dela e a empurrando ao mesmo tempo:

— Levante-se, senhorita de Baraglioul. Retire-se! Eu não sou... não posso mais ser seu amigo.

Geneviève levantou-se, mas não se afastou da cama onde estava meio deitado aquele que ela acreditara estar morto e, tocando com ternura a testa ardente de Lafcadio, como para certificar-se de que ele estava vivo:

— Mas, meu amigo, eu ouvi tudo o que disse esta noite a meu pai. Não entende que foi por isso que eu vim?

Lafcadio, erguendo-se um pouco, olhou para ela. Os cabelos soltos caíam-lhe em torno; todo o seu rosto estava no escuro, de maneira que ele não distinguia seus olhos, mas sentia-se envolvido pelo olhar. Como se não pudesse suportar-lhe a doçura, escondendo o rosto nas mãos:

— Ah! Por que encontrei-a tão tarde? — gemeu. — Que fiz para a senhorita me amar? Por que me fala assim, quando já não sou mais livre nem mais digno de amá-la?

Ela protestou com tristeza:

— É pelo senhor que eu venho, Lafcadio, não por outro. É pelo senhor criminoso. Lafcadio! Quantas vezes suspirei seu nome, desde aquele primeiro dia em que o senhor se mostrou a mim como herói, e até um pouco temerário demais... É preciso que saiba agora: em segredo eu me prometi ao senhor desde o instante em que o vi dedicar-se de maneira tão magnânima. O que aconteceu com o senhor desde então? É possível que tenha matado? No que se deixou transformar?

E como Lafcadio, sem responder, sacudisse a cabeça:

— Não ouvi meu pai dizer que outro tinha sido preso? — retomou ela. — Um bandido que acabara de matar... Lafcadio! Enquanto ainda é tempo, fuja; já esta noite, parta! Parta!

Então Lafcadio:

— Não posso mais — murmurou ele. E como os cabelos desfeitos de Geneviève tocassem suas mãos, ele os agarrou, apertou-os apaixonadamente contra os olhos, sobre os lábios: — Fugir; é isso que me aconselha? Mas para onde quer agora que eu fuja? Mesmo que eu escapasse da polícia, não escaparia de mim mesmo... E depois, a senhorita me desprezaria por escapar.

— Eu! Desprezá-lo, meu amigo...

— Eu vivia inconsciente; matei como num sonho; um pesadelo em que, desde então, venho me debatendo...

— Do qual eu quero arrancá-lo — bradou ela.

— Para que me acordar, se vou acordar criminoso? — ele pegou-lhe o braço. — Não sabe que tenho horror à impunidade? Que me resta fazer agora senão, quando raiar o dia, entregar-me?

— É a Deus que tem de entregar-se, não aos homens. Se meu pai não o tivesse dito, eu lhe diria agora: Lafcadio, a Igreja está aí para prescrever a sua pena e para ajudá-lo a reencontrar a paz, para além do seu arrependimento.

Geneviève tem razão; e por certo Lafcadio não tem nada melhor a fazer do que uma cômoda submissão; ele comprovará isso, cedo ou tarde, e também que todas as outras saídas estão fechadas... Pena que tenha sido aquele palerma do Julius que lhe tenha aconselhado isso primeiro!

— Que lição está recitando aí? — disse ele com hostilidade.

— É a senhorita que me fala assim?

Larga o braço que estava segurando, empurra-o; e, enquanto Geneviève se afasta, sente crescer nele, com não sei que rancor contra Julius, a necessidade de afastar Geneviève de seu pai, de levá-la mais para baixo, para mais perto dele; ao baixar os olhos, vê, calçados com chinelinhos de seda, seus pés nus.

— A senhorita não entende que não é o remorso que eu temo, mas...

Ele sai da cama; desvia-se dela; vai rumo à janela; sufoca-se; apoia a testa na vidraça e as palmas da mão ardentes no ferro gelado do balcão; quisera esquecer-se de que ela está ali, e ele está perto dela...

— Senhorita de Baraglioul, já fez por um criminoso tudo que uma moça de boa família pode tentar; talvez, até, um pouco mais; agradeço-lhe de todo coração. É melhor que me deixe agora. Volte para seu pai, para seus costumes, para seus deveres... Adeus. Quem sabe se a verei novamente? Pense que é para ser um pouco menos indigno da afeição que me dedica que irei entregar-me amanhã. Pense que... Não! Não se aproxime de mim... Acha que um aperto de mão me bastaria?

Geneviève enfrentaria a ira do pai, a opinião do mundo e seus desprezos, mas diante desse tom gelado de Lafcadio, a coragem lhe falta. Será que ele não entendeu que para vir assim, à noite, falar com ele, fazer-lhe assim a confissão de seu amor, ela também não estava sem resolução e sem coragem, e que seu amor talvez valha mais do que um obrigado?... Mas como lhe diria que também ela, até aquele dia, agitava-se como num sonho — um sonho de que ela só escapava por instantes no hospital onde, entre as pobres crianças e tratando de suas feridas verdadeiras, parecia-lhe às vezes fazer contato, finalmente, com alguma realidade — um medíocre sonho onde se agitavam a seu lado os pais e se erguiam todas as convenções esquisitas do mundo deles, cujos gestos ela não conseguia levar a sério, nem mesmo suas opiniões, ambições, seus princípios, nem mesmo sua própria pessoa? Que havia de espantoso se Lafcadio não levara Fleurissoire a sério!... Será possível que eles se separem assim? O amor a empurra, lança-a em sua direção, Lafcadio a agarra, aperta-a, cobre sua pálida fronte de beijos...

Aqui começa um novo livro.

Ó verdade palpável do desejo; tu empurras para a penumbra os fantasmas do meu espírito.

Deixaremos nossos dois amantes nessa hora do canto do galo em que a cor, o calor e a vida afinal triunfarão sobre a noite. Lafcadio, acima de Geneviève adormecida, ergue-se. Entretanto não é o belo rosto de sua amante, essa fronte que banha um aspecto fosco, essas pálpebras nacaradas, esses lábios quentes entreabertos, esses seios perfeitos, esses membros lassos, não, não é nada disso que ele contempla — mas sim, pela janela escancarada, a madrugada onde estremece uma árvore do jardim. Logo chegará a hora de Geneviève abandoná-lo; mas ele ainda espera; escuta, debruçado sobre ela, através de seu hálito ligeiro, o vago rumor da cidade que já sacode o seu torpor. Ao longe, nas casernas, canta o clarim. O quê! Ele vai renunciar a viver? E pela estima de Geneviève, a quem ele estima um pouco menos desde que ela o ama um pouco mais, ainda pensa ele em entregar-se?

ESTE LIVRO FOI COMPOSTO EM SIMONCINI
GARAMOND CORPO 10,6/15 E IMPRESSO
SOBRE PAPEL PÓLEN SOFT 80 g/m² NAS OFI-
CINAS DA ASSAHI GRÁFICA, SÃO BERNARDO
DO CAMPO – SP, EM NOVEMBRO DE 2009